W0317223

10|18

12, avenue d'Italie — Paris XIIIe

Du même auteur
dans la collection 10/18

LA CITÉ DE L'HORIZON, n° 2568
LA CITÉ DES MORTS, n° 2730
LA CITÉ DES MENSONGES, n° 2786

LA CITÉ DES RÊVES

PAR

ANTON GILL

Traduit de l'anglais
par Corine DERBLUM

10|18

INÉDIT

« Grands Détectives »
dirigé par Jean-Claude Zylberstein

Titre original :
City of Dreams

ISBN 2-264-01993-X

Pour Stephen Warren

NOTE DE L'AUTEUR

Si le contexte historique du récit qui va suivre est dans l'ensemble exact, la majorité des personnages sont fictifs. On possède nombre de connaissances sur l'Égypte ancienne car ses habitants avaient atteint un haut degré de civilisation, ils possédaient l'écriture et avaient la perception de l'Histoire. Néanmoins, selon les spécialistes, au long des deux siècles écoulés depuis les débuts de l'égyptologie, un quart seulement de ce qui est à connaître a été découvert et certaines dates, certains faits sont encore l'objet de maintes controverses parmi les chercheurs. C'est pourquoi je prie sincèrement les égyptologues et les puristes qui pourraient, lisant ce livre, se formaliser d'une démarche trop peu scientifique, de bien vouloir me pardonner les quelques libertés que je me suis permises à l'occasion.

L'ÉGYPTE AU TEMPS DE HUY

Les neuf années de règne du jeune pharaon Toutankhamon (1361-1352 av. J.-C.)[1] furent une époque troublée pour l'Égypte. Elles marquaient la fin de la XVIIIe dynastie, la plus glorieuse des trente dynasties de l'Empire. Les prédécesseurs de Toutankhamon s'étaient surtout illustrés par leurs qualités de rois guerriers ; ils avaient fondé un nouvel empire tout en consolidant l'ancien. Juste avant lui, toutefois, le trône avait été occupé par un pharaon étrange, aux dons de visionnaire : Akhenaton. Celui-ci avait rejeté tous les anciens dieux pour les remplacer par un seul, Aton, qui trouvait son essence dans le soleil dispensateur de vie. Akhenaton reste le premier philosophe dont l'Histoire ait gardé la trace, et l'inventeur du monothéisme. En ses dix-sept années de règne, il provoqua un véritable bouleversement dans les modes de pensée et de gouvernement de son pays. Mais, dans le même temps, il per-

1. Les dates concernant la fin de la XVIIIe dynastie sont sujettes à controverses entre les différentes écoles d'égyptologues. Certains situent la mort d'Akhenaton vers 1373, d'autres vers 1379, de même pour Toutankhamon dont certains situent la naissance en 1354, d'autres en 1361. (*N.d.É.*)

dit la totalité de l'Empire du Nord (la Palestine et la Syrie) et mena le royaume au bord de l'abîme, ce qui incita des ennemis puissants à s'assembler aux frontières septentrionales et orientales.

Les réformes religieuses d'Akhenaton avaient introduit le doute dans les esprits, après des générations de certitude inébranlée remontant à des temps encore plus lointains que la construction des pyramides, mille ans auparavant. Et bien que l'Empire, déjà vieux de plus de mille cinq cents ans à l'époque de ces récits, eût traversé des crises par le passé, l'Égypte connut une brève période d'obscurantisme. Akhenaton ne s'était pas fait aimer des prêtres qui administraient l'ancienne religion et qu'il avait dépossédés de leur pouvoir, ni des gens du peuple, qui voyaient en lui le profanateur de croyances séculaires, en particulier leurs convictions relatives aux défunts et à l'au-delà. Après sa mort, en 1362 av. J.-C., la nouvelle capitale qu'il s'était bâtie (*Akhet-Aton*, la « cité de l'Horizon ») ne tarda pas à tomber en ruine tandis que le pouvoir retournait à Thèbes, la capitale du Sud (au nord, le siège du gouvernement se trouvait à Memphis). Le nom d'Akhenaton fut retranché de tous les monuments, et il ne fut même plus permis de le prononcer.

Akhenaton était mort sans héritier direct. Les trois règnes qui suivirent, dont celui de Toutankhamon fut le deuxième et de loin le plus long, furent lourds d'incertitude. Pendant cette période, les pharaons eux-mêmes virent leur pouvoir jugulé par Horemheb, ancien commandant en chef des armées d'Akhenaton, désormais résolu à assouvir ses propres ambitions : restaurer l'Empire et l'ancienne religion, puis monter sur le trône. Il y parvint finalement en 1348 av. J.-C. et, dernier roi de la

XVIIIe dynastie, régna vingt-huit ans, après avoir épousé la belle-sœur d'Akhenaton pour conforter ses prétentions à la couronne.

L'Égypte allait retrouver son unité sous Horemheb, et connaître son ultime apogée de gloire au début de la XIXe dynastie, sous Ramsès II. C'était de loin le pays le plus riche et le plus puissant du monde connu, abondant en or, en cuivre et en pierres précieuses. Le commerce était pratiqué tout le long du Nil, depuis la côte jusqu'à la Nubie, sur la Méditerranée (la « Grande Verte »), et sur la mer Rouge jusqu'au pays de Pount (Somalie). Mais ce n'était qu'une étroite bande de terre accrochée aux rives du Nil, cernée à l'est comme à l'ouest par des déserts, et gouvernée par trois saisons : le printemps — *shemou* —, le temps de la sécheresse, de février à mai ; l'été — *akhet* —, le temps des crues du Nil, de juin à octobre ; et l'automne — *peret* —, le temps de la végétation, quand poussaient les cultures. Les anciens Égyptiens vivaient plus près que nous du rythme des saisons. Ils croyaient par ailleurs que le cœur était le siège de la pensée.

La décennie dans laquelle s'inscrivent ces récits, période infime comparée aux trois mille ans d'histoire de l'Égypte pharaonique, fut néanmoins cruciale pour le pays. Celui-ci prenait conscience du monde qui s'étendait par-delà ses frontières, et de la possibilité qu'un jour lui aussi soit conquis et s'éteigne. Ce fut un temps d'incertitude, de remise en question, d'intrigues et de violence — un miroir lointain où nous entrevoyons notre propre reflet.

Les anciens Égyptiens adoraient de très nombreuses divinités. Quelques-unes étaient spécifiques à des villes ou à des localités, d'autres exercèrent un rayonnement qui s'accrut puis diminua au fil du temps. Certains dieux correspondaient à des notions similaires. Voici les plus importants d'entre eux, tels qu'ils apparaissent dans les récits.

AMON : principal dieu de Thèbes, la capitale du Sud. Représenté sous l'aspect d'un homme et associé à Rê, le dieu solaire suprême. Le bélier et l'oie lui étaient consacrés.

ANUBIS : dieu de l'embaumement, à tête de chacal.

ATON : dieu de l'énergie solaire, représenté sous l'aspect d'un disque dont les rayons s'achèvent dans des mains protectrices.

BÈS : dieu nain à tête de lion. Protecteur du foyer.

GEB : dieu de la terre, représenté sous l'apparence d'un homme.

HAPY : dieu du Nil.

HATHOR : déesse à tête de vache, nourricière du roi.

HORUS : dieu à tête de faucon, fils d'Osiris et d'Isis et donc membre de la plus importante triade de la théologie égyptienne.

ISIS : mère divine.

KHONSOU : dieu lunaire, fils d'Amon.

MAÂT : déesse de la vérité.

MIN : dieu de la fertilité humaine.

MOUT : épouse d'Amon, à l'origine déesse à tête de vautour, celui-ci étant l'animal emblématique de la Haute-Égypte (sud). La Basse-Égypte (nord) était représentée par le cobra.

OSIRIS : dieu du monde souterrain. La vie après la mort occupait une place fondamentale dans la pensée des anciens Égyptiens.

RÊ : grand dieu du soleil.

SETH : dieu de l'orage et de la violence ; frère et

meurtrier d'Osiris. Équivalent très approximatif de Satan.

SOBEK : dieu-crocodile.

THOT : dieu à tête d'ibis. Le babouin lui était associé.

Principaux personnages de *La Cité des rêves*
(par ordre d'apparition)

Les personnages imaginaires sont indiqués en capitales, les personnalités historiques en minuscules.

SOURÉRÊ : ancien gouverneur de région.
Akhenaton : pharaon (1379-1362 av. J.-C.)[1].
AMENÉNOPET : amant de Sourérê.
Toutankhamon : pharaon (1361-1352 av. J.-C.)[1].
KHAEMHET : tailleur de pierre.
HUY : ancien scribe.
MERYMOSÉ : capitaine mézai.
TAHEB : femme d'affaires.
NOUBENÉHEM : tenancière de bordel.
Horemheb : régent.
IRITNÉFERT : victime.
IPOUKY : son père, Contrôleur des Mines d'Argent.
PAHÉRI } ses fils.
MENNA }
RÉNI : Chef des scribes, père de Néferoukhébit, Nephtys, Nebamon et Ankhou.
KENAMOUN : prêtre-administratreur.
NÉFEROUKHÉBIT : fille de Réni, victime.

1. Voir note p. 11.

MERTSÉGER : victime.
NEPHTYS : fille de Réni, victime.
NEBAMON : fils de Réni.
ANKHOU : fils de Réni.
ISIS : prostituée.

1

L'extrémité du fouet le frappa à la base de la colonne vertébrale avec une violence qui propagea un faisceau de douleurs à travers son corps, jusqu'au bout de ses doigts, de ses orteils à son crâne. Les prisonniers avaient la tête rase, et n'étaient pas autorisés à porter de couvre-chef pendant qu'ils travaillaient dans la chaleur étouffante des carrières de granit. Les prêtres avaient décrété que le dieu Rê lui-même devait participer à leur châtiment.

Un autre coup l'envoya sur le sol dur, où les éclats rocheux entaillèrent ses genoux et ses coudes. Il se propulsa à quatre pattes pour échapper au troisième coup de fouet. Il entendit la lanière siffler dans les airs, mais cette fois le garde réussit seulement à l'atteindre aux mollets, dont les muscles, endurcis par dix-huit mois au camp de travail, étaient à même de soutenir le choc. Il n'avait plus la force d'éviter un quatrième assaut et resta face contre terre, conscient de la morsure cruelle du soleil et, sur ses lèvres, du goût salé du sang qui se mêlait à la poussière odorante de la carrière. Au niveau de ses yeux, un rocher pointu se découpait, aussi massif qu'une montagne.

Faisant appel à ses dernières ressources, il se prépara au coup qui allait suivre. Pour aiguillonner son courage, il murmura son nom dans son cœur : Sourérê. Du coin de l'œil, il vit la mèche du fouet passer au-dessus de lui et, plus loin, les pieds sales d'autres prisonniers qui observaient la scène à distance respectueuse.

Le garde cessa de s'acharner.

« Debout ! » entendit Sourérê.

Prudemment, il reprit appui sur ses mains et ses genoux, craignant que le garde ne changeât d'avis. Mais quand il releva la tête, il vit le dos musclé de l'homme qui s'éloignait, cherchant un autre forçat trop peu zélé à son gré.

Il se releva, réprimant des imprécations. Seul son acharnement à préserver sa dignité lui avait permis de conserver toute sa raison dans cet enfer, dans cette Carrière numéro 7 proche de la Première Cataracte du Fleuve, où l'on extrayait le granit rouge. Nomarque[1] il avait été et nomarque il resterait, bien qu'il fût depuis longtemps déchu de son titre et de son rang. C'est dans une barque de condamnés, en compagnie de nombreux autres fonctionnaires, qu'il avait quitté la cité de l'Horizon lors des purges qui avaient suivi la mort d'Akhenaton et la chute de sa nouvelle capitale.

Combien d'années avaient passé, depuis ? Deux ? Trois ? Sourérê avait beau tenter de garder la notion du temps, seule l'inondation annuelle du Fleuve scandait l'immuable succession des jours de soleil, en un lieu où même les grandes fêtes passaient inaperçues. Au cours du temps, la plupart de ses anciens

1. L'Ancienne Égypte était divisée en secteurs territoriaux, les nomes, dont chacun avait à sa tête un nomarque chargé de représenter le pharaon dans ses provinces. (*N.d.T.*)

confrères — des scribes de haut grade et des fonctionnaires comme lui-même — avaient péri, épuisés par un travail harassant dont ils n'avaient pas l'habitude.

Sourérê attribuait sa survie à la stricte discipline qu'il s'imposait. Il ne se montrait jamais grossier, ne laissait jamais les effets abrutissants du camp pénétrer son âme, en dépit de l'effort immense que cela lui coûtait. Il avait vu ici des hommes cultivés devenir si obsédés par le besoin d'un réconfort qu'ils se masturbaient sans cesse, les mains s'égarant en plein travail vers leur pénis flasque chaque fois que l'attention des gardes ne se concentrait pas sur eux, la peau grise tendue sur leur visage tel un papyrus, les yeux laiteux, où toute intelligence semblait morte. Il avait vu des fonctionnaires, qui, à la cour de la cité de l'Horizon, ne se seraient jamais montrés non maquillés ni parfumés à leurs concubines, et encore moins à leurs épouses, négliger désormais de se laver, les reins ceints de guenilles couvertes d'une croûte de déjections, une barbe répugnante au menton, l'haleine rendue fétide par les dents gâtées et l'aigre pain à l'oignon qu'on leur distribuait avec parcimonie.

Il retourna à la besogne relativement facile que lui avaient valu sa bonne conduite et son aptitude à se maintenir en vie : déblayer les éclats accumulés à mesure que les maçons taillaient un obélisque dans un abrupt de granit. Les liens en fibres de palmier qui entravaient ses chevilles l'écorchaient continuellement, mais son épiderme s'était suffisamment épaissi pour qu'il n'eût pas à s'en soucier outre mesure. Des pieds malades signifiaient l'arrêt de mort d'un prisonnier. Ne plus pouvoir marcher, c'était être hors d'état de subvenir à ses besoins, et en l'absence de tout médecin dans le camp, la fin venait soit sous les coups des gardes, soit du fait du prisonnier lui-même, qui se traînait jusqu'à la rive à la nuit tombée et s'abandonnait au Fleuve.

Il recueillit les fragments poussiéreux dans son tablier en loques, observant ses mains calleuses comme si elles appartenaient à un inconnu. Il se souvint d'avoir, de ces mains mêmes, touché son cher amour. Amenénopet, doux garçon... Il ne s'attarda qu'un instant sur cette tendre pensée. Ah ! La pureté de la jeunesse... Que la vie eût été belle, sans la désillusion de l'expérience !

Secouant la tête, Sourérê se hissa hors de la tranchée pour déverser les débris sur le traîneau que l'on ferait plus tard rouler jusqu'au bas de la pente, où se trouvait la décharge. Il savait qu'au camp, le souvenir d'un passé plus heureux était un des nombreux chemins qui conduisaient à la folie.

Il orienta son cœur vers une autre direction. Depuis des semaines, il cultivait la faveur d'un des maçons. C'étaient des ouvriers spécialisés qui dégrossissaient les obélisques dans le roc avant qu'on les charge sur des navires en partance pour les capitales du Nord et du Sud. Là, des maîtres maçons leur donneraient leur forme définitive, puis des ferronniers et des sculpteurs les orneraient des hiéroglyphes appropriés à l'événement qu'ils devaient commémorer.

Le maçon Khaemhet devait bientôt prendre part au convoiement d'un nouvel obélisque jusqu'à la capitale du Sud, et Sourérê espérait qu'il serait enfin au nombre des très rares privilégiés choisis parmi les prisonniers pour l'escorter, même si jusqu'alors aucun ex-fonctionnaire à la cour d'Akhenaton ne s'était vu octroyer une telle faveur. L'ancien pharaon, ce visionnaire dont le règne s'était achevé de manière si désastreuse pour l'empire de la Terre Noire, avait été dépossédé de son nom. A présent que régnait Toutankhamon, on ne pouvait désigner son prédécesseur autrement que sous les termes de Grand Criminel. Sourérê frissonna. Priver un être de son nom, même si, comme Pharaon, il s'agissait d'un dieu, était détruire son âme. L'idée de la non-existence après la mort était trop horrible à contempler.

La journée était bien avancée, et le soleil, dans sa barque *seqtet*, avait entamé sa descente vers l'horizon d'Occident. Ses rayons, réverbérés par la surface lisse du piton de granit, animaient d'un éclat ardent le visage de Sourérê. Pendant quelques secondes encore, le prisonnier permit à son cœur de parcourir les rues de la cité de l'Horizon, cette capitale qu'Akhenaton avait voulu bâtir pour constituer le centre de sa nouvelle religion, au nom de quoi tous les ancien dieux avaient été balayés. A son peuple, le pharaon avait appris à vénérer la vie prodiguée par Aton, la Puissance-qui-danse-dans-la-Clarté-Solaire. Subitement, quelques vers du grand chant composé par le roi revinrent à la mémoire de Sourérê ; la poussière et la chaleur du camp s'effacèrent. On eût dit qu'une main fraîche s'était posée sur son front, apaisant sa solitude et son désespoir.

Ton aube est belle dans l'horizon du ciel,
Ô vivant Aton, commencement de la vie !
Quand tu te lèves à l'horizon oriental,
Tu emplis chaque pays de ta beauté.
Car tu es beau, tu es grand,
Tu étincelles, loin au-dessus de tout pays.
Tes rayons embrassent les terres,

Et tout ce que tu créas.
Tu es Rê, et tu les as tous emportés captifs.
Tu les as liés par ton amour.
Quoique tu sois bien loin, tes rayons sont sur
[terre ;
Quoique tu sois bien haut, le jour est l'empreinte
[de tes pas.

Il se pencha pour ramasser d'autres fragments de pierre échappés au ciseau de bronze du maçon. En passant à proximité de l'ouvrier, Sourérê sentit des relents de sueur et songea combien cela l'aurait offensé, naguère. Il était sûr d'exhaler lui-même une odeur bien pire. Conscient d'être observé, le maçon se retourna et le foudroya du regard. Sourérê se redressa, soulageant ses reins douloureux, et transporta dans son tablier un autre chargement vers le traîneau.

Son attention fut attirée par le Fleuve, loin en contrebas, où une barque massive manœuvrait afin de se mettre en position. Elle devait s'être approchée du quai pendant qu'il travaillait, car il ne l'avait pas remarquée auparavant. A ses dimensions et son état de délabrement, il sut que le navire était destiné au transport d'obélisques, et son pouls s'accéléra. Se pouvait-il que cette fois il se trouve à bord quand la barque appareillerait, au lieu de la regarder partir ?

Il domina son exaltation, sachant combien en ces lieux l'espoir déçu était destructeur, et déploya tout le reste de l'après-midi un zèle que le maçon, surpris, mit sur le compte des coups infligés par le garde. Le maçon s'activait lui aussi sur sa besogne. C'était le dernier obélisque qu'il aurait à tailler ici, les dieux en soient loués ! Dès que celui-ci serait dégagé du lit rocheux, son contrat rempli, il entreprendrait le long voyage vers le nord pour se faire embaucher dans les carrières de calcaire de Toura, où la main-d'œuvre n'était pas constituée de prisonniers. Le maçon répugnait à travailler avec des condamnés. Leur présence et leur odeur de désespoir le déprimaient, lui donnant l'impression d'être des leurs.

Plus tard, dans le quartier des forçats, sur l'étroite bande de terre dure située entre la carrière et le Fleuve, Sourérê était assis un peu à l'écart de ses camarades penchés sur l'habituel repas du soir — du *shemshemet*, le mauvais ragoût de chou qui constituait leur nourriture de base. Il n'y avait guère de contacts humains entre les prisonniers : les autorités avaient veillé à ce que les anciens fonctionnaires d'Akhenaton ne fussent pas réunis dans le même camp. Les deux compagnons avec qui Sourérê partageait sa tente la nuit, de même que la douzaine de petits criminels de droit commun qui purgeaient de courtes peines pour avoir vidé des poches ou commis des délits mineurs, étaient des hommes taciturnes et renfermés, incapables d'oublier ce qu'ils avaient été, d'affronter ce qu'ils étaient devenus. C'est ainsi que personne ne se soucia de voir Sourérê assis à l'écart devant son bol de terre cuite ébréché, raclant sa pitance à l'aide de ses doigts.

La nuit tombait. Çà et là s'allumaient des torches, faites de faisceaux de papyrus trempés dans du bitume. Chacune projetait une petite mare de lumière coupée d'ombres, avant de céder sous les ténèbres écrasantes. Ici, pas même les grillons ne brisaient le silence. Le seul bruit, tantôt réconfortant, tantôt moqueur, était le murmure turbulent du Fleuve.

Sourérê distinguait, profilées par la lumière des torches, les silhouettes des solides mâts de charge en cèdre, dotés de cordes et d'échafaudages en palmier. A proximité, sur les rouleaux de bois qui l'avaient transporté jusqu'à ce quai de la carrière où il était né, reposait encore un gros obélisque moucheté, réduit à une forme sombre que la lumière vacillante rendait vaguement menaçante. Tout en raclant les reliefs de son repas, Sourérê scrutait la rive, guettant la silhouette musclée de Khaemhet. Il y avait peu de gens alentour. Certains longeaient le rivage, vaquant à quelque occupation tardive, ou formaient de petits groupes d'où lui parvenait l'écho assourdi d'une conversation. Le maçon bienveillant n'était pas parmi eux, et Sourérê s'exhorta à ne pas se laisser gagner par l'espoir. Néanmoins, il continua à guetter jusqu'à ce que la lumière des torches déclinât, et qu'il ne restât plus personne sur le quai, excepté les gardes postés pour la nuit.

Il descendit vers le Fleuve pour nettoyer son bol et faire ses ablutions. Cela était permis, et même approuvé par les autorités du camp. Les consignes de sécurité étaient souples. En effet, la carrière et le camp se trouvaient sur la rive orientale, qui n'offrait aucun refuge. En s'éloignant du Fleuve, on s'enfonçait dans le désert. Sur la rive d'en face, pour peu que l'on réussît l'exploit quasi impossible de franchir une telle distance à la nage, il fallait encore dix jours de marche à travers le désert pour atteindre l'oasis de Kharga. Le sud et le nord ne présentaient pas moins de difficultés. La seule possibilité d'évasion était d'embarquer sur un navire en partance pour une des capitales, puis, de là, de prendre la fuite.

Sourérê s'accroupit au bord de l'eau sombre. D'un lieu invisible mais peu éloigné monta un cri aigu, un cri de femme vite étouffé. La voix semblait trop claire, trop innocente pour être celle d'une des putains syriennes. Celles-ci, brusques et revêches, étaient logées au profit des civils du camp dans une masure au toit de palmes dont les murs ornés de scènes suggestives montraient des filles enroulant leurs jambes autour d'ânes et de babouins. Sourérê eut encore une brève pensée pour Amenénopet. Quel avait été son sort ? Tristement, il dut s'avouer que, peu à peu, les traits de l'adolescent s'estompaient dans sa mémoire. Jadis, il ne l'aurait jamais cru possible ; cette seule pensée eût été intolérable. En cet instant, elle ne provoqua en lui qu'un sourire ironique. La sensiblerie était un autre chemin vers la mort.

Il se leva et se cambra pour dénouer les muscles de son dos. La douleur infligée par les coups se résorbait en une sensation sourde. La lune s'était levée et sa lumière prêtait à l'eau noire une apparence huileuse. Il entreprit de remonter la pente pour regagner le quartier des forçats et sa tente. A mi-chemin, il entendit à nouveau crier la fille invisible.

A ce cri il s'arrêta, essayant de déterminer si le bruit n'en avait pas masqué un autre, à peine audible, qui aurait pu être l'écho de pas. Il pressa l'allure et parvint à la limite du quartier des forçats sans voir ou entendre quiconque. Toutefois, avant qu'il eût quitté le couvert des grands joncs qui poussaient de ce côté du Fleuve, un homme apparut sur le sentier devant lui, marchant à pas feutrés.

« Khaemhet ! Me suivais-tu ? »

Le maçon le contempla timidement.

« Je t'ai vu en bas, au bord du Fleuve. J'avais l'intention de te parler ce soir, mais je voulais être sûr de te voir seul à seul.

— Il y avait une fille, quelque part par là.

— Une des pensionnaires de Khérouef, répondit Khaemhet, faisant allusion au tenancier du bordel. Une nouvelle. Elle est arrivée avec deux ou trois autres par le navire de cet après-midi. Khérouef a dit qu'il allait les essayer. Je ne voulais pas qu'on risque de nous déranger. »

Il fit un pas vers lui, puis hésita.

Sourérê l'observait calmement, remarquant qu'il s'était parfumé au *seshen*[1]. Incapable de soutenir son regard, Khaemhet baissa les yeux vers ses mains carrées de tailleur de pierre, pliant et dépliant ses doigts.

« As-tu des nouvelles pour moi ? demanda Sourérê, osant à peine poser la question de crainte d'une réponse négative.

— Oui.

— Quelles sont-elles ? »

Sur le large visage juvénile du maçon, un sourire s'épanouit. Des dents parfaites, pensa Sourérê, heureux que les siennes eussent résisté à la captivité à force de brossages vigoureux avec l'extrémité aplatie de brindilles.

« Tu peux embarquer avec moi et faire partie de l'équipe de halage. Le Superviseur a donné l'autorisation cet après-midi. »

Sourérê ressentit en un tel élan la puissance du dieu en lui qu'il crut décoller du sol. Il se força à adopter une respiration lente et régulière, mais il vit que son excitation s'était communiquée à Khaemhet, qui s'approcha encore, avec réserve, avec respect — mais s'approcha néanmoins, les yeux pleins de désir. Il serait impossible de le repousser à présent.

« Merci.

— Tu le dois tout autant à toi-même, dit Khaem-

1. *Seshen* : plante dont l'huile essentielle était utilisée comme parfum. (*N.d.T.*)

het. Le Superviseur voit en toi un prisonnier modèle. Il se peut qu'un jour tu sois pardonné par Nebkhépérourê Toutankhamon, si important que tu aies été à la cour du Grand Criminel. »

Sourérê jugeait cette possibilité lointaine. L'enfant-roi, bien qu'obstiné, agissait sous le contrôle de deux hommes beaucoup plus puissants que lui : Horemheb, qui dirigeait l'armée et le pays — dans les faits, sinon nommément —, et Ay, le vieux politicien qui s'était maintenu au pouvoir bien qu'il eût été le beau-père d'Akhenaton.

« Quand partons-nous ? demanda-t-il au tailleur de pierre.

— Nous chargerons l'obélisque avant l'aurore et partirons au crépuscule.

— Pour quelle destination ? » insista Sourérê, la gorge sèche.

Il sentait une pointe d'impatience chez Khaemhet devant toutes ces questions. Le désir palpitait dans l'air. Sourérê glissa un regard rapide et discret vers le pagne de son compagnon, dont l'étoffe, à moitié dans l'ombre, se soulevait sous l'effet d'une forte érection.

« La capitale du Sud, répondit Khaemhet, qui s'approcha encore. Viens. Il y a un coin tranquille parmi les joncs. J'ai apporté du bon vin.

— J'en ai oublié le goût.

— J'ai aussi du pain aux épices et des pommes.

— De vraies pommes ? Celles du Nord ?

— Je sais à quoi tu étais habitué autrefois », dit Khaemhet en souriant.

Les pommes étaient un luxe inouï. Khaemhet lui-même n'en avait probablement jamais goûté, et Sourérê ne put s'empêcher d'être touché par cette marque de respect. Mais il avait besoin d'une dernière réponse avant de témoigner sa gratitude.

« Quand y serons-nous ?
— Dans quatre jours. La barque est lente. Viens, maintenant. »

Le poignet de Sourérê fut saisi par une main vigoureuse et brûlante, et dans sa vanité, il déplora ses propres ongles cassés et sa peau rude.

« Je suis surpris de pouvoir te plaire... tel que je suis, murmura-t-il.

— A mes yeux tu es beau tel que tu es, répondit tendrement Khaemhet. Tel que tu étais, maquillé et parfumé, de l'or aux mains et aux pieds, tu serais magnifique, et je me sentirais trop impressionné devant toi. »

Sourérê sentit un bras puissant l'entraîner par la taille vers le secret des joncs, puis des lèvres brusques et une langue passionnée meurtrirent les siennes.

Plus tard, tandis que couchés côte à côte ils observaient la surface de l'eau, troublée par la brise légère annonciatrice de l'aube, Khaemhet dit avec embarras :

« Il y a une chose que je dois te demander de me promettre.

— Laquelle ?

— C'est que tu n'essaieras pas de t'échapper. Sinon ils me tueront. »

Sourérê garda le silence.

« Promets-le-moi, dit Khaemhet, roulant sur un coude pour scruter son visage.

— Je le promets », dit Sourérê.

Elle était partie. Il se répétait qu'il avait toujours su que cela arriverait, qu'il en avait vu les signes, que cela n'avait été qu'un rêve. Mais aucune de ces considérations ne le réconfortait. Loin de s'incliner devant la volonté du dieu mineur chargé des choses de l'amour, que ce fût Bès, le nain à tête de lion, ou Min, avec son fouet et son pénis en érection, Huy se sentait tel un homme tourmenté par une démangeaison qu'il ne peut gratter, ou une fièvre si brûlante que s'arracher le crâne serait un soulagement. Pendant des semaines, il avait tourné comme un fauve en cage. Elle était partie. Elle ne l'aimait plus. Bien avant de lui avouer qu'elle ne voulait plus de lui, elle avait pris sa décision. Des semaines, peut-être des mois plus tôt, elle avait cessé de voir en lui un amant. C'était cela le pire. Avoir continué à danser si longtemps après que la musique se fut arrêtée.

A présent, il poursuivait un fantôme. Il envisagea de lui adresser d'autres lettres, il envisagea de retourner chez elle. Mais il savait que ce serait futile. La seule action possible était... l'inaction. Il lui fallait admettre la vérité la plus désagréable entre toutes : l'objet de son amour n'avait plus besoin de lui ; il était devenu indésirable ; son rôle dans la vie de cette personne avait pris fin. Faire sa sortie avec grâce n'allait pas sans douleur, mais il n'y avait pas d'alternative. Une supplication eût été accueillie, au mieux, avec un embarras affectueux.

Shemou, saison de la sécheresse, était arrivé, et de l'aube au crépuscule toute la Terre Noire endurait la chaleur douce et constante du soleil. A la fin de l'année, au milieu de l'été, la touffeur serait impitoyable ; mais alors viendrait la crue qui ferait renaître les berges verdoyantes. En attendant, le temps était aux longues siestes et, pour la plus grande frustration de Huy, à une oisiveté monotone.

Il venait d'avoir trente ans. Un an plus tôt, il vivait seul dans sa petite maison, dans une ruelle de la cité de l'Horizon gagnée par la décrépitude, et ressassait, outre l'échec de son mariage, la ruine de sa carrière. Scribe à la cour d'Akhenaton, il se voyait depuis la mort du roi interdit d'exercer sa profession, sans toutefois être assez important pour subir un châtiment. Il vivotait en menant des enquêtes, en tentant de résoudre les problèmes des autres.

Il parcourut des yeux la petite maison qu'il habitait désormais, seul de nouveau, dans un quartier délabré proche du port thébain. La seule grande affaire qu'il avait failli élucider s'était soldée par un désastre, et le seul bien qui en avait résulté avait pris fin[1].

Il prononça son nom : Aset. Il évoqua son image dans son cœur et tenta de la condamner, mais en vain. Il n'y avait jamais eu le moindre espoir qu'ils restent ensemble définitivement. Il l'avait su dès le début. La sœur de son ami Amotjou, devenue, à la mort de celui-ci, la cohéritière d'une véritable fortune — l'autre moitié revenant, après une longue bataille juridique, à Taheb, la veuve d'Amotjou —, n'avait jamais été à sa portée, et était à présent aussi éloignée de lui que la lune.

Il s'efforçait de chasser le souvenir de leur dernière rencontre, mais la scène ne cessait de repasser dans son cœur — une scène douloureuse et inutile, due au seul fait qu'il avait été incapable de se résigner à ce que la jeune femme lui disait dans sa lettre. Pour se torturer davantage, il regrettait d'avoir détruit le papyrus où, d'une main ferme, elle avait décrit leur situation avec une implacable exactitude. En revenant sur le parcours stérile de sa vie tel un chien qui a perdu la trace, Huy songea pour la cen-

1. Cf. *La Cité de l'Horizon*, coll. 10/18, 1995, n° 2568.

tième fois que le problème, à la fin d'une liaison, que celle-ci ait duré un an ou vingt, c'est que le partenaire qui s'en va est déjà parti, dans son cœur.

Humilié, malheureux, il avait imaginé faire subir mille morts misérables à Aset, avant d'être chaque fois pris de remords ; de même, il avait rêvé qu'un soudain retour de fortune la lui rendrait à nouveau accessible en un temps où lui-même ne voudrait plus d'elle, dût-elle se repentir amèrement de l'avoir rejeté. Mais tout au fond de lui, une semence grandirait, grandirait, pour s'épanouir enfin en la fleur luxuriante de la résignation, messagère de guérison.

Lorsque, six mois après la mort de son frère et trois après sa lettre de rupture, Aset s'était installée dans la capitale du Nord, ayant épousé Néferwében, ex-nomarque de Hou reconverti dans le commerce de l'or, l'ancien scribe commençait à se sentir capable de remercier son *ka*[1] protecteur de certains bienfaits : elle ne résidait plus dans la même ville, et Néferwében était certes riche mais non moins sûrement obèse, âgé de cinquante ans et privé d'une oreille à la suite d'une escarmouche contre les pirates du désert, dans sa jeunesse. Aset, qui venait d'avoir dix-neuf ans, avait expliqué à Huy qu'il lui fallait consolider sa fortune et son affaire. S'il avait jamais nourri l'espoir de s'associer à elle et de l'aider à développer son entreprise de transports fluviaux, en concurrence avec Taheb, son ancienne belle-sœur, il se disait désormais qu'un mariage avec une femme aussi vénale eût été condamné dès le départ. Toutes ces nouvelles réflexions, nobles et viriles, l'aidèrent pour un temps. Mais elles ne for-

1. *Ka* : le double spirituel. Né avec l'homme, il grandit avec lui et le protège. Après la mort, il aspire à poursuivre dans la tombe la vie qu'il a menée sur terre. (*N.d.T.*)

maient qu'un piètre substitut à un lit vide et au désœuvrement.

Il était facile de remédier au vide de son lit : vivant tout près du port, il n'était pas loin des bordels, auxquels les autorités municipales imposaient un degré d'hygiène assez sévère. Mais un corps payé pour être là ne remplace pas un cœur qui aspire à s'y trouver.

Quant au travail, c'était une autre histoire. Certains personnages influents savaient le rôle majeur joué par Huy dans la résolution du mystère au dénouement si tragique, mais aucun n'était de ses amis. Il était toléré par les autorités, et soumis occasionnellement à la surveillance des Mézai, le corps de police du général Horemheb. Son ambition de redevenir scribe était plus éloignée que jamais de se réaliser. Discrètement, il fit savoir autour de lui la profession que lui avait value la destinée. D'anciens confrères mentionnaient son nom et ses talents d'enquêteur au bas de leurs papyrus. Il s'assura que, dans les sphères de la cour et du palais, ceux dont les intérêts professionnels ou les difficultés matrimoniales pouvaient nécessiter son intervention n'oublieraient pas les services qu'il rendait ni son adresse. Ensuite, il ne lui resta plus qu'à s'asseoir, attendre, et maigrir en même temps que s'amenuisaient ses provisions.

Au milieu des appels et des cris de panique des marins postés sur le gaillard d'avant, l'immense barque, qui s'enfonçait au ras de l'eau sous le poids colossal de l'obélisque rouge, s'arracha aux mains des timoniers et, poussée par un fort courant, s'élança contre une des jetées de la capitale du Sud. Plusieurs hommes furent projetés sur le pont par la brutalité du choc et, dans le désordre indescriptible qui s'ensuivit, il sembla que le bateau s'était fendu et allait couler là, au terme de son voyage. Une planche du demi-pont arrière craqua dans un bruit de tonnerre, et sur la berge les mâts de charge oscillèrent dangereusement, menaçant de tomber.

Libéré de ses entraves par Khaemhet, de même que les autres prisonniers renforçant l'équipage, Sourérê jeta un bref coup d'œil vers l'avant et l'arrière. La barque tanguait au point qu'il était difficile de garder l'équilibre, tandis que l'eau du Fleuve balayait le pont, le rendant glissant. L'obélisque se balançait au-dessus d'eux. Les timoniers se démenaient pour maîtriser le navire, les marins lançaient des cordages aux équipes postées sur la rive, qui halaient, dans un même effort, le bateau pour l'amener le long du quai. Les dos cuivrés et tendus luisaient au soleil tandis que la barque regimbait et se cabrait tel un être vivant.

Debout à la poupe près du patron du navire, Khaemhet observait alternativement l'obélisque et le quai, lançait des ordres nerveux aux hommes qui s'étaient emparés des cordages et qui, à l'aide de longues perches, tentaient d'arrêter le mouvement de pendule du monolithe. Satisfait de voir l'attention du maçon absorbée tout entière, et bien décidé à ne pas laisser passer ce cadeau divin, Sourérê s'élança et se faufila prestement parmi les groupes d'hommes pour se perdre dans la foule affairée des marins. Arrivé du côté de la rive, il s'arrêta et regarda par-dessus bord : le flanc du navire continuait à s'écarter du mur de jetée pour revenir s'y écraser, mais en un balancement plus court, plus modéré. S'il calculait mal son élan et tombait, il risquait encore de périr écrasé, mais le danger avait considérablement diminué.

Au moment opportun, il se hissa sur la rambarde basse, en bois, qui courait tout le long du navire et, en équilibre sur ses pieds et sa main gauche, jeta un dernier coup d'œil alentour pour voir si on l'avait remarqué. Personne ne s'était aperçu de rien, mais la confusion diminuait à bord ; sur le quai, les hommes aux cordages montraient moins d'ardeur. C'était l'instant ou jamais. Lâchant la rambarde, il la repoussa des pieds et se jeta dans le vide, vers une boucle de cordage enroulée près d'une bitte en bois.

Il toucha terre lourdement, s'écorcha les genoux et les poignets sur la corde rêche. Il roula sur lui-même, se releva rapidement puis, adoptant l'allure déterminée d'un homme qui a une course à faire, passa derrière la foule de badauds attroupés pour regarder, bouche bée, ou crier des conseils. Personne ne se retourna sur lui : l'équipage s'était rendu maître de la barque et le spectacle était terminé. Certains des ouvriers avaient lâché les cordages et étaient montés manœuvrer les mâts de charge.

Sourérê épousseta son pagne taché et déchiré, remerciant son dieu que son séjour dans les carrières l'eût rendu si agile. Se sentant plus en sécurité dans la foule, il ralentit le pas pour calmer les battements précipités de son cœur et se retourna afin de contempler le navire une dernière fois. Il vit Khaemhet y déambuler, mais il était trop loin pour distinguer l'expression de son visage et n'aurait pu dire si le maçon le cherchait déjà. Mieux valait ne pas prendre de risque.

Il y avait une étendue découverte à traverser avant d'atteindre les édifices jaunes et ocre, serrés les uns contre les autres, qui marquaient les abords de la cité où il serait en lieu sûr. Il remarqua qu'un homme conduisait une petite procession de trois ânes gris pâle, l'échine ployée sous une lourde charge d'orge dans des sacs bruns d'étoffe grossière, projetant des ombres allongées dans l'après-midi finissant. Sourérê se força à les attendre. Lorsqu'ils furent à sa hauteur, il se servit d'eux comme d'un écran pour se détacher de la foule du port puis se dirigea rapidement vers la rue la plus proche. Il ne se retourna plus.

Khaemhet avait-il découvert son absence ? Un bref remords d'avoir failli à sa promesse fut bien vite éclipsé par l'idée du sort qui l'attendait s'il se faisait reprendre, et il pressa le pas.

Il se trouva bientôt dans le frais couloir formé par la rue. Courant entre les murs sans fenêtres, il tourna à un angle, et les bruits du port eux-mêmes se turent. Il s'arrêta le temps de se repérer et poursuivit de l'allure résolue d'un homme qui a rendez-vous. Il avait besoin d'un refuge et de vêtements propres ; il lui fallait atteindre un quartier de la ville où personne ne s'interrogerait sur l'arrivée d'un inconnu — un quartier où les gens avaient leurs propres secrets à préserver.

Hormis ces objectifs, ses plans étaient plus flous qu'il ne voulait bien l'admettre, même en lui-même. Mais il était libre, et il ne doutait pas qu'Aton, Dieu du Soleil et Protecteur de l'innocent, en qui il avait gardé une foi inébranlable malgré toutes ses tribulations depuis la chute d'Akhenaton, l'abriterait désormais dans sa main salvatrice.

2

Huy fut placé par une fille à la peau foncée, qui aurait été entièrement nue sans un large collier doré serti de turquoises ovales et une fine ceinture assortie, posée sur ses hanches. Ses seins étaient petits et fermes, les mamelons à peine plus sombres que sa peau. Comme il s'agissait d'une réception, elle avait enfilé des perles de cornaline sur les poils de son pubis.

Il but quelques gorgées du vin qu'elle lui avait offert et passa rapidement en revue les autres convives. Certains portaient au cou des guirlandes odorantes et la plupart des femmes arboraient des cônes à parfum au sommet de leur perruque noire. Dans la salle à colonnade, cinquante personnes étaient réparties par groupes de cinq à de petites tables disposées autour d'un cercle central, où quatre musiciennes étaient assises en compagnie d'une chanteuse.

Huy s'excusa de son retard auprès des trois invités installés à sa table : une femme aux yeux tristes qui lui était inconnue, son époux, un négociant en céréales qu'il connaissait de vue, et un capitaine mézai du nom de Merymosé. Ils avaient l'air réservé, mais pas plus qu'il ne convenait à des étrangers dont on fait la connaissance, et ils se montrèrent assez cordiaux pour qu'il en conclût qu'ils ignoraient son passé ou ne s'en souciaient pas.

« Où est notre hôtesse ? » s'enquit-il en parcourant la salle des yeux.

L'invitation de Taheb l'avait pris à l'improviste, et tout d'abord il avait songé ne pas accepter. Il ne l'avait pas revue depuis la mort d'Amotjou, et si les circonstances de l'époque les avaient forcés l'un et l'autre à une alliance embarrassante, Taheb avait toujours donné l'impression que ses sentiments envers lui n'étaient nullement chaleureux. Pour cette raison même, il avait résolu d'assister au dîner, vaincu par la curiosité. Si elle avait décidé de l'inviter, elle devait avoir un motif. Il fut plus intrigué que flatté en constatant qu'on l'avait placé à une table entourée de chaises, et non des tabourets attribués aux invités moins honorés.

« Elle va se joindre à nous, répondit le négociant en indiquant la chaise vide entre Huy et le Mézai. Elle est allée donner des instructions à son intendant à propos des acrobates. Ils sont arrivés trop tôt et ils ont ensuite un autre engagement.

— Je ne vois pas pourquoi ils ne donneraient pas leur représentation maintenant, dit sa femme d'un air d'ennui.

— Ils gêneraient le passage des serveuses », expliqua son époux avec bon sens.

Elle saisit la mandragore posée devant elle et en huma l'odeur douceâtre, lançant un coup d'œil à Merymosé qui déclina aimablement son invitation.

« Tu ne crois pas que c'est un peu tôt pour ça ? » remarqua le négociant en désignant le fruit.

Marmonnant tout bas, mais sans animosité, la femme reposa le narcotique et soupira.

Un moment de gêne leur fut épargné grâce à l'arrivée de deux jeunes filles chargées de plateaux dorés, où les convives découvrirent du pain au miel, du concombre, des baies, des *falafels*[1] et — luxe insigne — du bœuf rôti. Une troisième portait une cruche de vin de grenade et remplissait chaque coupe. L'épouse du courtier vida la sienne d'un trait et la tendit pour se faire resservir. L'homme feignit de ne rien voir.

Pour tenter de détourner l'attention de cet incident, Merymosé demanda si quelqu'un avait vu le grand obélisque brut qui était arrivé de la Première Cataracte une semaine plus tôt, et qui depuis lors était resté sur la troisième jetée, un des mâts de charge s'étant effondré au cours des manœuvres.

« Je pense qu'on l'a placé sur des rouleaux de bois, dit le courtier.

— Le quai n'est-il pas trop étroit pour cela ? demanda poliment Huy.

— On peut être reconnaissant que la pierre ne se soit pas fracturée, poursuivit le négociant. Cet obélisque doit être levé et sculpté pour commémorer les victoires de Horemheb au nord sous le règne de Nebmaâtrê Aménophis.

— Alors, cela aurait été des plus malencontreux s'il s'était brisé », dit Huy d'un ton égal, évitant le regard du Mézai.

Bien que le pharaon Aménophis III fût mort depuis plus de vingt ans, les inscriptions de tous les édifices publics étaient modifiées de façon à suggérer qu'il avait été l'immédiat prédécesseur de Tou-

1. *Falafels* : boulettes de farine de pois chiche frites, consommées aujourd'hui encore au Moyen-Orient avec des crudités et du pain. (*N.d.T.*)

tankhamon, comme si Akhenaton n'avait jamais existé. Pourtant, pendant le long règne d'Aménophis, l'activité militaire avait été très limitée. Et sous Akhenaton, quand l'Empire du Nord avait été perdu, le commandant en chef n'était autre que Horemheb. Le général, âgé de cinquante ans, venait d'être nommé chef de la police et semblait tenir d'une poigne de fer le pharaon de onze ans.

« Je m'étonne que Horemheb ne fasse pas recouvrir son obélisque d'or, ou tout au moins de bronze, observa l'épouse du courtier.

— Pourquoi ? » demanda Huy.

Il se doutait de la réponse. D'ordinaire, seuls les obélisques consacrés au pharaon ou aux dieux étaient recouverts d'un métal précieux. Étincelants au soleil, ils étaient de puissants symboles du pouvoir suprême. La femme le considéra d'un air espiègle.

« Eh bien ! C'est un signe de modestie. »

Son époux se mordit les lèvres.

« Un des forçats du navire a profité de la panique pour s'échapper », dit Merymosé.

Huy crut apercevoir une lueur malicieuse dans les yeux du capitaine. Sa minceur lui donnait une allure juvénile que démentaient les traits de son visage. Merymosé devait avoir environ son âge, peut-être davantage. Huy se demanda quelle était son histoire.

« L'avez-vous rattrapé ?

— Non. Ce problème est d'autant plus sérieux que c'était un prisonnier politique. Un membre de la cour du Criminel. »

Il s'exprimait avec dureté, et Huy comprit que le Mézai tenait véritablement Akhenaton pour un criminel, un traître à son pays. Qui pouvait être le prisonnier évadé ? Huy le connaissait probablement.

« Le maçon responsable est maintenu en détention à la prison du Sud, continua Merymosé. Il s'avère que le prisonnier et lui étaient amants.

— Que va-t-il devenir ? interrogea la femme du courtier, qui avait réussi à s'emparer d'une cruche de vin au passage d'une serveuse et la gardait à côté d'elle, sur la table.

— Si dans cinq jours le prisonnier n'est pas repris, le maçon aura la gorge tranchée, dit le policier en écartant les mains.

— Et s'il est repris ?

— Alors le prisonnier sera empalé, et le maçon perdra son nez et sa main droite. »

Merymosé conservait une voix neutre, mais Huy y décela de la répugnance. Il observa le capitaine avec curiosité, remarquant pour la première fois les plis amers aux commissures des lèvres.

La femme vida sa coupe, et la remplit.

« Les malheureux ! dit-elle avec une grimace de pitié. L'un perd la vie pour avoir suivi un mauvais chef, l'autre risque de la perdre, et au meilleur des cas d'être réduit à la mendicité. Quel pays que le nôtre !

— Tais-toi ! » souffla le courtier.

Merymosé baissa les yeux et planta son couteau de bronze dans sa nourriture. Il avait certainement entendu. Sans se soucier de cela, l'épouse du courtier fit glisser son pied le long du mollet de Huy, sous la table, et lui dit en le fixant entre ses cils lourds :

« Quels muscles ! Quel métier fais-tu ? »

Les deux luthistes et la joueuse de double flûte avaient commencé à explorer une mélodie très simple, sur laquelle la quatrième musicienne battait un rythme doux de son tambourin. La chanteuse, pour l'instant, restait assise en silence. Son tour viendrait plus tard, lorsque le festin aurait dégénéré. Déjà plusieurs convives étaient ivres. De l'autre côté de la salle, une femme avait appelé pour se faire apporter la bassine de cuivre, et y vomissait, soutenue par deux filles au visage masqué.

Huy vit Taheb apparaître à l'autre bout de la salle et passer de table en table, conversant brièvement avec chacun de ses invités pendant que les servantes ôtaient les assiettes, apportaient les plats suivants et remplaçaient les cônes à parfum fondus sur la tête des dames. Elle était vêtue d'une robe plissée bleue aux motifs somptueux, qui tombait toute droite de la taille au sol. Ses yeux, fardés de malachite et de galène, paraissaient à la fois plus grands et plus profonds que dans son souvenir. Elle était parée d'un *mankhet*, grand collier qui descendait sur sa gorge jusqu'à ses seins, composé de rangs de perles alternant le lapis-lazuli et la cornaline, et maintenu en place dans son dos brun, sous sa chevelure foncée, par un contrepoids d'argent. Elle ne portait plus de perruque. Depuis la dernière fois, sa silhouette avait perdu sa maigreur anguleuse. Elle traversait gracieusement la salle vers eux, l'incluant dans un sourire dont la chaleur était sincère et non de pure forme. Le bonheur redécouvert pouvait-il, si rapidement, provoquer une telle métamorphose ?

Elle prit des guirlandes fraîches des mains d'une servante et s'approcha de leur table pour en déposer une autour du cou du courtier, de son épouse, de Merymosé et pour finir, de Huy.

« Je suis heureuse que tu aies décidé de venir, dit-elle d'un air qui lui révéla qu'elle s'était attendue à un refus. J'ai souvent pensé à toi, depuis notre dernière rencontre.

— Je suis heureux de voir que tu as si bien pris le dessus.

— Cela n'a pas été facile. Aset a contesté le testament.

— Qu'avait écrit Amotjou ?

— Il ne me laissait rien. Ni aux enfants. On aurait dit que nous n'existions pas. La moitié allait à sa sœur, l'autre à sa maîtresse. Du fait que Moutnéfert avait péri avec lui, Aset réclamait la totalité.

— Elle a peut-être été mal conseillée.

— Ne prends pas sa défense, répliqua Taheb en le dévisageant d'un air pénétrant. Je sais ce qu'elle était pour toi, et quel traitement elle t'a réservé.

— Chacun doit considérer ses propres intérêts, dit Huy, qui se surprit à sourire.

— Il est vrai. N'empêche qu'Aset est une garce, doublée d'une égoïste. »

Huy n'eut pas besoin de répondre — à supposer qu'une réponse fût attendue — car le teint de la femme du courtier avait viré au gris. Elle agrippa le poignet d'une serveuse qui passait.

« Apporte-moi la bassine de cuivre », ordonna-t-elle d'une voix mal assurée.

Les plats succédaient aux plats avec un tel dédain pour l'économie qu'on n'y voyait ni poisson, ni canard, ni porc, et que les vins de Kharga et de Dakhla suivaient une profusion de pièces de bœuf, d'oie, de mouton et d'aigrette. Habitué à une nourriture frugale, Huy mangeait et buvait peu ; il remarqua que Merymosé et Taheb faisaient de même. Toutefois, à mesure que la soirée s'avançait, le courtier en céréales se fit plus expansif ; sa femme devint de plus en plus pâle et taciturne. Les acrobates, convaincus de rester, vinrent donner leur représentation après que les tables eurent été débarrassées, mais à cette heure tardive peu de convives leur accordèrent de l'attention.

Huy regarda les étoiles pâlir dans la voûte céleste, au-dessus des colonnes rouge et or. Puis le firmament passa avec une infinie lenteur par toutes les nuances du gris au violacé. Huy frissonna dans la clarté de l'aube. Taheb les avait quittés pour faire une dernière fois le tour des tables. Le courtier et sa femme s'étaient endormis.

« Veux-tu marcher un peu avec moi ? proposa Merymosé.

— Certainement. »

Huy n'avait pas l'intention de rechercher l'amitié d'un Mézai, mais il connaissait la valeur d'un allié. Le capitaine gardait une expression énigmatique — par habitude professionnelle, sans doute. Huy résolut de lui apprendre qui il était, espérant que c'était un homme en qui il pouvait placer sa confiance. Cela n'était pas sans risque, car cet homme éprouvait de l'amertume à l'encontre d'Akhenaton. Mais quel progrès attend celui qui ne tente rien ?

Ils allaient se lever quand l'intendant de Taheb s'avança vers eux, la mine préoccupée, suivi d'un jeune homme tout aussi inquiet : un gendarme, dont le soulagement à la vue de Merymosé fut manifeste.

« Qu'y a-t-il ? demanda le capitaine.

— On a besoin de toi. On m'a envoyé te chercher. Des chevaux nous attendent au-dehors.

— Des chevaux ? répéta Merymosé en arquant les sourcils. Que s'est-il passé ?

— Mon capitaine, je ne peux faire mon rapport devant tous ces gens. »

La moitié des invités était plongée dans l'ivresse, l'autre dans le sommeil, mais le jeune gendarme avait les yeux fixés sur Huy. Le capitaine se tourna vers celui-ci d'un air d'excuse.

« Voudrais-tu aviser Taheb de mon départ ? Je suis désolé que notre promenade tourne court.

— C'est dommage, en effet.

— L'occasion s'en représentera peut-être. J'aimerais en savoir plus sur toi. »

Une sonnette d'alarme retentit dans le cœur de Huy, qui répondit toutefois :

« Taheb sait où me trouver. »

Merymosé tourna brusquement les talons et partit, escorté par l'intendant et le gendarme. A table, le courtier ronflait doucement. Sa femme s'agita et tourna la tête vers son époux. Le sommeil avait effacé la crispation de ses traits et les rajeunissait. Ses lèvres pincées s'étaient adoucies, les rides sur son front et aux coins de ses paupières s'étaient estompées. Il y avait dans son expression quelque chose d'enfantin et de vulnérable, mais la tristesse demeurait, pleine de sens pour Huy dans le petit jour froid.

Quelle affaire avait donc obligé le Mézai à partir si précipitamment ? L'envoi de chevaux indiquait un événement de quelque importance. L'usage de ces animaux rares était normalement réservé à la famille royale, à l'aristocratie, et à de petites unités de cavalerie au sein de l'armée.

« A quoi penses-tu ? voulut savoir Taheb, qui était debout près de lui.

— Le capitaine a été convoqué. Je me demandais pourquoi.

— C'est bien dommage.

— C'est bien mystérieux.

— Au moins, tu as pu bavarder avec lui.

— Est-ce pour cela que tu m'as invité ?

— Tu devrais prendre garde, dit-elle en souriant, ou ton travail te rendra soupçonneux à tout propos.

Nos actes ne sont pas toujours dictés par une arrière-pensée, tu sais.

— Pardonne-moi. »

Elle posa la main sur son bras, en un contact tiède et confiant.

« Mais tu as raison, sans doute, de te demander pourquoi je t'ai invité ici après si longtemps. Il est vrai, poursuivit-elle, pesant ses mots, que je voulais te faire rencontrer Merymosé. C'est un véritable ami, et de longue date. Je pensais qu'il te serait utile de connaître un homme digne de confiance parmi les Mézai.

« Je n'avais rien fait pour t'aider, continua-t-elle, perdant un peu de son assurance coutumière sous le regard de Huy. Je ne savais pas si mon aide serait vraiment la bienvenue. Et puis, après la mort d'Amotjou il y a eu tant de dispositions à prendre ! »

Huy se souvint que son premier geste avait été de lui régler les honoraires dont il était convenu avec son époux. Il avait voulu refuser, mais la nécessité avait eu raison de sa fierté.

« J'aurai d'autres occasions de rencontrer Merymosé et de converser tranquillement avec lui. Sait-il qui je suis ?

— Je ne le lui ai pas dit, mais s'il est curieux il lui suffit de consulter les archives.

— Il n'a aucun lieu de soupçonner que mon nom y figure.

— C'est un bon policier. Il n'apprécie pas le rôle politique que Horemheb fait jouer aux Mézai. Que lui as-tu dit de tes activités ?

— Que j'étais à mon propre compte. Il n'a pas insisté davantage.

— Et s'il l'avait fait ?

— Alors je pense que je lui aurais dit la vérité. Tu es un bon juge des caractères, Taheb.

— Ne crois pas, dit-elle en lui pressant le bras, que cette invitation avait pour seul propos une rencontre entre toi et Merymosé. Reviens me voir. »

Le soleil effleurait les toits lorsque Huy descendit vers le quartier populeux où il habitait. Même si par cette saison morte il y avait moins de monde que d'habitude, les rues étroites commençaient déjà à s'animer. Marchant d'un pas vif pour s'éclaircir les idées, il décida de faire un détour par le port pour voir l'obélisque. Après l'atmosphère stimulante de la veille, la brève élévation à l'existence des riches, la compagnie d'autres personnes, il revenait à la réalité. Nul ne l'attendait, nul ne se préoccupait de savoir s'il avait ou non du travail. La perspective de l'oisiveté le démoralisait plus encore. Il se rappela ses derniers jours à la cité de l'Horizon, quand il traînait sans but du côté du port en ruine, pour tuer le temps. Il lui semblait que depuis lors il n'avait pas avancé d'un pouce, mais l'invitation de Taheb et sa rencontre avec Merymosé avaient excité son cœur : il devait y avoir un motif pour que cela fût arrivé à ce moment précis. Ou Horus essayait-il simplement d'organiser sa vie à sa place ?

Après toute une semaine, l'obélisque n'était plus un objet de curiosité. Le courtier en céréales avait dit vrai et le monolithe reposait désormais sur des rouleaux de bois, mais Huy était le seul spectateur tandis qu'une équipe restreinte d'ouvriers, supervisée par un contremaître, enroulait un harnais compliqué de cordes autour de la vaste structure. Ils travaillaient dur et vite, aussi leur tâche fut-elle bientôt terminée. Un bouvier amena un troupeau de dix bœufs, qui furent attelés par des jougs aux câbles de halage. En moins d'une demi-heure, au milieu des cris et des claquements de fouet, la grande masse de granit s'ébranla, glissant sur les rouleaux de bois avec une lenteur extrême. Une nouvelle équipe d'ouvriers récupérait à l'arrière les rouleaux devenus inutiles et se hâtait de les placer sous le nez de l'obélisque, pendant que les bœufs, leur tête patiente baissée sous l'effort, continuaient courageusement leur progression sur la place du port brûlée par le soleil.

Huy avait été rejoint par une petite bande d'enfants qui s'étaient arrêtés sur le chemin de l'école, et dont les regards curieux se divisaient entre les bêtes et lui — ce drôle d'individu qui paraissait ne rien avoir à faire. Gêné, il traversa la place dans la même direction que l'équipe de halage, qu'il eut tôt fait de dépasser, et s'enfonça dans le dédale de ruelles du sud de la cité, où il résidait. Le jour était déjà chaud, et les odeurs mêlées de poisson et d'épices, si familières qu'il les remarqua à peine, montaient à sa rencontre.

Comme celles de ses voisins, sa demeure comportait deux étages et une façade étroite, surmontés d'une toiture en terrasse. Elle était pourvue d'une arrière-cour et, privilège appréciable, donnait non pas sur une autre rangée de maisons similaires, mais sur une petite place. A cette heure du jour, celle-ci était complètement déserte, la plupart des habitants du quartier travaillant sur le Fleuve ou sur les marchés, ce qui signifiait qu'ils se levaient et partaient avant l'aube. Quant aux autres, ils exerçaient un genre tout différent de profession — dans les bordels ou les tavernes —, et ne seraient donc pas debout avant midi. Huy, qui avait cherché consolation depuis qu'Aset l'avait quitté, connaissait quelques-unes des filles.

Il s'arrêta à l'entrée de la place pour contempler sa maison. Devant son aspect si totalement abandonné, l'idée lui vint de ne pas y entrer, mais de tourner à gauche pour suivre la venelle sur deux cents pas, jusqu'à la seconde place sur laquelle elle débouchait. Là, sous une pancarte décolorée annonçant la « Cité des rêves », une porte minable en bois d'acacia conduisait à une enfilade de pièces en sous-sol. A l'intérieur, en échange d'un modeste *qite* d'argent, on pouvait à toute heure boire, manger ou faire l'amour. La maquerelle, une énorme Nubienne d'une quarantaine d'années nommée Noubenéhem, avait dit à Huy lors de sa première visite qu'elle vendait de la consolation sans interruption.

Mais ce genre de réconfort ne lui était plus d'un très grand secours. Il lui fallait quelque chose de plus absolu : une remplaçante pour Aset, et non un substitut. Il écarta l'idée et traversa la place vers son logis.

Glissant les doigts derrière la porte en grossier tamaris, il effleura le verrou de pierre qu'il trouva déjà ouvert.

Sur ses gardes, il poussa la porte et descendit les trois marches qui donnaient directement dans le salon aux murs chaulés. Il constata d'un coup d'œil que tout était en place. Une table basse et trois chaises formaient l'essentiel du mobilier, ainsi qu'une estrade en brique où étaient étalés la natte en palmier et le drap de lin brodé qui lui servaient de lit de repos pour la sieste de l'après-midi. Les effigies de Bès et d'Horus contemplaient la pièce, imperturbables, du haut de leurs niches respectives.

Immobile au centre du salon, Huy tendait l'oreille, à l'affût du moindre son en provenance de l'étage. Rien ne se faisait entendre au-dessus du plafond de bois, mais cela ne prouvait pas nécessairement qu'il n'y avait personne en haut.

Le regard rivé sur l'escalier menant aux deux chambres à coucher, il se dirigea à pas de loup vers le fond de la pièce, où un passage masqué par un rideau donnait accès à la cuisine et, plus loin, à la salle de bains. Il ne trouva rien ni dans l'une ni dans l'autre, mais manifestement toutes deux avaient été utilisées. Dans la salle de bains, la dalle de calcaire sur laquelle il faisait sa toilette était humide, ainsi que le muret qui l'entourait. Les récipients à eau en poterie rouge étaient vides et une serviette de lin brut, bien que soigneusement pliée, avait visiblement servi. Dans la cuisine, un quignon de pain aux aromates était abandonné sur un plateau de bois, à côté d'un gobelet où restaient quelques gouttes de bière rouge.

Huy s'apprêtait à inspecter l'arrière-cour lorsqu'un faible bruit le pétrifia. Quelqu'un descendait l'escalier. Il remonta rapidement le court passage qui reliait la cuisine au salon et écarta le rideau.

L'homme s'immobilisa sur la marche où il se trouvait et le fixa d'un air mi-sournois, mi-suppliant. Il était grand, âgé d'une quarantaine d'années ; les lignes de son visage suggéraient une impression de force jusqu'au moment où l'on remarquait la mollesse du menton, les lèvres larges, les yeux de gazelle. Ne l'ayant jamais vu sans sa longue chevelure, emblème du pouvoir, Huy ne le reconnut pas, tout d'abord. Puis soudain, avec un sentiment ambigu, il sut qui était son visiteur.

« Sourérê !

— En personne. »

L'ancien nomarque et l'ancien scribe se saluèrent avec une cordialité circonspecte, incertains du rapport de forces qui s'instaurerait maintenant que le premier avait perdu toute autorité. Sourérê parut caresser l'idée de se prévaloir du rang dont il jouissait à la cité de l'Horizon, mais si ce fut le cas, il y renonça très vite. Il n'était qu'un prisonnier évadé et il ignorait où Huy avait placé sa loyauté. Il arbora un sourire.

« Je m'en remets à ta miséricorde. J'espère que ma confiance n'est pas injustifiée.

— Comment m'as-tu trouvé ? »

L'homme eut un léger haussement d'épaules.

« Dans les camps de travail, la rumeur courait que tous n'avaient pas été arrêtés. Les fonctionnaires subalternes avaient été tenus pour quantité négligeable... »

Il laissa sa phrase inachevée, regrettant les termes qu'il avait employés, puis se hâta de revenir en terrain plus sûr.

« Les marins du navire avaient ouï dire qu'un ancien scribe avait aidé à démanteler un réseau de pirates qui sévissait sur le Fleuve. Bien entendu, j'ignorais que c'était toi, car ils ne connaissaient pas ton nom. Puis-je descendre ?

— Certainement. »

Huy abandonna la pose menaçante qu'il avait adoptée involontairement. S'enhardissant, Sourérê descendit dans la pièce sur ses jambes aussi grêles que les pattes d'un phasme.

« Ce fut véritablement par la grâce d'Aton que la barque sur laquelle je me trouvais a accosté ici, reprit-il. Je savais qu'il ne pourrait y avoir de meilleur lieu pour se cacher et trouver de l'aide que la capitale du Sud.

— Que vas-tu faire ? »

Huy ne voulait pas de lui dans sa maison. Sourérê était un homme difficile à vivre. Il avait toujours été un des plus zélés fonctionnaires d'Akhenaton, et en même temps un de ceux dont la dévotion était la plus aveugle. Cette allégeance avait été récompensée par la faveur particulière de la grande reine Néfertiti, bien que son adhésion à l'enseignement d'Aton eût été sincère et profond, totalement exempt des motivations politiques de maints d'entre ses confrères. Son homosexualité n'avait aucune part dans le jugement que Huy portait sur lui. Le sentiment exacerbé de sa propre rectitude avait valu beaucoup d'ennemis à Sourérê, d'autant qu'il était toujours prêt à sacrifier n'importe quoi — et n'importe qui — pour parvenir à ses fins, fermement convaincu que le bien-fondé de ses actes justifiait tous les moyens.

« Je me cache depuis une semaine, et je recherche les amis qui partagent l'ancienne foi. C'est difficile de poser les questions nécessaires sans éveiller de soupçons, surtout quand on est chaque jour plus fatigué, plus sale, plus loqueteux ; surtout quand on a le crâne rasé et que les Mézai poursuivent un prisonnier politique en fuite.

— Alors tu as de la chance de m'avoir trouvé, conclut Huy, omettant de relever que sa question était restée sans réponse.

— Au port, les marins des navires convoyant de l'or m'ont indiqué ta maison. Je ne pense pas avoir éveillé leur curiosité. Ils semblaient te tenir en haute estime. Je suis venu hier, à la nuit tombée. Comme tu n'étais pas là, je me suis introduit chez toi, je me suis lavé et sustenté. Je savais que tu ne refuserais pas l'hospitalité à un vieil... ami.

— Néanmoins, tu as pris des risques. Et tu as mis ma vie en péril. Si les Mézai t'avaient découvert ici... »

Sourérê se rebiffa au souvenir de leur différence de rang mais, alors même qu'une réprimande lui montait aux lèvres, il domina sa colère. Cela n'avait pas échappé à Huy, qui remarqua également un autre détail.

« Les prisonniers sont marqués au fer rouge. Toi, tu ne portes aucune flétrissure.

— Seuls les criminels sont marqués. Pas les prisonniers politiques. »

Huy l'observa en pensant au tailleur de pierre que la police exécuterait d'ici cinq jours, faute d'avoir repris le fugitif.

« Quels sont tes plans ? » répéta-t-il.

Sourérê écarta les mains. Ce geste typique du petit peuple était curieux de la part d'un homme aussi raffiné. Peut-être avait-il pris des habitudes vulgaires dans les camps de détention. C'était la seule explication, même si elle ne satisfaisait pas Huy.

« J'ai besoin de vêtements. Et d'une perruque, foncée et raide. J'ai aussi besoin de sandales et d'un couteau. »

Huy l'interrompit. Ce ton impérieux ne lui plaisait pas. C'était là un trait de caractère qui n'avait pas changé chez son interlocuteur. Cependant, un doute continuait de le tarauder.

« Où iras-tu ? Que feras-tu ? insista-t-il.

— Je cheminerai vers le nord-est, répondit Sourérê, posant sur lui son regard perçant. Il existe une mince bande de terre entre le nord de la mer orientale et la Grande Verte. Je la traverserai et je pénétrerai dans l'ancien Empire du Nord.

— Mais nous avons perdu la région ! Elle est tombée tout entière aux mains des pillards du désert, et la côte est contrôlée par les rebelles Azirou et Zimrada.

— Ils ne peuvent surveiller toute cette étendue. Si besoin est, je conduirai mon peuple au fin fond du désert septentrional et j'y établirai une colonie.

— Ton peuple ?

— Oui ! s'écria l'ancien nomarque, ses yeux sombres étincelant de colère. T'imagines-tu que nous soyons les seuls restés fidèles à la foi d'Aton ? Oh ! J'ai bien remarqué que tu as dans ta maison des représentations des anciens dieux, mais je ne puis concevoir que tu sois retourné à eux. Tu les conserves ici pour écarter les soupçons. »

Ce n'était vrai qu'en partie. Huy ne s'était jamais tout à fait affranchi des croyances anciennes. Bès le nain à tête de lion et Horus à tête de faucon, fils d'Osiris, avaient toujours occupé une place secrète dans son cœur. Il se pouvait aussi, pour être honnête, que leur ascendant sur lui se fût accru à mesure que déclinait l'influence d'Aton, d'autant que, peu de temps auparavant, l'amulette d'Horus qu'il portait au cou lui avait sauvé la vie.

« Où crois-tu trouver des partisans ? Horemheb a décrété la mort d'Aton.

— Un général ne donne pas d'ordre aux dieux ! Loin au sud, hors de l'atteinte de Horemheb, le Temple du Joyau perpétue le culte. Et au nord aussi il y a des avant-postes. De petits centres où la vraie foi conserve sa vigueur.

— Qu'en sais-tu ?

— Nous, les forçats, on nous transporte de camp de travail en camp de travail, de carrière en carrière, d'oasis en oasis, de mine en mine. Les nouvelles voyagent avec nous. On peut bien chercher à briser notre résistance, on ne brisera jamais notre âme. Et il est une chose, encore, à laquelle j'aspire.

— Quoi donc ?

— La vengeance, dit Sourérê avec un mince sourire.

— Aton enseigne la clémence.

— Aton enseigne la justice. Là où il y a eu trahison, il doit y avoir un châtiment. Mais tu as raison, toi aussi. Ne t'inquiète pas. Je n'agirai pas avant d'avoir reçu mes instructions. »

Méfiant, Huy observait l'ancien gouverneur de région, dont l'expression s'était faite plus paisible, et le corps plus détendu.

« Des instructions ? De qui ? »

Sourérê affronta son regard et répondit :

« De Dieu. »

Huy résolut d'aider Sourérê, bien qu'il ne fût pas sûr de son chemin dans l'arrière-pays gris du zèle religieux, où le cœur est traqué par les démons de la folie. Il nourrit son ancien maître, lui trouva de nouveaux vêtements puis, vu que lui-même arborait sa chevelure naturelle, s'en fut à la Cité des rêves, où il savait qu'on ne lui poserait pas de question, pour convaincre Noubenéhem de lui procurer une perruque masculine. Comme il l'avait espéré, la grosse Nubienne se montra peu curieuse. Toutefois, elle réclama un prix élevé en échange de ce service urgent.

« Une perruque, assez bonne pour un noble ? Ma foi, ce n'est sûrement pas pour toi. D'ailleurs, tu n'as pas l'air de devenir chauve.

— Combien ?

— Une pièce d'or, répondit Noubenéhem après réflexion.

— Une pièce entière ? »

Elle hocha la tête, d'un air de regret mais résolue.

« Si tu en veux une belle, et si tu la veux aujourd'hui. »

Huy avait songé à aller chez Taheb solliciter son aide — elle avait paru plus qu'amicale la veille —

mais il ne la connaissait pas aussi bien que cette maquerelle obèse. Taheb était trop fine pour ne pas deviner ce que cachait la requête d'une perruque masculine.

Impossible de douter, en revanche, de la discrétion professionnelle de Noubenéhem.

« D'accord, dit-il, sachant que tout marchandage serait vain.

— Reviens à la nuit tombée, lui dit-elle, avant d'ajouter en le regardant droit dans les yeux : Trouve le temps de rester, si tu peux. Kafy est libre ce soir. Je sais qu'elle te plaît, et elle n'arrête pas de chanter tes louanges. »

Préoccupé, Huy regagna rapidement sa rue, soulevant de la poussière sous ses sandales. Dans la lumière ardente, un chat étique jaillit en travers de son chemin et alla se pelotonner dans une ombre large comme la paume à la base d'un mur, d'où il le fixa, indigné, de ses yeux pâles aux pupilles semblables à celles des crocodiles. Détournant son regard du félin, Huy vit Merymosé et trois officiers mézai qui attendaient devant sa porte. Déjà Merymosé l'avait aperçu. Sans savoir comment, il réussit à ne pas modifier son allure et avança sans accélérer ni ralentir, calculant le temps qu'il lui restait pour recouvrer son sang-froid. La trentaine de pas qui le séparait des policiers n'y suffirait pas. Quelques-uns des passants jetèrent des regards curieux sur le groupe immobile. Huy avait la certitude que personne n'avait vu ni entendu Sourérê durant le court laps de temps que ce dernier avait passé chez lui, mais il avait laissé le fugitif endormi, et rien ne pourrait les sauver l'un et l'autre si les Mézai entraient.

Merymosé le salua d'un ton neutre. Au moins, il

n'y avait pas trace d'agressivité sur son visage et dans sa voix, ce qui procura à Huy un bref réconfort. Le capitaine n'avait pas recueilli de dénonciation. Une éternité semblait s'être écoulée depuis qu'ils s'étaient séparés, alors que ce n'était qu'à l'aube de ce même jour. A en juger par ses traits tirés, le Mézai était aussi fatigué que lui.

« Je ne m'attendais pas à te revoir si tôt.

— Moi non plus. »

Le Mézai parlait d'un ton sévère, mais cela provenait peut-être avant tout du caractère officiel de sa visite. Huy s'interrogea sur la présence de l'escorte et se demanda quand il lui faudrait ouvrir sa porte aux policiers.

« Tu ne m'as pas parlé de ton passé, la nuit dernière, reprit Merymosé.

— Je n'ai pas eu conscience que cela t'intéressait.

— Cela aurait pu être embarrassant pour moi d'être vu en compagnie d'un ex-fonctionnaire du Grand Criminel. Taheb aurait dû m'avertir.

— Elle a certainement pensé que nous aurions beaucoup à nous dire et, pour cette raison, nous a placés à la même table. Quant à moi, je n'ai en rien enfreint l'édit qui m'empêche d'exercer le métier de scribe. Si tu as consulté mon dossier, tu sais assurément que je suis l'objet d'une surveillance régulière et que, après tout, je ne suis qu'une minuscule épine dans le pied de l'État. Je doute qu'il remarque mon existence.

— Souhaitons que tu ne sois rien de plus. Ces hommes vont fouiller ton domicile. Simple affaire de routine. On a inspecté les demeures de tous les anciens serviteurs du Grand Criminel afin de retrouver la trace du prisonnier en fuite. Pour moi, j'ai le sentiment que même si tu l'as aidé, tu es beaucoup trop intelligent pour nous en laisser l'indice.

— Alors pourquoi es-tu ici ?

— D'abord, laissons ces hommes faire leur travail. »

Il désigna la porte d'un geste péremptoire, et le bracelet de bronze, emblème de sa fonction, brilla d'un éclat mat à son poignet.

Brusquement oppressé par un poids à la base du sternum, et mesurant le prix de cette belle liberté qu'il était sur le point de perdre, Huy ouvrit la porte et s'écarta. La chaleur du soleil sur son visage ne lui semblait plus réelle. Il regarda les trois policiers entrer l'un après l'autre dans sa maison comme il eût regardé des acteurs. Devait-il, selon la coutume, leur proposer du pain et de la bière ? Cette visite était de nature trop officielle ; d'ailleurs, dans un moment tout serait fini. Il se surprit à regretter de n'avoir pas mieux lié connaissance avec Taheb, lorsque l'occasion s'en était présentée. Elle aurait pu lui être d'un réel secours. Il aurait dû abandonner Sourérê à son sort. Il aurait dû le dénoncer sans tarder. Peut-être eût-il alors été rétabli dans ses fonctions de scribe. Peut-être...

Ils étaient debout dans la rue, face à face. Huy observait le cadre familier comme si les dieux l'avaient soudain placé derrière un écran invisible. Une demi-heure plus tôt il en faisait partie, il y avait sa place, il ne faisait l'objet d'aucune suspicion particulière. Il aurait voulu n'avoir encore qu'un simple problème de solitude et d'emploi, deux broutilles dont il s'était fait une montagne. Le chat étique passa en courant, et Huy ne put croire que c'était l'animal qu'il avait vu quelques minutes plus tôt. En réalité, c'était lui qui n'était plus le même. Comment pouvait-il être victime d'un tel cataclysme sans que son univers s'en trouve ébranlé ?

Merymosé ne marquait aucun désir d'entrer dans la maison mais attendait, nonchalant, ignorant les regards des passants. Les bras croisés, légèrement penché en avant, il écrasait machinalement le sol sous son talon. L'idée surgit dans le cœur de Huy que c'était un comportement bien étrange de la part d'un homme convoqué huit heures plus tôt par ses supérieurs, de façon si urgente qu'ils lui avaient envoyé un cheval. Mais il écarta ce problème de ses pensées. Quelle importance cela aurait-il pour lui, dans quelques minutes ? Après tout, sa situation était l'aboutissement du processus déclenché par cette convocation.

Il scruta les profondeurs de sa maison. Combien de temps avait passé depuis que les policiers y étaient entrés ? Ils l'avaient sûrement trouvé. Sans qu'il pût l'empêcher, l'espoir, ce démon insidieux et enjôleur, grandissait dans son cœur. Cela ne se pouvait pas, non, cela ne se pouvait pas. Même s'il était parti, Sourérê aurait laissé des indices. Il n'aurait pas pensé à dissimuler les traces de son passage.

Alors que ces idées se bousculaient en lui, le premier policier reparut, rapidement suivi par ses deux collègues. C'étaient des jeunes gens de dix-sept ou dix-huit ans, et toute cette histoire de perquisitions, passionnante au début, avait perdu son attrait. Leurs visages étaient mornes et fatigués.

« Alors ? demanda Merymosé, pour la forme.

— Rien, mon capitaine. »

Conscient que Merymosé le dévisageait, Huy se força à conserver une expression indifférente, voire détendue. Il se savait piètre comédien et ne doutait pas que ses efforts seraient flagrants, toutefois le capitaine ne sourcilla pas.

Il renvoya les gendarmes mais ne fit pas mine de

partir. Aussitôt, Huy se prépara à une inspection plus minutieuse, plus experte de sa demeure, inspection qui révélerait... Quoi donc ? Sourérê était arrivé les mains vides et il était certainement reparti de même, à moins qu'il eût emporté quelques-unes de ses maigres provisions, ou découvert la vieille boîte en sycomore contenant la poignée de cuivre, d'or et d'argent qui restait des honoraires versés par Taheb, et que Huy conservait dans un trou derrière une brique descellée, sous le chevet du lit.

Le Mézai sembla prendre une décision.

« Viens avec moi, dit-il. Je veux te montrer quelque chose. »

3

La jeune fille n'avait pas plus de quatorze ans. Couchée sur le dos, elle reposait sur une table à tréteaux montée sous un dais en feuilles de palmier, dans le coin ombragé d'une des vastes cours de la Maison de Vie. On avait disposé autour d'elle des tampons de lin gorgés d'eau pour conserver à son corps une certaine fraîcheur, mais, en dépit des soins attentifs prodigués par les assistants, il n'y avait pas moyen de chasser les mouches obstinées ; bien que la saison de *shemou* fût encore peu avancée et que la chaleur fût douce, son visage était déjà bouffi.

Huy ne décela sur le corps aucune marque expliquant l'origine de la mort. Elle était nue, hormis des bracelets d'or sertis d'émeraudes aux poignets et aux chevilles. Une jeune fille riche, donc. D'ailleurs, cela se voyait rien qu'à la délicatesse de la peau, à la finesse et la douceur des mains croisées sur les petits seins.

« De quoi s'agit-il ? » demanda-t-il prudemment à Merymosé.

Tous deux se tenaient côte à côte près du cadavre. De temps en temps une brise légère, emprisonnée dans la cour, refluait par bouffées dans leur direction, encore à peine chargée de l'odeur douceâtre de la décomposition.

« D'une chose pour laquelle j'ai besoin de ton aide. Ou du moins de tes conseils. »

Huy jeta un coup d'œil vers son compagnon, dont l'expression ne révélait rien d'autre qu'une profonde préoccupation. On n'y lisait même pas de nervosité ou d'anxiété, comme si ce qui s'était produit ne le surprenait pas.

« Mais tu connais mon passé ! Il est improbable que tes maîtres voient ma collaboration d'un œil favorable.

— Pour le moment, moi seul suis chargé de cette enquête. Et, de toute façon, ma demande n'est pas officielle.

— Cela m'est difficile, expliqua Huy en hésitant. Tu ne peux oublier qui je suis et ce que j'ai été. Maintenant qu'un prisonnier politique court les rues, tous ceux qui ont vécu dans la cité de l'Horizon seront soumis à une surveillance accrue.

— Ta maison sera certainement surveillée.

— Et je serai suivi dans l'éventualité où je conduirais tes hommes au fugitif.

— C'est vrai. Mais si tu es prêt à nous rendre service...

— Qu'est-ce qui te fait penser que je puis être utile ?

— Tout ce que Taheb m'a raconté à ton sujet. Ne l'en blâme pas : elle cherche à t'aider. Bien sûr, certains voudront recourir à tes services pour résoudre leurs problèmes, mais cela ne te vaudra guère l'amitié des Mézai et de Horemheb.

— Merci du conseil. J'en tiendrai compte.

— Dommage que tu ne sois pas un Mézai ! dit Merymosé, plus détendu. Notre organisation n'est efficace que pour maintenir l'ordre sur la voie publique, et encore ! pas toujours. Quant à ton activité, l'investigation est une nouveauté qui m'intéresse, mais nous sommes très peu nombreux à partager ce sentiment, et j'ai besoin d'être initié.

— C'est l'histoire de l'aveugle conduit par le borgne.

— Du moins ils avancent. Et, ensemble, ils peuvent apprendre à trouver leur chemin.

— Ils peuvent aussi tomber d'une falaise, objecta Huy, rendu extrêmement soupçonneux par l'éloge du policier.

— N'éprouves-tu aucune curiosité au sujet de cette jeune fille ? Regarde-la, tout au moins. Je ne peux garder le corps au-delà de ce soir. Il faut le remettre aux embaumeurs, ou il sera trop tard. »

Huy réfléchit, puis demanda :

« Qui était-ce ?

— Elle s'appelait Iritnéfert. Son père est Ipouky.

— Ipouky ? Tu parles bien du Contrôleur des Mines d'Argent ? »

Merymosé acquiesça d'un signe de tête. Huy se sentit gagné par l'inquiétude : Ipouky était un des plus hauts dignitaires de la cour de Toutankhamon.

« Que s'est-il passé ?

— Nous n'en savons rien. Des ouvriers l'ont trouvée sur la rive alors qu'ils allaient passer le Fleuve pour se rendre dans la Vallée.

— Où traversaient-ils ? Pas au port ?

— Non, plus en aval.

— Vers le palais ?

— Oui. »

C'était logique, songea Huy : Ipouky possédait une demeure dans le quartier palatial.

« Dès qu'ils l'ont signalé, Ipouky en a été avisé et l'on m'a envoyé chercher.

— D'où la présence des chevaux ?

— Oui. »

Huy examina à nouveau la jeune fille. Elle avait un visage délicat, innocent, dont les joues conservaient la rondeur de l'enfance. On lui avait fermé les yeux et l'on avait placé des cailloux blancs sur ses paupières pour les tenir closes. Rien dans sa physionomie ne suggérait qu'elle avait été alarmée ou effrayée à l'instant de sa mort.

« Quelqu'un a-t-il observé son apparence lorsqu'elle a été découverte ? La position dans laquelle elle gisait par terre, par exemple ?

— Les premiers arrivés étaient des serviteurs de la maison d'Ipouky, et ils ont transporté le corps jusqu'ici. Si je n'avais requis un délai, les embaumeurs l'auraient déjà couverte de natron, dit Merymosé d'un air sombre.

— Tu as eu du courage de formuler cette requête. Qu'en a-t-on pensé ?

— Elle a suscité de l'étonnement. Mais Ipouky est un homme intelligent et veut qu'on mette la main sur le coupable. Je suis sûr que son épouse m'a cru de mèche avec Seth, dit-il, amusé. Mais il nous faut capturer le meurtrier ou je devrai en payer le prix.

— Quel dommage que tu n'aies pas vu la fille sur le lieu du crime ! Cela nous en aurait appris plus long.

— Je sais. Du moins, j'ai interrogé les ouvriers. D'après le contremaître, elle était sur le dos, les mains l'une sur l'autre, telle qu'elle est à présent.

— Portait-elle des vêtements ?

— Non. Elle était nue. »

Huy se rapprocha de la dépouille. Il n'avait aucune connaissance médicale, aucune idée de ce qu'il fallait chercher. Mais le calme qui émanait du corps l'intriguait. Cela soulevait de nombreuses interrogations. Il le toucha avec douceur. Le soleil avait réchauffé la peau, lui donnant l'apparence de la vie.

« Le dos présente-t-il des lésions quelconques ?

— Pas que j'aie remarqué. »

Huy examina les mains : elles ne portaient pas de contusions. Les talons, en revanche, étaient égratignés. Le reste de l'épiderme, sur toute la partie visible du corps, était intact. Il aurait besoin d'un médecin pour savoir si elle avait été violée, mais rien ne le laissait présumer, pas même un bleu sur le bras où une poigne vigoureuse aurait pu la saisir. Il passa doucement la main sous les cheveux et palpa la nuque, sans déceler de blessure. Il remarqua la rigidité du corps tout en reposant la tête.

« Eh bien ? s'enquit Merymosé.

— Je ne peux rien dire. Il n'y a pas eu de violence et rien n'indique la manière dont elle est morte.

— C'est ce que disent les médecins, confirma le capitaine.

— As-tu parlé à Ipouky ?

— Sa femme et lui sont cloîtrés dans leur maison. Je parlerai à leur premier intendant avant la nuit.

— Que va devenir Iritnéfert ?

— Puisqu'elle n'a plus rien à nous apprendre, je vais donner ordre que les embaumeurs l'emportent. Au vu des circonstances, dit-il avec hésitation, on pourrait croire que c'est l'œuvre d'un dieu. Penses-tu qu'elle a été frappée par une intervention céleste ?

— Non.

— Si elle n'était pas la fille d'une famille si éminente...

— Oui, la tâche serait ô combien plus facile ! Je regrette de n'avoir pu t'aider. Taheb a sans doute surestimé mes talents.

— Nous reparlerons de cette affaire.

— Tu sais où me trouver. Quel délai t'accorde-t-on ?

— Soixante-dix jours. Le temps nécessaire pour l'embaumer et l'envoyer vers les Champs d'Éarrou. »

Tout en s'éloignant, Huy se demandait ce que ferait Merymosé si après ce bref laps de temps le tueur n'avait pas été découvert. Il faudrait que quelqu'un meure pour ce forfait. Mais, malgré toutes ses réserves, il ne croyait pas Merymosé du genre à fondre sur le premier venu à seule fin de trouver un bouc émissaire. Du moins, pas avant que les trois mois aient passé et qu'il sente le couteau sous sa propre gorge.

Ses pas le conduisirent du côté de la Cité des rêves. Se rappelant la perruque désormais inutile, il poussa la porte et entra dans l'antichambre qui faisait office d'accueil et de bureau. Il n'y avait pas d'autre chemin que celui-là pour sortir du bâtiment, sauf si les filles disposaient d'une issue secrète, et l'antichambre était gardée plus farouchement par Noubenéhem qu'une caverne par un démon du désert.

La grosse Nubienne discutait — de toute évidence, d'argent — avec un client penché par-dessus le bureau, le dos tourné vers Huy. Un homme d'âge mûr, bien habillé mais à l'aspect furtif.

« C'est trop cher ! siffla-t-il à la tenancière.

— Pour ce que tu veux faire, c'est donné. C'est à prendre ou à laisser. »

Indécis, il détourna la tête et Huy aperçut un profil

gris vaguement familier; mais l'homme fit face à Noubenéhem avant qu'il eût pu l'identifier.

« D'accord. Mais elles ont intérêt à être douées.

— Tu seras aux premières loges. »

L'homme gloussa d'un rire affreux avant de se diriger vers le rideau du fond.

« Minute.

— Quoi encore ?

— On paie d'avance. »

Jurant tout bas, et continuant à soustraire son visage aux regards de Huy, l'homme jeta une poignée de petits lingots d'argent devant la grosse femme, qui s'en empara presque avant qu'ils eussent touché la table.

« A l'intérieur, elles te montreront où aller. »

Huy laissa l'homme disparaître avant de s'approcher.

« Qui était-ce ?

— Tu as trop de jugeote pour poser une telle question. Et c'est un trop gros client pour que je te le dise.

— Il a payé une somme rondelette.

— Ce qu'il aime est spécial. Nous ne le pratiquons pas d'habitude. »

A demi allongée sur son divan, près d'une petite table jonchée de fragments de calcaire couverts de calculs, la Nubienne releva la tête et soupira, changeant délibérément de sujet :

« Ah, les comptes ! Les fermiers venus de leur campagne veulent toujours payer en froment, en peaux et en orge. Je leur demande du métal, c'est plus facile à négocier, mais ils me répondent invariablement qu'ils ont trop de mal à s'en procurer. Je leur refuserais l'entrée, purement et simplement, si je pouvais me permettre un tel manque à gagner.

— Je doute que tu fasses faillite.

— Peut-être pas. Malgré tout, c'est une corvée dont je me passerais bien. Si tu es venu pour une séance avec Kafy, tu n'as pas de chance : elle est réservée pour toute la nuit par un prêtre du temple de Khépri. Et si tu es venu chercher ta perruque...

— Je n'en aurai plus besoin.

— Il a filé, hein ? Une commande est une commande, continua Noubenéhem, impassible sous le regard de Huy. Et toute commande exécutée doit être payée si l'on désire obtenir d'autres faveurs à l'avenir. »

Les bourrelets cascadèrent sur ses hanches lorsqu'elle se leva péniblement pour se diriger vers un grand placard encastré dans le mur, de l'autre côté de la pièce. Après avoir tiré bon nombre de verrous, elle ouvrit le battant et sortit une vieille perruque mitée, qu'elle exhiba triomphalement à Huy.

« Et voilà !

— Quelle horreur ! Elle s'en irait sur ses pattes si tu la posais par terre.

— Il te fallait la chose rapidement. Tu sais, on n'est pas chez un perruquier, ici.

— Tu devrais avoir honte de traiter un bon client de cette façon !

— Pas si bon que ça, ces temps derniers, riposta Noubenéhem en se laissant retomber sur son divan. Qu'est-ce qu'il t'arrive ? Min te fait faux bond ? »

Leur conversation fut interrompue par l'écho familier d'un rire féminin, de l'autre côté du rideau perlé donnant sur l'intérieur du bordel. Il sonnait faux et était ponctué du grognement d'un homme qui se prend pour le roi de la basse-cour. La fille resta invisible, mais l'homme sortit un moment plus tard. En croisant le regard de Huy, ses yeux eurent d'abord une expression coupable, puis exprimèrent une connivence fraternelle lorsqu'il se rendit compte qu'ils ne se connaissaient pas. Noubenéhem avait raconté à Huy que, dans les jours sombres de la capitale du Sud, sous Akhenaton, un père avait vendu sa fille en la livrant à la prostitution. Il était venu quelque temps plus tard à la Cité des rêves, pour observer une séance : sa fille, qu'il n'avait jamais touchée, était au nombre des participantes. Apparemment, le père était allé directement du bordel au Fleuve et s'était noyé. Mais il n'y avait rien de sournois chez ce client-ci, qui rayonnait de bien-être et de contentement.

« Joli petit cul, cette Hathfertiti, quoique un peu étroite ! » commenta-t-il en adressant à Huy un clin d'œil de connaisseur.

« Dommage que tu ne baises plus, reprit Noubenéhem quand le client fut parti. Une fille est venue ici, il n'y a pas longtemps. Elle voulait mettre un peu d'argent de côté tout en s'amusant. Va savoir pourquoi ! Une aristo qui voulait frayer avec la racaille. Elle était ton type, un peu jeunette, peut-être. Mais elle répandait un parfum de mandragore dans toute la pièce. Je vais te dire : je te laisserai la perruque contre un *deben* d'argent. Je te donnerai même du henné en sus pour l'agrémenter. »

Huy plongea la main dans la bourse de cuir dissimulée dans un pli de son pagne, sur sa hanche, et en vida le contenu. Celui-ci consistait en tout et pour tout en deux *debens* d'argent.

En quittant le bordel la perruque sous le bras, il songea qu'être débarrassé de Sourérê valait bien le prix qu'il avait payé. Cependant, l'idée que la prison eût encore avivé la passion de l'ancien prisonnier envers la cause d'Akhenaton ne laissait pas de l'intéresser. Le pharaon avait rejeté des convictions respectées depuis deux mille ans, les qualifiant de superstitions, pour les remplacer par la foi en un dieu unique, dont l'esprit n'était pas contenu dans des images, dont l'amour s'étendait à tous, et qui résidait dans la puissance de la clarté solaire. Pendant les douze années radieuses qu'avait duré le règne du jeune pharaon, une lumière inconnue avait dansé jusque dans l'âme des hommes. Puis, atteint de démence, il était mort à l'âge de vingt-neuf ans, laissant son rêve brisé et son pays en ruine.

Mais la prison avait protégé Sourérê de la réalité. Huy, qui avait dû s'adapter au monde nouveau construit par Horemheb après la chute d'Akhenaton, avait surtout appris qu'on ne transforme pas un peuple avec des idéaux. Il admettait désormais que la majeure partie de la population, la grande masse brune des travailleurs des champs, n'avait pas été considérée par le pharaon visionnaire que lui-même avait suivi avec tant de dévotion, et encore moins touchée par sa pensée. En quelques semaines — oui, sans qu'on eût à attendre des mois —, l'ordre ancien tombé en disgrâce s'était rétabli. Les prêtres des différentes divinités étaient revenus du désert ou du fin fond des provinces oubliées de Shémau et de Tométhou où ils se terraient, et avaient repris leurs fonctions, sans difficulté, devant le peuple reconnaissant de se voir rendre les anciens dieux. Des dieux qui n'exigeaient pas davantage que l'accomplissement aveugle du culte, propitiations et sacrifices ; des dieux qui ne demandaient pas à l'homme de penser ; des dieux qui pardonnaient le péché pourvu que le prix fût approprié et qui garantissaient une vie plaisante dans l'au-delà.

Sourérê s'était montré d'une rare inflexibilité pour

un homme intelligent. Insistant en permanence sur la pureté, l'importance de la vie familiale, il était allé beaucoup plus loin que les préceptes modérés formulés par son mentor. Avant de succomber à la folie, Akhenaton avait du moins compris qu'un gouffre existerait toujours entre l'idéal et la réalité. Aton lui-même se situait au-delà de la morale. Mais dans la vie réelle, il fallait toujours pardonner à celui qui avait fauté. Huy s'en souvenait, Sourérê avait tenté d'imposer ce qu'il interprétait comme les piliers d'une société décente : la responsabilité sexuelle, voire la monogamie, était au fondement de la stabilité familiale. Les relations charnelles entre membres d'une même famille étaient limitées aux cousins. La possession de concubines était déconseillée. Dans sa province, les transgressions avaient été nombreuses, en dépit de la perte de privilèges encourue — seule punition qu'il eût osé entériner. Selon la rumeur, dans certains cas il eût préféré appliquer une sentence de mort. Et selon la rumeur toujours, dans quelques cas il l'avait fait.

Le roi, qui, contrairement à son nomarque, avait personnellement mis ses préceptes en pratique, n'en attendait pas autant de ses sujets, même s'il espérait qu'ils tendraient de toutes leurs forces vers cet idéal. Malgré l'affliction que cela lui causait, Akhenaton avait accédé au vœu de la reine d'être ensevelie, non dans la cité de l'Horizon mais près de son ancien foyer, dans la Vallée des Morts, sur la rive opposée à la capitale du Sud.

Néfertiti était morte jeune. Cinq crues au moins avaient fécondé la Terre Noire depuis son départ dans la Barque de la Nuit. Depuis, sa sépulture était négligée ; le sable inexorable en obstruait déjà l'entrée sous son manteau rouge. Parmi les Thébains, l'opinion répandue était que le nouveau pharaon Toutankhamon, dont la Première Épouse était une fille de Néfertiti, aurait dû restaurer la maison d'éternité de sa belle-mère. Ce manquement à un devoir aussi sacré en avait scandalisé plus d'un, même au sein de l'ancien clergé. Mais sous l'inertie de Toutankhamon on discernait la politique de Horemheb, et la chose ne donna lieu à aucune protestation publique. Le roi ne possédait-il pas la terre, le peuple, tous les animaux et tous les végétaux ? On ne mettait pas en cause ses paroles ou ses actes. La seule idée de le faire n'eût pas effleuré le cœur de la plupart des gens.

Huy se demandait comment Sourérê réagirait, confronté au monde où il se trouvait désormais. Il n'avait pas vu la capitale du Sud depuis au moins huit ans — depuis le départ de la cour pour la cité de l'Horizon, en aval. Entre-temps, la géographie thébaine avait peu changé, la seule différence étant que les maisons avaient proliféré sur le monceau d'immondices qui s'était accumulé au fil des générations, formant la colline où la ville s'était bâtie, audessus du point d'inondation le plus haut que le Fleuve eût atteint.

Dans sa poursuite d'une carrière politique, cet homme avait sorti son épingle du jeu en mêlant la souplesse à la discrétion. Cependant, cette souplesse ne s'étendait pas à ses convictions ; elle se limitait à son instinct de conservation. Un être amoral imposant aux autres une moralité rigide n'aurait sans doute pu espérer le succès de Sourérê. Mais, quand tant de circonstances se liguaient contre lui, dans un univers si différent de celui où il avait vécu en grand seigneur, comment s'en tirerait-il ? Huy se prit à souhaiter que Sourérê parviendrait à conduire un petit groupe de disciples restés fidèles à Aton — à supposer qu'il y en eût — dans le désert qui s'étendait, disait-on, à l'est de la Grande Verte, pour y créer un avant-poste de la nouvelle religion.

Pour sa part, Huy avait mené une vie plus terre à terre. Il se rappelait l'impression de délivrance qu'il avait ressentie en entendant pour la première fois les enseignements d'Akhenaton. Ils avaient rompu les entraves pourries des anciennes croyances, entachées par les spéculations cyniques des prêtres. Maintenant qu'il avait replongé dans un monde où les idéaux étaient l'objet de discussions entre les intellectuels et certains prêtres, mais n'étaient jamais mis en pratique sous peine de faire obstacle au programme de réformes de Horemheb, Huy sentait ses conceptions s'émousser. S'il ne pouvait plus croire aux superstitions qu'il avait rejetées, au gré du temps et des infortunes il constatait néanmoins qu'il se tournait vers les trois divinités qui l'avaient guidé dans sa prime jeunesse, et l'avaient aidé au long du pénible apprentissage de son métier : le raisonnable Thot à tête d'ibis, dieu des scribes ; Horus, fils d'Osiris ; et Bès, le petit dieu de son enfance, protecteur de la terre.

Alors qu'il approchait de sa demeure, ses pensées revinrent à l'urgente nécessité de se mettre un peu de nourriture dans l'estomac, et une partie de son esprit nota avec plaisir qu'enfin cette idée supplantait le regret lancinant d'Aset ou la méditation de quelque atroce vengeance. Quant à son ex-épouse, Aahmès, ce n'était plus qu'une vague silhouette qui lui envoyait une lettre du Delta, à l'occasion de la fête d'Opet marquant le milieu de l'été et le Nouvel An, pour lui donner des nouvelles de son fils aimé, Héby. Il chercha à imaginer l'enfant, maintenant qu'il avait neuf ans. Dans sa dernière missive, Aahmès avait évoqué son remariage. Huy tenta de se la représenter aux côtés d'un autre au cours de cette cérémonie toute simple, mais en fut incapable. Le fait le plus tangible était qu'Héby aurait un nouveau père, quelqu'un qui veillerait sur lui au lieu d'être un personnage lointain résidant à plusieurs jours de traversée.

Il était reconnaissant à Taheb de lui avoir obtenu du travail par l'intermédiaire de Merymosé, et se demanda s'il n'avait pas eu tort de se méfier d'elle. Peut-être comprenait-elle qu'elle avait été la victime, et non la cause, d'un mariage malheureux. Après la mort de son époux, elle avait porté le deuil avec une dignité qui n'avait pas fait tort à sa réputation, et avait présenté elle-même les offrandes de nourriture au tombeau avec une constance, une dévotion qui auraient fait rougir des femmes pleurant des partenaires mieux aimés. En la retrouvant, il la découvrait différente — et, paradoxalement, telle qu'elle se révélait, elle aurait pu rendre Amotjou heureux.

Huy pénétra dans sa demeure, dont l'atmosphère lui sembla à la fois lugubre et accablante. Il se prépara des lentilles et du pain de bonne qualité, une petite cruche de bière noire ainsi qu'une paille d'argile pour l'aspirer, tout en songeant au contraste entre ce repas et les agapes de la veille. Après avoir mangé, il alluma une lampe à huile pour dissiper la pénombre qui s'épaississait et tenta de rompre son désœuvrement en procédant à quelques rangements, qui consistèrent à rassembler des rouleaux de papyrus et des vêtements épars, puis à les déposer respectivement dans deux coffres. Il jeta la perruque dans le coffre à papyrus, se demandant ce qu'il allait en faire et quel crâne elle avait paré avant que Noubenéhem n'entrât en sa possession. Il prit la résolution de la brûler au matin.

Enfin, la fatigue s'emparant de lui, il sortit dans la cour afin de remplir les jarres d'eau pour son bain, puis, tout en défaisant son pagne, il gravit l'escalier qui conduisait à sa chambre et s'allongea avec raideur.

Il s'attendait à s'endormir rapidement mais son cœur l'en empêchait. Inexplicablement, l'image du client de Noubenéhem, l'homme aux gestes furtifs, lui revenait sans cesse. Pourquoi lui était-il familier? Et pourquoi un homme aussi bien vêtu fréquentait-il un bordel comme la Cité des rêves? Huy retourna le problème dans tous les sens jusqu'au moment où, vaincu, il commença à s'assoupir. Après tout, peut-être l'homme lui rappelait-il seulement une connaissance d'autrefois, et l'on avait déjà vu des membres de la cour venir s'encanailler dans le quartier du port, de temps à autre.

Le lendemain matin il s'éveilla frais et dispos, et la journée ne s'étendait plus, vide, devant lui. Non que la vie lui offrît plus de fortune que la veille; mais les événements des dernières vingt-quatre heures lui avaient montré que Rê pouvait, et voulait, faire surgir l'inattendu au moment le plus surprenant, et il ne pouvait réprimer l'espoir que sa rencontre avec Merymosé le mènerait quelque part. Huy avait été pour le Mézai d'un plus grand secours qu'il ne s'en doutait. Mais ce fut de sa propre initiative qu'il décida de prendre Taheb au mot et de lui rendre visite.

Il était curieux de voir sa réaction. L'avait-elle seulement invité par politesse ou était-elle sincère?

En outre, il avait envie d'en savoir plus sur la jeune défunte et sur son père, Ipouky. Il lui était impossible d'approcher ce dernier, car on ne laisserait pas entrer un individu tel que lui dans l'enceinte du palais. Mais Taheb était une riche femme d'affaires, et si elle ne connaissait pas personnellement la famille, elle aurait à coup sûr des relations qui les mettraient en rapport.

En quittant sa maison, Huy parcourut des yeux la place et les rues adjacentes. Il ne remarqua de mouvement à aucune des rares fenêtres, et les quelques personnes alentour lui étaient toutes familières. Cela faisait longtemps qu'il était sur ses gardes et cherchait à voir si des Mézai le suivaient. Ceux qui étaient désignés pour cette besogne n'avaient jamais été très brillants, mais, selon la rumeur, Horemheb entraînait un corps de police secrète qui ne relevait que de lui seul, bien qu'organisé au nom de Pharaon et dans l'intérêt de la sûreté nationale. Les hommes et les femmes de cette unité, plus habiles à mener leur surveillance de par leur formation militaire, parcouraient peut-être déjà les rues. Huy eut une brève pensée pour Sourérê, se demandant avec un sentiment proche de la panique s'il réapparaîtrait; puis, furieux de sa déloyauté envers un ancien collègue et, assurément, un compagnon d'infortune sous le nouveau régime, il chassa cette préoccupation de ses pensées pour se concentrer sur ce qu'il dirait à Taheb.

Il parcourut les rues sinueuses du quartier du port, traversa les petites places où les commerçants du marché étalaient des draps par terre pour y disposer, en pyramides bien nettes, des légumes et des épices dont les rouges, les jaunes et les verts vifs tranchaient sur la blancheur du lin. Contre les murs s'alignaient des jarres d'huile, de vin médiocre, de bières noire et rouge. Çà et là, une table basse exposait des bijoux. Près d'un de ces étals, un babouin montait la garde, retenu par une laisse suffisamment longue pour lui permettre de poursuivre tout voleur potentiel et de refermer ses mâchoires sur sa cuisse. Le singe adressa à Huy un regard triste, puis cligna des yeux et bâilla, exhibant de formidables incisives jaunes. A côté, un pêcheur vidait les poissons qu'il avait attrapés pendant que sa femme, balance en main, rangeait les mulets selon leur taille. Une bonne odeur de falafels frits flottait dans l'air, rappelant à Huy qu'il n'avait pas encore pris son petit déjeuner.

Progressivement les rues se firent plus larges, les places plus spacieuses et moins encombrées de marchands. Laissant le Fleuve derrière lui, il marcha vers le sud-est et monta vers le quartier résidentiel où habitait Taheb. Les tamaris et les acacias bordaient des murs dont la chaux était non pas brunâtre mais d'un blanc éclatant, et qui dissimulaient des jardins au tracé régulier, et non des cours exiguës où l'on accrochait du linge. Huy croisa peu de monde en pénétrant dans ce quartier, des serviteurs pour l'essentiel. De temps en temps passait une voiture à bras ou une litière, masquée d'un rideau abritant du soleil son riche occupant, qui s'était aventuré au-dehors en vue de quelque affaire. Personne ne prêta attention à Huy. Il devina qu'il ressemblait au sous-intendant d'une famille moyennement aisée.

Telle fut certainement l'impression qu'il donna au portier de Taheb, un gaillard affligé de strabisme, qui le jaugea avec réserve quand il demanda à être reçu par la maîtresse de maison. Il fut sauvé par un autre domestique qui se souvenait de sa présence au banquet. On se confondit en excuses et on le fit entrer, puis on le conduisit dans la cour intérieure qu'il connaissait bien et où il attendit.

C'est dans cette cour qu'il avait vu son ami Amotjou pour la dernière fois. A l'époque le lieu était austère ; seuls les meubles simples, en bois peint rouge sombre, tempéraient la blancheur crue des murs. Depuis, Taheb l'avait agrémenté de bacs en terre cuite, où poussaient à foison de grandes plantes vert foncé. Deux d'entre elles portaient des fruits pareils à des courgettes, quoique roses et dotés de piquants tels des cactus. Aux deux tiers du mur, une frise peinte décrivait les activités de la compagnie de transports fluviaux qu'Amotjou avait héritée de son père. Là, sans doute possible, on reconnaissait les pylônes du port de Pérou-Néfer, près de la capitale du Nord. Plus loin, sur la mer orientale, un navire à la voile immense faisait du cabotage le long de la côte désertique, afin de charger au Pount une cargaison de denrées exotiques : de l'ébène, ce bois si dense qu'il s'enfonçait dans l'eau, des chats sauvages au pelage tacheté, qui une fois apprivoisés deviendraient des animaux de compagnie ou de chasse pour les riches, de la myrrhe, les longues dents des grands animaux de la forêt. Sur une autre paroi étaient représentés de plus lourds vaisseaux, destinés à des voyages moins ardus, traversant la Grande Verte vers Byblos et Keftiou.

« Est-ce à ton goût ? » demanda une voix derrière lui.

Il se tourna pour découvrir Taheb, vêtue d'une robe à plis en laine légère, fendue d'un côté jusqu'en haut de sa cuisse brune et ourlée de bleu sombre tissé d'or.

« Assurément. Tu as apporté de nombreux changements.

— C'était important, si je voulais continuer à vivre sous le même toit.

— Tu n'as pas envisagé de déménager ? »

Elle haussa les épaules.

« Je suis bien installée, ici, et j'y ai mon bureau. Je ne nourris pas de rancune, aussi aucun fantôme ne vient se dresser contre moi.

— Tu m'as invité, alors je suis venu. Mais j'aurais dû t'envoyer un message.

— Tu as choisi le bon moment, le rassura-t-elle en souriant. Le vent a fraîchi, et mes deux barques chargées de diorite qui attendaient au port sont parties de bonne heure vers le sud. Alors... Tes désirs sont des ordres. »

Elle ouvrit ses longs bras puis les laissa retomber doucement contre ses flancs en lui adressant un nouveau sourire. Elle lui indiqua un lit de repos et prit elle-même un siège à proximité. Huy aurait voulu mieux voir ce que révélait la fente de sa robe. Comment cette femme était-elle devenue si séduisante ? Autrefois dure et revêche, elle s'était pleinement épanouie.

« Sais-tu pourquoi Merymosé a été rappelé de manière si urgente ? lui demanda-t-il tandis qu'une servante apportait des gâteaux au miel et du vin.

— Oui, répondit Taheb, attristée. Pauvre Iritnéfert !

— Je désire te poser quelques questions à son sujet.

— Merymosé te fait-il participer à son enquête ? s'enquit-elle en levant les sourcils.

— Non, mais je te remercie de m'avoir mis en relation avec lui.

— Ton travail est intéressant et je te crois doué en ce domaine. Merymosé est un homme intelligent.

Il se peut que vous appreniez beaucoup l'un de l'autre. »

Huy souhaitait en savoir davantage sur le policier, toutefois il jugea que l'heure n'en était pas venue. Il ne pouvait pas encore accorder toute sa confiance à Taheb.

« Tu connaissais cette jeune fille ? l'interrogea-t-il.

— Nos familles se connaissaient. De temps en temps, Ipouky traitait avec nous pour convoyer une cargaison de lingots d'argent depuis les mines de la mer orientale jusqu'au Delta. Comme il existe à présent une voie terrestre, nous avons moins affaire à lui.

— Quelle sorte d'homme est-il ? »

Taheb ne se départit pas de son sourire, mais se tint immédiatement sur la réserve.

« Jusqu'où remonteront mes paroles ?

— Elles n'iront pas plus loin que moi. Je ne peux m'entretenir avec Ipouky, mais Merymosé s'en chargera sans doute. Cela m'intéresse, c'est tout, avoua-t-il après une hésitation. Merymosé m'a demandé d'examiner le corps.

— Pauvre petite ! A-t-elle été mutilée ?

— Non. Son corps ne présentait aucune lésion. As-tu une raison particulière de poser cette question ? lui demanda-t-il, sa curiosité en éveil.

— J'associe un meurtre à la violence. J'imaginais qu'elle avait été poignardée, violée. Vraiment, tu as un esprit inquisiteur et soupçonneux.

— Et cela ne fait qu'empirer.

— Pourquoi me poses-tu ces questions, et pourquoi devrais-je y répondre ?

— Je te les pose pour ma satisfaction personnelle, et parce que je m'ennuie à ne rien faire. Il est possible que l'on réclame mes services. Dans le cas contraire, je n'utiliserai pas les informations que tu m'auras données. Ce sera comme si cette conversation n'avait jamais eu lieu.

— Tu es diplomate. »

Elle l'enveloppa d'un regard approbateur et, pendant qu'elle leur resservait du vin, le gratifia du spectacle de sa jambe. Un fin duvet, qui sans le soleil eût été invisible, dorait la peau douce et brune de sa cuisse. Qu'était-il donc arrivé à la Taheb d'autrefois ?

« Ipouky est fonctionnaire. Je suis trop jeune pour m'en souvenir, mais je crois qu'il a commencé sa carrière comme Surveillant des Mines de Turquoises dans le désert septentrional, vers la fin du règne de Nebmaâtrê Aménophis. Je sais qu'il fut de ceux qui virent avec rancœur la montée au pouvoir des militaires. Il ne cessait d'envoyer des suppliques à Aménophis afin qu'on limite l'octroi de distinctions honorifiques pour faits de guerre. D'ailleurs, les batailles n'étaient guère plus que des escarmouches, en ce temps-là.

— Sais-tu ce qu'il est devenu sous le règne du Grand Criminel ? demanda Huy, éprouvant une sombre ironie en voyant combien il lui était facile de renier son ancien maître.

— En ces lieux, tu n'es pas forcé d'obéir aux décrets de Horemheb. Personne ne nous écoute, dit Taheb, apparemment froissée qu'il ne lui eût pas fait assez confiance pour désigner Akhenaton par son vrai nom. Pour répondre à ta question, non, je ne le sais pas. Mais il exerçait certainement une fonction, sans doute dans l'administration des mines, et il a réussi à la conserver par la suite. Tu ne l'as jamais vu à la cité de l'Horizon ? Il y avait beaucoup d'hommes d'affaires et d'arrivistes aux côtés des idéalistes, tu sais. Ils étaient tout aussi nécessaires à Akhenaton — sinon plus.

— Et la plupart d'entre eux ont été pardonnés.

— Cela ne devrait pas te rendre amer. Bien sûr qu'ils l'ont été ! On leur a donné la possibilité de se rétracter, ce qu'ils n'ont pas manqué de faire, et ils ont repris leurs activités. Ils sont la colonne vertébrale de la Terre Noire, et l'armée sa musculature. Sans eux, le cœur ne peut fonctionner, même si c'est lui qui les gouverne.

— Peut-il gouverner ce qu'il ne contrôle pas ?

— Oui, aussi longtemps qu'il croit les contrôler. Akhenaton a tenté de briser l'ordre des choses, et vois ce qui est arrivé.

— Dis-m'en plus sur la famille d'Ipouky.

— Il y avait trois enfants, dit-elle d'un ton pensif. Iritnéfert était la seule fille, et la benjamine. Elle n'était pas mariée et n'avait personne en vue, pour autant que je sache. Sa mère avait divorcé et était allée vivre dans le nord du pays avec un des fils, Pahéri. Il était déjà un homme fait, et devint prêtre d'Aton. »

Huy retint un cri.

« Qu'y a-t-il ? s'étonna Taheb. Tu l'as connu ?

— Oui. C'était le bras droit de Sourérê. Mais j'ignorais qu'il était le fils d'Ipouky. »

Ils restèrent silencieux, songeant l'un et l'autre au prisonnier évadé.

« Je me demande ce qu'il est advenu de Pahéri après la chute d'Akhenaton, dit Taheb.

— Il a disparu comme tant d'autres. Il n'y aura pas eu grand monde pour le pleurer.

— Excepté sa mère. Il était convaincu qu'elle avait été traitée cruellement par Ipouky.

— Elle doit avoir été la seule femme que Pahéri ait jamais aimée. On le surnommait le “glaive de Sourérê”. Il se peut même que les deux hommes aient été amants, bien qu’ils se soient séparés, vers la fin.

— Que s’est-il passé ?

— Ils ont eu une âpre querelle. Pahéri a accusé Sourérê d’adopter une ligne trop laxiste. Mais j’ai aussi entendu dire qu’il avait trouvé Sourérê couché en compagnie d’un palefrenier. Il est vrai que le nomarque commençait à savourer les fruits du pouvoir, cependant Pahéri était foncièrement jaloux. Enfin ! C’est du passé, et Pahéri est certainement mort, dit Huy, abandonnant le sujet. Vers quelle région du nord est partie l’épouse d’Ipouky ? Je ne crois pas qu’elle soit jamais venue à la cité de l’Horizon.

— Elle était originaire de Bouto. Je crois qu’elle y vit encore. Elle ne s’est jamais remariée.

— Contrairement à Ipouky.

— Bien entendu. Vu sa haute position, il se devait de le faire. Je ne connais pas le nom de sa Première Épouse actuelle, mais je crois qu’à part elle, il n’entretient des concubines que pour la forme. La plupart des gens pensent qu’il est surtout marié à son travail. Il est bien connu pour sa froideur et ne paraît savourer ni sa puissance ni sa richesse, bien que je trouve cela difficile à croire, étant donné le mal qu’il se donne pour les garder.

— Y a-t-il des enfants nés du second lit ?

— Je ne sais qui ils sont, ni combien il y en a.

— Quel âge peuvent-ils avoir ?

— Certainement pas plus de huit ans. Ils sont encore petits.

— Et sais-tu quelque chose sur l’autre fils

d'Ipouky, le frère de Pahéri ? » ajouta Huy, perdu dans ses pensées.

Cette fois, Taheb fut évasive. Elle essaya de ne pas le montrer mais elle n'était pas assez vive pour lui.

« Je ne sais pas. Il avait un problème. Je crois que sa famille s'est arrangée pour lui trouver un poste dans une province du nord-ouest, vers le pays des Deux Fleuves. Mais personne n'a plus entendu parler de lui depuis la chute de l'Empire du Nord. »

Trop avisé pour insister, Huy détourna la conversation. Il avait déjà ample matière à réflexion.

« Et comment vont tes enfants ?

— Ils poussent. J'ai vingt-cinq ans. Je suis une vieille femme, dit-elle d'un ton espiègle.

— Nous en reparlerons dans quinze ans. D'ici là, tu provoqueras encore bien des soupirs.

— Tu étais fait pour être courtisan.

— J'ai pourtant essayé. »

Un scribe entra timidement dans la cour, son plumier accroché à l'épaule gauche et une liasse de documents entre ses mains tachées d'encres rouge et noire. Inclinant la tête, il salua Huy en ramenant son bras en travers de sa poitrine, puis dit à Taheb :

« Pardonne-moi. Voici les listes de cargaisons que tu as demandées. Tu as dit qu'on devait te les apporter sitôt qu'elles seraient rédigées. »

Huy se leva.

« Rien ne t'oblige à partir, dit Taheb.

— Si. »

Elle haussa les épaules et se leva elle aussi, prit les documents et renvoya le scribe d'un signe du menton. Elle se rapprocha un peu de Huy.

« Si seulement je pouvais te trouver un poste ici !

— Jadis, je voulais être batelier. Je sais à présent

que je n'en serai jamais capable. Je ne peux plus être scribe et j'ai pris goût à l'indépendance. De quelle façon pourrais-je t'être utile ? »

Sans un mot, Taheb l'enveloppa à nouveau d'un regard qu'il ne sut interpréter.

« Je dois te poser une dernière question. Connaissais-tu un peu Iritnéfert ?

— Oui, un peu.

— Comment était-elle ? »

Un silence plana. Alors, Taheb répondit :

« Comme un feu au vent. »

4

Le processus était lent et requérait le genre de patience dont Huy était dépourvu, mais du moins se voyait-il épargner la tâche fastidieuse des coupeurs, qui se bornaient à trancher les deux extrémités des joncs pour leur donner une longueur régulière d'environ une coudée. L'étape suivante consistait, pour les éplucheurs, à débarrasser les joncs de leur écorce, qu'ils détachaient à l'aide de couteaux en silex à double lame. Ces deux besognes terminées, la tige nue était découpée en lamelles aussi minces que des rubans, qui étaient ensuite placées côte à côte sur une grande plaque de calcaire à la surface parfaitement plane. Celle-ci était constamment humidifiée par de jeunes garçons qui l'aspergeaient d'eau, leurs doigts allant et venant inlassablement entre elle et les récipients de terre cuite.

Lorsque les lamelles étaient parfaitement alignées, une deuxième couche était placée transversalement. Le travail de Huy consistait à pilonner cette deuxième couche de manière à l'aplatir sur la première. Avec deux autres ouvriers, il martelait toute la surface de la feuille à coups doux et rythmés, à l'aide de maillets arrondis, jusqu'à ce que l'amidon sécrété par les tiges eût soudé toutes les bandes, qui formaient alors une feuille de papyrus blanche aux dimensions de la pierre. Une fois ces opérations menées à bien, des garçons plus âgés — des apprentis — venaient ôter la feuille et l'emportaient pour la placer sur des tréteaux. Il fallait la surveiller attentivement et l'enlever quand elle était devenue parfaitement sèche, mais sans lui laisser le temps de jaunir au soleil. Dans une autre partie de la fabrique, les feuilles étaient collées de façon à former de longs rouleaux, ou découpées dans un format réduit destiné aux lettres et aux documents plus courts.

Huy avait pris cet emploi après avoir espéré dix jours durant un mot de Merymosé. Alors, sa bourse vide et le dénuement de sa cuisine l'avaient forcé à rechercher n'importe quel travail. Noubenéhem, à qui il avait soumis le problème, l'avait présenté à un autre client de la Cité des rêves, un vieux fabricant de papier à la peau flaccide et au crâne chauve cerné d'une couronne de longs cheveux gras. Cet homme, qui prétendait n'avoir jamais eu de mal à trouver une fille et ne venir là que pour boire, recherchait de toute urgence un ouvrier pour son équipe de martelage, car l'un de ses hommes était mort d'une subite attaque de fièvre du Fleuve. Huy s'y connaissait en matière de papyrus, ayant passé le plus clair de sa vie à écrire dessus. Il avait réussi à convaincre l'homme qu'il savait le fabriquer, sans donner trop de précisions sur son véritable passé, et avait été embauché.

Au début, ce travail lui avait agréablement rappelé l'odeur et la texture du papier et de l'encre, le plaisir d'ouvrir un rouleau de papyrus neuf, d'en déployer la longueur voulue sur le sous-main en cuir souple protégeant le bureau de bois ; le mélange de la poudre d'encre et de l'eau, puis le moment où, un peu tendu, l'on trempait le pinceau pour tracer les premiers signes. Imprégner le pinceau, mais pas trop, afin que l'encre soit absorbée par le papier avant d'avoir eu le temps de couler. Il se souvint des coups de fouet qui, lorsqu'il était élève, suivaient un ratage, un papyrus gâché. Après trente jours de ce labeur sans fin qui lui brisait le dos, il en comprenait la raison. Mais ses compagnons étaient joyeux et prospères. Leur production faisait l'objet d'une demande croissante, leur travail était stable et sûr.

Cette monotonie étouffait son cœur. Il commença à douter que nourrir son ventre au détriment de son esprit fût bien fondé, même s'il ne pouvait guère se permettre d'aussi nobles sentiments. Il pensait à Merymosé, se demandant comment il progressait tandis que le temps filait et que les embaumeurs se pressaient d'exécuter leur besogne. Il n'était pas retourné voir Taheb, un peu par fierté, un peu par indécision. Lors de leur dernière rencontre, ils avaient atteint une limite et, si fort qu'eût été l'appel de ses sens sur le moment, il n'était pas sûr de vouloir la franchir. En même temps, il était intrigué par le silence de Taheb après toutes ses protestations d'amitié. Nourrissait-elle la même pensée? Chacun attendait-il que l'autre fasse le premier pas?

Dix jours encore devaient passer avant que la rupture tant espérée se produisît dans l'existence routinière de Huy. Depuis quelque temps déjà, il n'avait plus conscience d'être suivi, et il était persuadé que personne n'avait fouillé son logis en son absence. Chaque jour, quand il partait au travail, il laissait certains objets — un rouleau de papyrus, un fragment de calcaire ou encore son pot à kohol — à une distance précise les uns des autres et du bord de la table où ils étaient posés. En dépit des précautions prises pour fouiller la maison, cet arrangement n'aurait pu qu'être modifié. Or ce ne fut jamais le cas. Huy attribuait cette quiétude retrouvée au fait qu'il avait un emploi fixe. Peut-être les autorités pensaient-elles qu'il s'était enfin rangé ? L'idée lui vint qu'un ventre plein n'était pas le seul avantage qu'il devait à son travail si fastidieux.

Un soir, néanmoins, alors que l'indéfectible vent du nord fraîchissait et faisait bruire les frondaisons des palmiers *doum*, il regagnait le quartier du port quand il eut l'impression que quelqu'un s'attachait à ses pas. Pour s'en assurer, il modifia son itinéraire habituel, s'engouffra dans des allées à peine plus larges qu'un mulet, traversa des petites places formant le point de jonction de cinq routes. Les rues du quartier portuaire étaient très différentes des artères larges et régulières du reste de la cité. Ce coin avait grandi de façon organique, défiant et dépassant toute tentative d'aménagement que les architectes avaient pu chercher à imposer autrefois, et il n'avait pas de secret pour Huy. Pourtant, il lui fut impossible de semer son poursuivant. Il finit par renoncer et prit le plus court chemin vers sa maison. Il était presque arrivé quand il entendit des pas précipités derrière lui et, se retournant, il vit Merymosé le rejoindre en courant.

« Merci pour la visite guidée ! » dit le Mézai.

En dépit de ses traits tirés, sa bouche conservait son pli déterminé.

« C'était toi ? J'aurais cru que tu t'en serais mieux tiré.

— Je voulais que tu te sentes suivi, afin que tu me promènes un peu. C'était mon seul moyen de vérifier que personne d'autre ne suivait tes traces.

— Pourquoi ?

— Je te le dirai à l'intérieur. Je ne devrais pas être ici, et je ne devrais certainement pas m'entretenir avec toi, mais je n'ai pas le choix. »

Une fois entré dans la pièce, Merymosé se détendit à peine. Il ne resta pas longtemps assis, mais se mit à faire les cent pas dans l'espace étroit qui séparait la porte d'entrée et le mur du fond.

« Tout d'abord, que je t'explique pourquoi tu n'as plus eu de mes nouvelles après être venu examiner le corps d'Iritnéfert. Quelqu'un a sûrement rapporté cette entrevue car j'ai été convoqué, le lendemain, chez le prêtre-administrateur au palais, où j'ai eu droit à une semonce bien sentie sur la dignité professionnelle, qui proscrit le recrutement d'individus douteux et séditieux pour l'exécution d'une mission officielle. J'ai eu de la chance de conserver l'affaire.

— As-tu avancé ?

— On ne m'a pas laissé bouger le petit doigt. Je n'ai pas pu m'entretenir directement avec Ipouky — je me demande d'ailleurs si cela m'aurait aidé. Tout ce que j'ai découvert, c'est qu'il était un père froid et distant. Après le départ de la mère, il a perdu tout intérêt pour la fille, dont il a abandonné l'éducation à une des matrones de la maison. Une femme sévère, qui avait l'habitude de faire fouetter Iritnéfert au moindre écart de conduite. Cette fille-là a grandi sans amour.

— C'est une indication importante.

— C'est la seule. Il n'y a aucune piste. Et maintenant, je ne suis plus responsable de l'enquête.

— Qui donc en est chargé ?

— Kenamoun. »

Huy connaissait l'homme de vue et de réputation.

Par son tempérament, il n'était pas sans rappeler Sourérê. C'était un fonctionnaire de carrière qui s'était voué à gravir les marches du pouvoir jusqu'au sommet par la voie de la prêtrise. Il était aussi inflexible dans son allégeance envers Amon et les anciens dieux que Sourérê envers Aton, et s'était réfugié sous le règne d'Akhenaton dans l'oasis de Kharga pour échapper à la mort. Il avait pu se prévaloir de sa loyauté à la restauration, et il dirigeait à présent un service de police chargé de la conformité religieuse — fonction qui ne l'empêchait pas d'œuvrer dans tout autre domaine où Horemheb, par l'entremise du roi, jugeait bon de le désigner.

« Quand est-ce arrivé ?

— Hier.

— Sais-tu pourquoi ?

— Il y a eu un autre meurtre, soupira Merymosé. On commence à penser que c'est le fait d'un démon. Mais comment ? Il n'y a aucune trace de violence. Pas une marque sur le corps.

— Qui est-ce ?

— La plus jeune fille de Réni, le Chef des scribes.

— Quel âge avait-elle ?

— Elle aurait eu quatorze ans à la fête d'Opet. »

Huy se rembrunit.

« Et comment l'a-t-on découverte ?

— La sœur cadette l'a trouvée près du bassin de leur jardin — la famille réside là encore dans le quartier du palais. Elle était nue, allongée avec autant de soin que par Anubis lui-même.

— L'as-tu vue de tes yeux ?

— Oui. Réni a interdit qu'on touche au corps et m'a envoyé directement un serviteur. J'aurais dû rendre un rapport sur-le-champ, mais j'ai pensé que je pourrais toujours arguer de l'urgence si l'on me tançait à nouveau, car je ne voulais pas courir le risque que l'on m'empêche de la voir.

— As-tu parlé avec Réni ?

— Oui. C'est un homme intelligent, mais son cœur était assombri par la mort de sa fille et il n'avait rien à me révéler. Sa demeure est vaste et ses enfants sont en âge d'être indépendants, bien que tous vivent encore sous son toit. Sa Première Épouse et lui ont dîné seuls au coucher du soleil, puis il est parti travailler dans son bureau. Il n'a pas vu les enfants ce soir-là, sauf l'aînée, qui, à dix-huit ans, n'est toujours pas mariée et lui sert de secrétaire. La sœur cadette a découvert le corps en rentrant à la maison vers la sixième heure de la nuit.

— Combien d'enfants a-t-il ?

— Il reste deux filles et deux garçons.

— Quand t'a-t-il fait appeler ?

— Aussitôt après. J'y suis allé immédiatement, comme je te l'ai dit. J'ai fait mon rapport sur le meurtre dès que je les ai quittés, après avoir posté un homme sur place et leur avoir recommandé de ne toucher à rien. C'était environ à la neuvième heure. Ensuite, j'ai attendu les ordres. Vers la deuxième heure du jour, j'ai appris que Kenamoun mènerait l'enquête sur les deux crimes.

— Dans la même limite de temps qui t'était impartie ? »

Le Mézai eut un sourire las.

« Cette menace-là a été levée. Même eux voient bien qu'il y a forcément un lien entre les deux affaires. »

Huy ne répondit pas. Il connaissait bien Réni, qui était le seul scribe à avoir exercé de hautes fonctions à la fois sous Akhenaton et sous le nouveau régime.

Il avait sans nul doute acheté sa liberté en trahissant d'anciens collègues et avait été assez clairvoyant pour se rétracter avant la mort d'Akhenaton ; une nuit, il avait fui discrètement la cité de l'Horizon en barque, avec toute sa famille. Arrivé dans la capitale du Sud, il avait clamé bien haut et publiquement sa loyauté envers les anciens dieux, abjurant Aton et s'en remettant à la clémence des prêtres d'Amon, qui s'enhardissaient à mesure que le pharaon réformateur perdait toute emprise sur son empire et sur la réalité même.

« Je lis ton cœur, dit Merymosé. Lis-tu le mien ?

— Le rapport est trop ténu. »

Mais les pensées de Huy allaient bon train. Les victimes étaient les filles de deux hauts fonctionnaires, qui l'un comme l'autre avaient survécu au changement de régime, qui l'un comme l'autre pouvaient, d'un certain point de vue, passer pour traîtres envers Aton.

« Quoi qu'il en soit, reprit-il, je vois mal comment je peux t'aider. Tu disais toi-même que tu prenais un risque en venant me voir. »

Merymosé mit un certain temps à répondre et le fit non sans embarras.

« J'ignore pourquoi tu m'inspires confiance à ce point, mais aucun de mes hommes n'est formé à utiliser son cœur de la manière dont tu le fais, qui est un don de Ptah. Tu sembles connaître ton métier d'instinct.

— Taheb doit s'être montrée très chaleureuse dans ses éloges.

— Cela fait maintenant deux fois que j'ai pu juger par moi-même. Jette un coup d'œil dehors, puis je m'en irai s'il n'y a personne, dit Merymosé, qui se leva et se dirigea vers la porte.

— Tu ne peux faire de ces visites une habitude.

— Je demanderai à Kenamoun si nous pouvons requérir tes services. Il est plus ouvert que le prêtre-administrateur, et il veut réussir dans cette affaire. C'est tellement plus commode d'engager un assistant qui ne pourra réclamer la reconnaissance officielle de ses mérites, lorsque le problème sera élucidé !

— Tu me donnes peu d'encouragements.

— Tu seras payé, Huy. Quoi qu'il advienne, tu n'es pas né pour fabriquer du papier.

— Je ne sais pour quoi je suis né, et je doute que cela ait une quelconque importance.

— Il se peut que ta véritable profession t'ait trouvé. Ce sont des choses qui arrivent.

— J'ai une question à te poser.

— Je t'écoute.

— Que faisais-tu sous le règne du Grand Criminel ? »

Si Merymosé et lui collaboraient, ils devaient éprouver une confiance mutuelle. Le Mézai se crispa, et un long moment s'écoula avant qu'il ne réponde.

« J'étais en garnison à Byblos. Quand Azirou lança enfin ses Khabiris contre nous, nous soutenions le siège depuis trois ans. Et pendant tout ce temps, le Grand Criminel n'avait pas envoyé une seule réponse à nos appels à l'aide. Nous crevions de faim, nous étions décimés par la maladie. Le typhus. En as-tu déjà observé les effets ? Nous étions bien loin de la cour dorée de la cité de l'Horizon. »

Il garda le silence, et les plis qui encadraient sa bouche se creusèrent davantage. Puis il continua son récit.

« Quand les Khabiris attaquèrent, nous fûmes réduits à l'impuissance. Ces pirates du désert massacrèrent les hommes et les enfants, et emmenèrent les femmes. Du fait que j'étais officier, ils conçurent un petit spectacle spécialement à mon intention : ils violèrent devant moi ma femme et ma fille de dix ans, à trois sur chacune, par chacun des orifices. Puis ils firent de même avec des lances. Ils me jetèrent à la mer du haut des créneaux, mais les rochers furent sans merci et ne me tuèrent pas, bien que je n'eusse jamais tant aspiré à la mort. Mais un homme doit attendre l'appel d'Osiris.

« Mon *ka* avait décidé que je devais vivre. Je nageai jusqu'à la côte, porté par le courant. En arrivant sur le rivage, je volai un petit bateau de pêche et je naviguai jusqu'au Delta. Je rejoignis les Mézai au sud, et je servis à Napata avant qu'on ne m'envoie ici. »

Huy chercha désespérément quelque chose à dire, et ne trouva rien. Ses paroles furent malhabiles et inappropriées.

« Tu dois nous haïr.

— Je ne hais personne. On ne peut haïr quand on est mort au fond de soi. »

Après le départ de Merymosé, Huy ferma sa maison et descendit à la Cité des rêves.

« Tu ne dors donc jamais ? » dit-il à Noubenéhem.

Elle était enracinée sur son divan, à demi couchée dans sa position de prédilection. Sur la table à côté d'elle, il vit une cruche de vin de palme, jaune et sirupeux.

« Jamais quand il faut que je gagne ma vie, répondit-elle en souriant. Qu'est-ce que tu veux ?

— Tu as parlé d'une fille qui, d'après toi, était mon type.

— La petite Néfi ? Tu n'as pas de chance. Elle n'est pas revenue.

— Lui as-tu donné du travail ?

— Elle était pleine de zèle mais totalement inexpérimentée. Pour être franche, je comptais sur toi pour la déflorer, dit-elle en lui proposant la cruche, qu'il refusa d'un geste de la main.

— Décris-la-moi.

— Je l'ai déjà fait. Jeune. Innocente. Les joues rondelettes de l'enfance. Un petit corps dodu, qu'elle était toute prête à faire voir. Ça ne m'aurait pas gênée de la culbuter moi-même.

— Tu l'as fait ?

— Non, dit-elle, soudain moins amicale, et elle expliqua en indiquant la cruche : Ces temps-ci, je m'en tiens à des plaisirs moins fatigants. Pourquoi ?

— Pour rien.

— Ça te plairait de regarder des femmes ensemble ?

— Je vais te décrire une fille, de façon aussi précise que possible. Tu me diras si c'est celle que j'ai ratée. »

Rassemblant tous les détails dont il put se souvenir et s'efforçant de leur insuffler la vie, Huy décrivit Iritnéfert.

« C'est elle. Alors comme ça tu l'as trouvée, après tout. Qu'est-ce qu'elle faisait ? Elle bossait sur les quais ? »

Il allait partir quand le rideau de perles s'écarta et Kafy apparut. Elle le regarda d'un air de reproche.

« Tiens, tiens. Ne t'aurais-je pas déjà vu quelque part ? »

Huy lui retourna son regard. La dureté de ces yeux-là était feinte, il le savait. Tout son corps l'invitait, et il savait qu'il accepterait cette invite. Il fit un pas vers elle.

« On paie d'avance », dit Noubenéhem en tendant la main.

Au-delà du rideau de perles, le couloir était long et enfumé, jalonné tous les trois ou quatre pas par une lampe à huile dans une niche. Soumis des nuits sans nombre à ce genre de lumière, les murs avaient noirci. Des sons étouffés et, une fois, un cri de douleur traversèrent les portes closes de part et d'autre.

« Nous y sommes », annonça Kafy en s'arrêtant devant une porte ouverte.

La pièce était confortable, éclairée par trois lampes et toute tendue de lourdes draperies bleu nuit. Souriante, Kafy glissa la main sous le pagne de Huy et la referma sur son pénis, pour l'attirer à l'intérieur. Il n'aurait pas aimé connaître son âge, ne l'avait jamais vue que sous une lumière tamisée et ne savait rien d'elle, hormis qu'elle venait d'un village du nord, à l'ombre de la pyramide de Saqqarah.

« Où étais-tu passé ? lui demanda-t-elle.

— Nulle part.

— T'es-tu lassé de moi ?

— Non. »

Il l'arrêta en lui prenant les mains. Les yeux de Kafy cessèrent de feindre.

« Qu'y a-t-il ?

— Une question.

— Tu ne t'arrêtes jamais de travailler, n'est-ce pas ? dit-elle d'un ton résigné.

— Un homme est venu, voici quelques jours. Je l'ai vu parler à Noubenéhem. Bien habillé, et peut-être d'âge mûr. Il m'a semblé le connaître.

— Je ne l'ai pas vu.

— Je pense qu'il était venu pour une sorte de spectacle. Il a payé un bon prix. »

Le visage de Kafy s'éclaira, puis se ferma.

« Tu ferais mieux de poser la question à Noubenéhem.

— C'est ce que j'ai fait. Elle a refusé de répondre.

— Je t'aiderais si je le pouvais », dit-elle.

Mais seules ses lèvres souriaient. Il sut qu'il n'en tirerait rien de plus et qu'elle commençait à s'impatienter. Il l'attira contre lui en lui enlevant sa robe de lin moulante pour révéler son corps brun et soigné, aux seins fermes et généreux. L'histoire de Merymosé lui avait donné envie de tout oublier. Il n'aurait pu supporter la solitude de sa maison.

Elle défit son pagne et se mit à genoux, sachant par quoi il aimait commencer.

« Cela fait longtemps, trop longtemps », murmura-t-elle en le glissant dans sa bouche.

Lorsqu'elle se pencha, il vit que son épaule gauche était marbrée par un énorme bleu.

Un démon malveillant se tenait sur sa tête. Il avait enfoncé l'herminette dans sa fontanelle et actionnait l'instrument d'avant en arrière, méthodiquement, pour lui fendre le crâne. Pendant ce temps, dans son cerveau, deux tailleurs de pierre perçaient un chemin jusqu'à ses yeux au moyen de ciseaux à pinces. Il essaya de se redresser, mais le mouvement le plus prudent provoquait chez ses persécuteurs un regain d'ardeur, et son estomac précipita un flot de bile à sa bouche. Il y distingua un arrière-goût de figue.

Huy se força à s'asseoir progressivement, ce qui amena la cruche d'alcool de figue, vide à présent, dans son champ de vision. Oublié, l'accès d'optimisme que la boisson avait instillé en lui la nuit passée; oubliée, l'ivresse dont les effets lui avaient permis d'échapper enfin au récit de Merymosé. Il lança une supplication plaintive, à l'adresse de tout dieu bien disposé envers les buveurs larmoyants, pour redevenir lui-même, maître de ses mouvements, le plus tôt possible. La seule chose dont il pouvait se louer était qu'on se trouvait le onzième jour, le jour de repos. Ses débordements ne lui coûteraient pas son emploi.

Ayant enfin réussi à tenir droit cinq minutes sans éprouver le besoin de vomir, il entreprit de remettre de l'ordre dans son cœur. Au début, il n'y entra que des préceptes moralisateurs sur l'excès de boisson, qu'il se souvenait d'avoir eu à copier pour s'exercer quand il était élève.

« On me dit que tu vas de rue en rue là où tout empeste les dieux de l'alcool. L'alcool détournera les hommes de toi et enverra ton âme en enfer ; tu seras pareil à un navire au gouvernail brisé, pareil à un temple sans dieu, à une maison sans pain... »

L'auteur de ces préceptes n'avait jamais eu de mauvais souvenirs à noyer ni appris des vérités trop horribles à affronter. Mais avouons-le, quand on refaisait surface, les souvenirs et les vérités étaient toujours là ; ils n'avaient pas disparu. La seule différence, c'est qu'on était encore moins apte à en triompher. Voilà ce qui poussait les hommes à continuer de boire : un perpétuel repli. On endormait les sens au lieu de combattre et de détruire la cause de la souffrance. Merymosé s'était-il déjà saoulé ? Huy en doutait.

Sa tête bourdonna et son estomac chavira quand il se mit debout, et chercha à tâtons le dossier d'une chaise pour se retenir. A ce stade, il s'autorisa une minute de repos avant d'envisager le voyage de mille jours qui le séparait de la salle de bains. Puis, se forçant à respirer calmement, il se mit en route.

Plus tard, après avoir pris un bain et, sinon mangé, bu un peu de tisane, il sentit que finalement il survivrait. Il mâcha des grains de coriandre pour s'adoucir l'haleine et, prêt à affronter le monde, décida de revêtir son pagne le plus neuf et le plus présentable, ainsi que ses sandales de cuir et sa coiffure, dernier vestige de jours meilleurs. Il tenterait d'avoir accès au quartier du palais, sinon aux demeures d'Ipouky et de Réni, sans entretenir trop d'espoir sur la possibilité que Merymosé persuade Kenamoun de l'engager. Il n'y avait rien de mal à explorer le terrain à tout hasard.

Il fut interrompu alors qu'il s'habillait par un coup à la porte, et en l'ouvrant il reconnut un des serviteurs attitrés de Taheb, un Assyrien qui, en dépit de ses années passées sur la Terre Noire, arborait toujours une longue barbe brune ondulée et ointe d'huile. L'homme porta sa main droite à son front, à ses lèvres puis à sa poitrine, et sans un mot lui présenta un billet, par lequel Taheb lui demandait de venir la voir sur-le-champ.

« Sais-tu de quoi il retourne ? demanda-t-il à l'Assyrien.

— Non, mais c'est urgent. Elle t'attend et, vois, elle t'a envoyé sa litière. »

Lorsque Huy arriva chez Taheb, ses persécuteurs avaient quitté son crâne sans laisser de trace. Il descendit de la litière. Au lieu de le conduire dans la petite cour, l'Assyrien lui fit traverser la demeure jusqu'à une pièce du haut, dont les grandes fenêtres orientées vers le nord interceptaient le vent. La pièce, peinte d'un blanc si pur qu'il semblait bleuté, était fraîche et apaisante. Huy remarqua une cruche de vin et des coupes sur une table en bois blanc poli, tout incrustée d'or et d'ivoire d'hippopotame. Le mur ouest ouvrait sur un balcon qu'ombrageaient des avant-toits profonds, soutenus par des colonnes minces en forme de lotus, avec pour panorama la cité. Au loin se dessinait le large cours grisâtre du Fleuve, bas et paresseux en cette époque de l'année, mais qui ne perdait rien de sa dignité. Huy distingua le quartier encombré du port, aux toits si denses que dans la brume miroitante ils ne formaient plus qu'un. Au-delà, plus au sud, s'étendaient les larges toitures des installations palatiales, les édifices qu'il savait séparés par de belles avenues ombreuses, pavées de calcaire poli régulièrement humidifié de peur qu'il ne devînt trop brûlant pour les pieds des riches.

Elle ne le fit pas attendre longtemps. Sobrement vêtue d'une ample tunique à manches longues qui la couvrait du menton aux chevilles, elle s'approcha de lui, les mains tendues.

« Je suis heureuse que tu sois ici. T'ai-je enlevé à tes occupations ?

— L'Assyrien a dit que tu avais besoin de me voir d'urgence.

— J'ai pensé qu'il valait mieux dire cela, sans quoi tu ne viendrais pas. Tu sens la coriandre. Tu as bu, la nuit dernière.

— En effet. Merymosé est venu me voir et m'a parlé de son passé.

— C'est une triste histoire, convint Taheb, pensive. Mais était-ce la seule raison ?

— Il y en avait une autre.

— Me la confieras-tu ?

— Non, pas maintenant. Pardonne-moi, ce n'est rien d'important. Cela n'a rien à voir avec Aset, non plus.

— Alors je ne me montrerai pas curieuse, bien que cela soit contraire à ma nature, dit-elle en souriant un peu tristement.

— Il désire mon aide. On lui a désigné un nouveau chef. Un prêtre nommé Kenamoun.

— Ah oui ! Le garde-chiourme.

— Il n'a jamais recherché la popularité.

— Oh ! Mais si ! dit Taheb, surprise. Auprès des femmes.

— A-t-il eu du succès ?

— Non.

— Que penses-tu de lui ?

— C'est un homme difficile à impressionner. Non que j'aie essayé.

— Il se peut que j'aie à le faire.

— Merymosé est plus courageux que je le pensais, s'il propose, et surtout à Kenamoun ! l'intervention d'un ancien scribe du Grand Criminel. »

Elle leur servit du vin, qu'il se devait d'accepter en vertu des règles de civilité, bien que son cœur s'y refusât. Mais à son grand étonnement, la boisson était légère, acidulée, avec un léger goût de miel, en plus d'un autre parfum si subtil qu'il ne put l'identifier. Quand il but, le liquide se répandit en lui telle la lumière du soleil.

« A la vie, dit-elle en levant sa coupe.

— A la vie », répondit-il.

Elle le considéra avec une expression énigmatique, et remarqua :

« Vu ton air cachottier, je t'ai détourné d'un projet.

— J'avais l'intention de m'introduire dans le quartier du palais, avoua-t-il en souriant.

— Alors tu aurais dû commencer par venir me voir. On ne te laissera jamais entrer seul, même vêtu de tes plus beaux habits. Pour qui espérais-tu te faire passer ? »

Les mêmes mots auraient pu être prononcés par

les lèvres pincées de la Taheb d'autrefois. Et voilà qu'ils étaient pimentés d'un humour délicat et ironique. Huy ne trouva plus de raison qui l'empêchât de se détendre.

« J'aurais dû y penser », admit-il.

S'il y avait une chose dont il était sûr, c'est que Taheb était une alliée à cultiver. Peut-être était-ce dû à l'effet de ce philtre magique, mais il sut soudain que ce qui l'avait fait hésiter — leur condition très distincte — était une objection ridicule.

« J'ai connu Ipouky par le biais d'Amotjou. Quant à Réni, il était l'associé de mon père.

— Réni ? Tu es donc au courant, pour sa fille ?

— Oui. C'est une tragédie. Elle était si confiante ! Qui a bien pu commettre un crime pareil ? Pour quelle raison ?

— Il n'y a pas forcément de raison, dit-il, perdu dans ses pensées.

— Tu ferais aussi bien de me poser tes questions, Huy, dit Taheb, amusée. Tu te demandes ce que je sais au juste et comment je le sais. Les riches de cette cité constituent un cercle. Les nouvelles se propagent vite, d'une famille à l'autre. Il est difficile d'éviter qu'une affaire s'ébruite, et en l'occurrence on n'a pas recherché le secret. Les gens sont affolés. Ceux qui ont des enfants adolescents, surtout des filles, sont pris de panique.

— Où sont les tiens ?

— Je les ai envoyés chez mon frère, dans la capitale du Nord, où ils resteront jusqu'à ce que tu aies résolu ce mystère.

— Tu fais preuve d'une grande confiance.

— Si ce n'est pas l'œuvre de dieux hostiles, tu le résoudras.

— La chance est ma seule alliée.

— Ce n'est pas si mal de l'avoir de son côté. »

Leurs paroles semblaient suspendues entre eux. Ils se turent, et l'atmosphère devint palpable, comme transformée en un fluide limpide. Ce n'était pas désagréable, et Huy se demanda si c'était là l'effet du vin. Chaque pore de sa peau était en alerte, aussi réceptif qu'après le plaisir d'un bain chaud. Il s'était approché du balcon. Taheb posa sa propre coupe, se leva et le rejoignit. Elle lui prit sa coupe des mains et l'abandonna sur le mur du balcon. Ses bras souples vinrent se poser sur les épaules nues de Huy, peau contre peau, en un contact brûlant.

« C'est drôle, murmura-t-elle. Amotjou était si grand et mince ! Toi, tu es bâti comme un guerrier ou un batelier, bien plus que comme un scribe.

— A l'école d'écriture, on me surnommait Bès. Qu'as-tu mis dans le vin ?

— Juste un peu de racine de mandragore. Cela fait une éternité que tu ne me donnes pas signe de vie, or je te désire depuis que je t'ai revu au festin. Aussi, vois-tu, je voulais être sûre de toi.

— En as-tu pris ?

— Bien sûr. On m'a dit que cela rehausse le plaisir. Je n'ai encore jamais essayé.

— Alors comment connaissais-tu la bonne dose ? »

Elle éclata de rire.

« Ne cesses-tu jamais de poser des questions ? Je veux te sentir contre moi. »

Elle détacha ses mains de lui et les porta prestement à sa nuque pour défaire une agrafe. Sa robe tomba tel un rideau, révélant un corps robuste, aux épaules larges mais aux hanches minces et aux seins délicats.

« Aimes-tu ce que tu vois ? »

Autour de lui, l'air tournoyait doucement et il y tournoyait avec elle, tandis que disparaissaient son pagne, ses sandales, sa coiffure. Une couche était apparue sur le balcon — ou s'y trouvait-elle déjà avant ? Ils y étaient étendus ensemble, bien qu'il n'eût aucun souvenir de s'en être approché.

Elle se pencha contre lui et leurs seins se touchèrent, leurs cuisses se caressèrent. Comme par magie, ses mains débordaient d'huile de lotus dont elle l'oignait de ses doigts fermes.

Il la soutint d'un bras, et sa main abandonna ses seins pour descendre vers sa cuisse, puis de là, lentement, achever le voyage vers l'entrée de la Grotte aux Doux Mystères, s'y attardant assez longtemps pour découvrir le petit temple de Min et l'éveiller. Haletante, elle explorait passionnément son oreille du bout de la langue. Il tourna la tête pour que leurs lèvres, en se joignant, forment un second temple où leurs langues s'enroulèrent, se caressèrent, parcourant les dents. Ouvrant les yeux, il remarqua une goutte de sueur sur l'épaule de Taheb et fit glisser ses lèvres sur sa peau de bronze pour la lécher. Puis il laissa tomber sa tête contre ses seins, s'en empara à pleine bouche et en taquina les pointes. Il descendit encore et but à la douce source de ses reins, embrassant, stimulant, suçant le fier petit dieu qui se dressait à l'entrée de la Grotte. Loin au-dessus de lui, elle soupirait et gémissait doucement. Alors elle l'attira vers elle et descendit à son tour pour le prendre dans sa bouche. Ses cheveux caressaient son ventre, sa langue livrait de tendres incursions à la base de son pénis, ses dents mordillaient légèrement sa virilité. Plus tard elle se redressa, et leurs lèvres, leurs dents se retrouvèrent, chargées de douces saveurs.

Leurs mains s'activaient, lubrifiées par l'huile de lotus, la sueur et le vin de Min qui avait franchi l'entrée de la Grotte. D'une main ferme, elle pompait son pénis avec un mouvement lent et régulier, en lui imprimant une légère torsion. Il se mordit les lèvres pour dominer le dieu, puis enfouit sa bouche dans le pli du cou de Taheb, humant son odeur, cherchant à se noyer en elle.

Ils flottèrent jusqu'au sol. Huy empoigna Taheb par les fesses, enfonça ses paumes dans la chair tendre, explora de ses doigts impatients cette autre grotte qu'elles protégeaient. Taheb l'étreignit et le guida en elle. Ils se collèrent l'un contre l'autre, les lèvres dures, les corps écrasés. Elle accrocha ses talons au creux de ses reins. Alors ils se cabrèrent et plongèrent, s'élevèrent et retombèrent ensemble. Deux heures durant ils firent l'amour, sans se détacher l'un de l'autre, même pendant les courts intervalles où ils reposaient en se mordillant doucement les oreilles et les lèvres, repoussant toujours à l'extrême l'instant splendide, et l'atteignant toujours en même temps, haletant et gémissant, grognant et criant — par sept fois. Enfin ils s'arrêtèrent et restèrent allongés l'un contre l'autre, parfumés de riches effluves, sentant la sueur se glacer sur eux. Des domestiques vinrent les envelopper de draps frais et doux puis, sans les séparer, les emportèrent sur le lit qu'ils avaient préparé dans la chambre blanche. Alors ils dormirent, heure après heure, étroitement enlacés.

Quand il s'éveilla, ce fut sous la sensation de l'haleine fraîche de Taheb contre son torse. Quand elle s'éveilla, ses yeux étaient telles des flammes dans les profondeurs d'un puits insondable. Un long laps de temps s'écoula avant qu'ils ne se parlent. Les mots avaient trouvé leur place.

Ils comptaient si peu !

5

Kenamoun était grand — excessivement grand, avec cette minceur fragile qui accompagne souvent une taille démesurée. Ses mains larges, aux articulations enflées, avaient les longs doigts nerveux et spatulés qui trahissent une faiblesse du centre vital. Prolongeant des poignets frêles, elles semblaient avoir été fixées sur lui par erreur. Sa tête, longue et osseuse, était d'une forme telle que l'on devinait tous les contours du crâne sous la peau. Ses traits étaient épais, leur modelé grossier : un nez pareil à une arête d'argile, des lèvres rappelant celles d'un Nubien — les rides amères en plus —, un menton bleuté proéminent et des oreilles décollées au point de masquer à moitié les côtés de la tête. Seuls les yeux étaient petits, et si caves que l'on ne pouvait en dire la couleur. Ils luisaient à la façon des carapaces de scarabées entrevues à la lueur d'une torche, au fond d'un tombeau.

Pour adoucir sa physionomie, il s'était laissé pousser la barbe, mais une barbe si nette, si conforme à la coutume qu'elle aurait pu être tracée au pinceau à kohol, impression renforcée par la sévérité méthodique avec laquelle le reste de son visage était rasé. Il portait une coiffure rouge et or et une tunique blanche ornée des mêmes couleurs. Lorsque Merymosé fit entrer Huy dans la pièce, Kenamoun se tenait devant un bureau d'une hauteur inhabituelle, seul meuble visible, excepté un coffre ouvert contenant des rouleaux de papyrus. Huy en conclut que l'homme travaillait debout.

Il regarda Huy, pour autant que celui-ci pût en juger : impossible d'en être sûr sous ces yeux à l'expression indéchiffrable. Toutefois, ce fut à Merymosé que Kenamoun s'adressa, sans préambule :

« Ainsi, voici l'homme qui, selon toi, nous est indispensable.

— Il pourrait nous aider. Nous voulons que l'affaire soit résolue rapidement.

— Certes. Mais quelles méthodes emploie-t-il que nous n'ayons déjà à notre disposition ?

— Il pose instinctivement les bonnes questions.

— A qui ? Tu sais à quelles familles nous avons affaire.

— Souvent, simplement à lui-même. »

Sous l'insistance de ce regard, Huy commençait à avoir l'impression d'être un spécimen, ou pire, un serpent fixé par une mangouste.

« As-tu abjuré toute allégeance au Grand Criminel ?

— On ne m'a pas offert cette possibilité, soupira Huy. On m'a seulement interdit d'exercer ma profession.

— Et tu étais scribe. Après toutes ces années d'apprentissage, cela a dû être comme si l'on t'avait amputé d'une main. Mais, continua pensivement Kenamoun, on ne t'a pas exilé ni envoyé dans les mines ?

— Non.
— Et tu es un ami de la famille d'Amotjou ?
— Oui. »

Huy songea à Taheb. Se pouvait-il que cela eût seulement eu lieu la veille, à peu près vers la même heure ?

Le fonctionnaire baissa brusquement les yeux et tourna son attention vers les documents posés sur son bureau.

« Tu es un officier de valeur, Merymosé, dit-il enfin, et bien que je sois en désaccord avec toi au sujet des aptitudes de nos Mézai, je respecte ton jugement. Tu peux consulter cet homme, mais il ne devra avoir aucun contact direct avec les familles des victimes hors de ta présence, et il ne travaillera pas de manière indépendante mais exclusivement sous tes ordres. Tu me rendras un rapport quotidien à la première heure de la nuit. Enfin, il est sous ta responsabilité. Si la chose venait à s'ébruiter, je dirais que tu as agi de ta propre initiative, et tu en assumerais les conséquences. »

Il ne releva pas la tête et ne dit rien de plus. Huy et Merymosé échangèrent un coup d'œil, puis se retirèrent.

« Quelle sorte d'homme est-il ? » demanda Huy sitôt qu'ils furent sortis du bâtiment et se retrouvèrent dans la large rue toute proche de l'enceinte du palais.

Après le bureau de Kenamoun, la lumière du jour semblait encore plus vive et le soleil plus chaud.

« C'est un fonctionnaire. Il se retranche derrière sa dignité. Il ne sait comment mener à bien la mission dont on l'a chargé, pourtant ce serait une brillante manœuvre, politiquement parlant, s'il réussissait à élucider cette affaire. En revanche, le risque est grand, car un échec provoquerait un recul dans sa carrière. Il a peu d'amis, alors que ceux d'Ipouky et de Réni lui font déjà subir des pressions dont je ressens le contrecoup. De fait, il n'a montré aucune objection à t'engager. Cela permet de mesurer avec quel désespoir il cherche à régler la chose. »

Ils descendirent vers le Fleuve. Une foule bigarrée fourmillait sur les quais d'où les bacs partaient pour la rive occidentale. Là-bas, des générations de pharaons dormaient dans les hypogées creusés au cœur des falaises rouges de la Vallée. L'image du tombeau de Néfertiti, livré à l'abandon, passa fugitivement dans l'esprit de Huy.

« Que disent les familles ?

— Elles sont brisées. On soupçonne l'œuvre des démons, mais il est rare que les démons s'en prennent aux riches et, surtout, qu'ils ne laissent aucune trace de violence sur les cadavres. La forte similitude entre les deux crimes n'échappe à personne, et l'on redoute que dans des familles du même genre d'autres adolescentes soient en danger. Beaucoup nous harcèlent pour que nous fassions protéger leur maison et, comme ces gens ont de l'influence, il nous est impossible de refuser.

— Ces jeunes filles devaient avoir des amies. Leur as-tu parlé ? »

Huy décida de garder provisoirement pour lui l'information qu'il détenait concernant Iritnéfert. A quoi bon révéler à Merymosé ce qui ne pouvait être prouvé ? Il était peu probable que le Mézai le crût et, de toute façon, Huy lui-même ne lui accordait pas encore une confiance totale.

« Oui, à quelques-unes. Bien entendu, les deux filles se connaissaient — elles faisaient partie du même monde. La fille d'Ipouky avait apparemment un caractère rebelle; mais elles ne savent pas ce qu'elle avait en tête, ou alors se refusent à le dire. Quant à la seconde..., commença Merymosé.

— Oui ?

— Rien. C'était une fille comme les autres. »

Huy hocha la tête, mais l'hésitation du policier ne lui avait pas échappé.

« Ses frères sont dans une grande colère, reprit Merymosé avec plus de conviction. Du moins l'un des deux ; l'autre est enclin à se montrer, disons, plus philosophe à ce sujet, comme son père.

— Philosophe ? répéta Huy, imaginant la rage qu'il éprouverait si son fils était assassiné.

— Ils se résignent à ce qui s'est passé. Ils ne croient pas que la vengeance se nourrisse de fureur. Je sais qu'Ipouky a mis ses propres hommes sur l'affaire.

— Cela troublera les eaux.

— Que veux-tu qu'ils fassent ? Je te le répète, les Mézai ne sont pas formés en vue de ce genre d'investigation.

— Et s'il s'agit d'un démon ?

— Les prêtres cherchent conseil auprès d'Osiris. Pour l'instant, il n'en a donné aucun. Les prêtres y voient l'indication que les dieux ne sont pas responsables de ces morts. »

Huy s'interrogeait sur la profondeur de la foi de Merymosé envers les dieux. Et aussi, étant humain, il regrettait de s'être engagé à travailler avec le policier. S'il l'avait pu, il eût été heureux de louer ses services auprès de l'un ou l'autre des hommes fortunés dont les filles avaient péri. Il doutait que les autorités représentées par Merymosé et Kenamoun le rétribuent aussi bien que l'auraient fait Réni ou Ipouky ; de même qu'il doutait de recevoir la moindre rémunération s'il échouait.

En redressant la tête, il s'aperçut que Merymosé lui souriait.

« Je sais à quoi tu penses, dit l'officier. Aucun d'eux ne t'aurait engagé. Maintenant qu'un prisonnier politique rôde dans nos rues, tout le monde évite d'avoir affaire à des gens dans ton genre. Bien sûr, cela ne concerne pas vraiment les notables, mais les hauts fonctionnaires qui se sont rétractés officiellement regardent souvent par-dessus leur épaule, ces temps-ci. Le fait que ces meurtres aient eu lieu à la même heure n'arrange rien.

— Aussi, je te remercie d'autant plus de m'avoir procuré du travail. »

Huy rendait amabilité pour amabilité, mais il ne pouvait s'empêcher de se demander quelles ficelles Merymosé avait dû tirer, et par quel biais, pour convaincre Kenamoun d'accepter sa collaboration. Peut-être devait-il donner un prénom à son *ka*, et l'appeler Taheb.

« Qu'as-tu dit, à la fabrique de papier ?

— On ne m'a pas posé de question. Je leur ai laissé le temps de me trouver un remplaçant permanent. Ils m'ont assuré que je retrouverais du travail chez eux dès que je le souhaiterais. »

Huy eut un sourire. Rien ne le ferait retourner à cette besogne ingrate.

Ils étaient parvenus à l'extrémité des quais et devant eux s'étalait la masse dense de la cité, dont le soleil écrasait les rares couleurs — beige, gris, ocre, marron et blanc. L'ombre, où çà et là un homme ou un âne était assoupi, leur procurait un certain soulagement. Un chien efflanqué s'approcha d'eux timidement, s'arrêta juste hors de portée d'un coup de pied et les regarda d'un air qu'il voulait suppliant. Il réussit seulement à sembler peureux.

Merymosé lui dit : « Nous n'avons rien pour toi », et fit remarquer à Huy :

« Quand on est à la fois pauvre et laid, autant oublier l'amour !

— Que comptes-tu faire ?

— Te raconter tout ce que je sais actuellement sur cette affaire, et en détail. Et toi ?

— Je veux examiner les corps.

— Il faudra obtenir l'autorisation des familles, dit Merymosé, à nouveau hésitant. Les deux dépouilles ont sans doute été remises aux embaumeurs.

— Alors, pressons-nous.

— Mais que peux-tu déduire de l'aspect des corps ? Et à présent, surtout !

— Il existe forcément une cause matérielle à ces décès. Il se peut que l'examen des corps me l'apprenne. Je pourrais relever un détail passé inaperçu.

— Ces malheureuses ont peut-être été empoisonnées.

— Le poison agit lentement et fait souffrir. Il noircit les lèvres. Iritnéfert avait un air paisible, son corps était détendu. D'après ce que tu as dit, la fille de Réni ne présentait pas un aspect différent. Quel était son prénom ? Tu n'en as jamais fait mention.

— Néferoukhébit. On l'appelait Néfi. »

Le cœur de Huy bondit dans sa poitrine, mais il dissimula sa surprise. Le policier lui cachait des éléments. Pourquoi ? Ne faisait-il qu'obéir à des ordres venus d'en haut ?

« A quoi ressemblait-elle ? »

Merymosé la décrivit. Huy espérait que les embaumeurs connaissaient leur métier et auraient conservé les corps en bon état. Il avait beau se répéter qu'il n'avait pas grand-chose à craindre, il transpirait quand ils reprirent le chemin de la ville.

Rendez-vous près de l'eau, lui avait-il dit. En attendant, couchée dans son lit, que les membres de sa famille aillent dormir, elle avait failli perdre courage. Et si, après tout, elle n'y allait pas ? Elle resterait dans le cocon rassurant des draps de lin frais parfumés au *seshen*, quitte à s'expliquer plus tard si l'occasion s'en présentait. Cela ne serait peut-être même pas nécessaire.

Mais ensuite la fierté et la curiosité avaient pris le dessus, et elle se rappela sa principale raison d'accepter ce rendez-vous. La pensée de ce qui pouvait arriver l'effrayait tout en lui donnant un délicieux frisson. Certes, il se pouvait aussi qu'il ne se passe rien du tout. Ils se contenteraient peut-être de bavarder. Mais ce serait un échec, en quelque sorte, après avoir eu le courage d'aller aussi loin, de sauter le pas ; et bien qu'il l'eût avertie que c'était parfois un peu douloureux, elle avait confiance en lui : il était si doux, si mûr ! Il ne lui ferait pas vraiment mal.

Une fois certaine que la maisonnée était endormie, elle avait sauté agilement du lit, avait trempé son visage dans la cuvette d'eau préparée pour sa toilette, sur la table près de la porte, et s'était séchée en se tamponnant délicatement avec une serviette. Elle avait pris soin de ne pas abîmer le maquillage qu'elle avait appliqué en cachette avant de se retirer dans sa chambre, et s'inspecta rapidement dans le miroir en bronze poli posé près de la cuvette. La lumière jaune de la lampe à huile qu'elle avait laissée brûler l'éclairait juste assez pour qu'elle eût l'assurance que rien n'avait débordé. Satisfaite, elle se glissa dans une robe étroite, longue jusqu'aux mollets et retenue par une agrafe sur l'épaule gauche, d'où des plis retombaient sur le côté droit, dénudant un sein juvénile. Puis elle moucha la lampe et attendit quelques instants que ses yeux s'accoutument à l'obscurité. Hauts dans le ciel miroitaient les flancs du char de Khonsou.

En sortant dans le couloir, elle marcha sur quelque chose de doux, chaud et soyeux, mais retira son pied nu à temps pour ne pas provoquer de plainte. Un ronronnement endormi lui apprit que le chat — c'était celui à poils longs, nommé d'après Boubastis[1] et presque domestiqué — avait pris sa maladresse pour une caresse ; elle avait à peine troublé son sommeil. Le couloir était enveloppé du même profond silence qui s'appesantissait sur le jardin enténébré, en bas de la véranda ouverte prolongeant les quatre murs intérieurs de la maison, au premier étage, et sur laquelle donnaient les chambres à coucher. Le seul bruit était la respiration lourde de son père, entrecoupée de ronflements. Redoublant de précaution, elle passa devant sa porte sur la pointe des pieds, ne sachant s'il dormait seul cette nuit-là. Cela faisait longtemps qu'il ne demandait plus à leur mère de partager sa couche, et il avait depuis quelque temps pour favorite une jeune concubine khabiri, plus jeune d'un mois qu'elle-même. C'était cela qui, plus que tout, l'avait décidée à s'embarquer ardemment dans cette aventure.

Pour éviter la latte disjointe vers le sommet de l'escalier, elle se plaqua contre le mur et descendit dans le jardin plein d'ombres, elle-même pareille à une ombre furtive et silencieuse. Pourtant, les battements de son cœur lui semblaient faire un fracas à réveiller les morts. Le seul obstacle à franchir était le portier. Mais elle avait bien choisi sa nuit. C'était le

1. *Boubastis* : ville située dans le Delta, dont la divinité tutélaire était Bastet, la déesse-chat. (*N.d.T.*)

vieux Mahou qui était de garde, et il ne quittait plus son abri près du portail principal dès qu'il était sûr que tout le monde dormait. Il s'était probablement assoupi, lui aussi.

Elle se dirigea vers la petite porte latérale qui débouchait sur l'allée et qui, le jour, restait ouverte en permanence afin que les fournisseurs puissent gagner les cuisines en empruntant le potager. Le va-et-vient était incessant toute la journée et, en théorie, la dernière personne à franchir la porte après la deuxième heure de la nuit était chargée de la verrouiller. En pratique, cela arrivait rarement ; d'ailleurs, depuis son âge le plus tendre — avant même de porter la Boucle de l'Enfance, cheveux roulés sur l'épaule gauche —, elle connaissait l'emplacement du verrou secret et la façon de l'actionner.

Elle ne portait pas la Boucle, ce soir-là. Défaite, sa chevelure cascadait en un flot brun foncé sur ses épaules étroites. Son visage en était métamorphosé ; il paraissait celui d'une inconnue, d'une véritable adulte. Elle essaya d'imaginer à quoi elle ressemblerait quand elle serait en âge de porter une perruque, comme sa mère et les grandes dames de la cour qui entouraient la reine Ankhsenamon, à peine plus vieille qu'elle.

Pour une fois, la petite porte était fermée. Elle eut vite fait de tirer le verrou de pierre et de se glisser au-dehors, refermant la porte derrière elle sans toutefois remettre le verrou en place : rien ne devrait la retarder si elle voulait passer inaperçue à son retour, or les premiers serviteurs se levaient tôt, à la neuvième heure de la nuit. Elle savait, d'après la température, qu'il était environ la sixième heure. Dans la brise presque imperceptible, on sentait déjà l'approche du matin. Il faudrait qu'elle se hâte.

Elle connaissait le lieu de rendez-vous : le bassin du petit parc au sud du quartier du palais. Elle le connaissait car elle s'y rendait souvent. Chez eux, le bassin du jardin avait été comblé sur ordre de son père cinq ans plus tôt, après que son petit frère s'y fut noyé. Elle aimait aller s'asseoir là-bas, au bord de l'eau fraîche, insensible aux piqûres des mouches qui tourmentaient tant les gens du Nord. Et voilà qu'elle y retournait pour vivre une grande aventure, peut-être la plus grande de son existence. L'espérance prenait le pas sur la peur — car la peur était présente. Ce qui l'avait fait le plus hésiter était la mort de ses deux amies. Mais Iritnéfert avait été retrouvée près du Fleuve, hors de l'enceinte, et Néferoukhébit dans sa propre demeure. De plus, elle ne serait pas seule, ou seulement durant l'aller et le retour. Pendant l'heure où ils seraient ensemble, elle serait protégée. Cette pensée lui donna des ailes. Elle ne voulait pas perdre une seule seconde du temps qu'ils passeraient tous les deux.

Elle arriva au parc. En dépit de l'obscurité et de la fraîcheur, il lui était familier et elle n'éprouva aucune crainte en s'enfonçant sous les arbres, même si elle effleura son amulette en forme de *djed*[1], le petit porte-bonheur qu'elle gardait au cou. Elle avait une perception aiguë de son propre corps, tendu comme la corde d'un luth par l'attente. Elle avait conscience de tous ses pores, de la moindre racine de ses cheveux.

Elle avança, montrant moins de prudence, avec cette fois la seule crainte de ne trouver personne au rendez-vous. Cette pensée assombrissait son cœur.

Mais au bord du bassin, à demi caché par l'ombre

1. *Djed* : signe représentant de façon stylisée la colonne vertébrale, l'« épine dorsale d'Osiris », siège du fluide vital. (*N.d.T.*)

plus dense d'un groupe de palmiers inclinés, il attendait, debout. Rassurant, souriant, il vint à sa rencontre. C'était étrange, comme il lui semblait le connaître à cet instant. Comme s'ils avaient toujours été très proches.

« Tu es venu. »

Elle leva les yeux vers lui, prise du désir de tendre la main et de lui caresser la joue. Elle était captivée par son regard. Elle était sans volonté.

« Moi, je ne doutais pas de toi.

— Je brûle », dit-elle, et elle eut immédiatement honte de sa candeur.

Il s'écarta. D'une fraction infime, mais elle le sentit.

« Il s'agit là d'un moment solennel. Nous devons le consacrer l'un à l'autre, et aux dieux. »

Elle acquiesça, trop intimidée pour remarquer autre chose que la passion qui vibrait dans cette voix. Elle savait approximativement à quoi s'attendre grâce aux images du *Livre d'Instruction* sur lesquelles elle avait jeté un coup d'œil, en cachette, dans la bibliothèque de son père. Et elle avait vu faire les animaux. Mais ce qui se passait exactement, elle ne pouvait l'imaginer.

« Nous ne voulons pas que les dieux jugent notre acte répréhensible.

— Pourquoi le jugeraient-ils mal ? C'est bien de créer la vie.

— Mais dans un monde corrompu, l'innocence doit être protégée. Viens. L'eau nous purifiera. »

Comme en rêve, elle le regarda défaire le pagne qu'il portait pour seul vêtement, et le laisser tomber sur l'humus tiède. Elle regarda entre ses jambes, mais tout n'y était qu'ombre. Alors il se tourna vers elle et elle vit apparaître la Tête de Serpent. Sa première impression fut une vague déception. Elle n'était pas aussi grosse ni aussi droite que celle entrevue dans le *Livre d'Instruction.*

« A toi. »

Avec soumission, et même avec hâte, elle fit glisser la bretelle sur son bras gauche et quitta sa robe. Elle regrettait qu'il fît trop sombre pour qu'il pût voir comme elle s'était faite belle, ajoutant de la malachite à l'habituel trait de galène. Elle lâcha sa robe et s'avança timidement vers lui. Il lui caressa les cheveux et la tête avec tendresse et, pensa-t-elle, un curieux détachement. Mais elle ne connaissait rien à ces choses.

Et puis il fut tout proche. Il y eut l'odeur chaude, âcre, virile de son corps, et son bras gauche l'entoura, la pressa contre lui, plus vigoureux qu'elle n'aurait cru. Elle avait la tête collée contre son torse. Maladroitement, car il la serrait trop fort, elle y déposa un baiser, mais il se dégagea violemment, lui meurtrissant les lèvres et la laissant confuse, avec le sentiment d'être rejetée. Qu'avait-elle fait de mal ?

« Apprends-moi », dit-elle en levant la tête vers lui.

Il ne la regardait pas dans les yeux. Il continuait à la maintenir du bras gauche tout en manipulant un objet qu'il avait dans la main droite. Il l'enlaçait si étroitement qu'elle ne pouvait bouger. Enfin, elle vit ses lèvres descendre vers les siennes, et elle ferma les yeux.

La douleur qui suivit fut si soudaine, si extrême, qu'elle était au-delà des sensations. Elle ouvrit les yeux mais il gardait son bras serré autour d'elle, ses lèvres pressées sur les siennes, si bien qu'elle ne put se débattre. D'ailleurs, la volonté de résister ne dura pas. L'éternité qui s'écoula n'était que des secondes,

des fractions de seconde, avant que ses yeux ouverts ne réagissent plus à la lumière qu'ils recevaient. Le visage au-dessus d'elle devint une suite de collines grises vers lesquelles elle chevauchait, sur un animal dont les sabots ne touchaient pas terre. Puis les collines se confondirent avec le ciel, et tout fut gris, mais pas de ce gris tant espéré, annonciateur de l'aube. Ce fut un gris qui s'assombrit, s'assombrit encore, jusqu'au noir de la nuit.

6

Ils avaient extrait le cerveau à l'aide de longs crochets, tirant délicatement les tissus à travers les narines pour les déposer dans un petit brasero plein de charbons incandescents. Le cerveau n'était d'aucune importance. Ils utilisèrent alors une seringue d'eau additionnée de vinaigre pour rincer parfaitement la cavité, en asseyant le corps afin que les résidus puissent s'écouler par le nez. Ensuite, ils nettoyèrent méticuleusement le visage avant que les mouches ne s'y installent.

Les organes vitaux — l'estomac, les intestins, les reins et le foie — furent retirés avec soin, et entiers. Les embaumeurs posèrent le corps à plat sur une longue table en bois, et l'un d'eux, le maître, choisit un couteau en silex effilé pour pratiquer une longue incision tout en bas du flanc. De ses mains étroites, il localisa les organes qu'il cherchait puis, au moyen d'un autre couteau fin, les délogea et les enleva. Il les remit à son assistant, qui les déposa sur des plateaux de bronze et les emporta vers une autre table. Là, il les couvrit de sels de natron afin qu'ils sèchent et soient prêts à être insérés dans les quatre vases canopes, qui seraient placés, à la verticale, dans un coffre à la tête du cercueil. Leur lieu de repos éternel.

Quand il eut vidé le corps, le maître embaumeur le rinça entièrement, une première fois avec du vin de palme, une seconde avec une solution de coriandre. Il s'apprêtait à l'enfouir dans du natron, avant de remplir de lin imprégné de myrrhe et de casse les cavités qu'il avait produites ; les narines et les yeux seraient obturés au moyen de lin trempé dans de la résine, et les cheveux apprêtés avec autant de soin qu'à l'occasion d'un mariage royal.

Le maître embaumeur procédait à la toilette de sept corps, à diverses étapes des soixante-dix jours de préparation à l'éternité. La salle ouverte sur deux côtés où il opérait était bondée. Il avait engagé deux assistants supplémentaires pour chasser les mouches, mais il devait prendre sur lui pour ne pas expédier sa tâche, ne pas aller au plus court. Ses clients étaient riches et exigeants, et risquaient d'autant plus de remarquer un travail bâclé. La salle était orientée suivant un axe nord-sud afin que le vent, la traversant en permanence, purifie l'atmosphère ; toutefois, un visiteur n'eût senti que le parfum des épices et des huiles aromatiques qu'il employait. Toute trace d'humidité était enlevée des morts avant que la putréfaction fût survenue.

Il avait fallu une journée entière à Merymosé pour obtenir à Huy la permission de se rendre chez l'embaumeur. Le temps que ses démarches aboutissent, les deux jeunes défuntes que le scribe voulait examiner avaient été rejointes par une troisième. On avait trouvé son corps le matin précédent, près du bassin du petit parc au sud du quartier palatial. Cette fois, Huy alla seul chez l'embaumeur, bouillant de rage à l'idée que sans ce retard la vie d'une jeune fille aurait peut-être été épargnée. Intérieurement, il maudissait aussi l'arrogance du père de la dernière victime. Et, par-dessus tout, il fulminait contre Kenamoun qui, pour des raisons de sécurité, lui avait interdit d'inspecter le lieu du crime lorsque le troisième cadavre avait été découvert et qu'il aurait enfin pu étudier les circonstances de la mort.

Merymosé avait déjà vu le corps et avait été délégué par Kenamoun, dont l'impatience grandissait, auprès des parents de la victime. Le père était général de cavalerie, et la mère, la fille du principal fournisseur en sel de l'armée. Le père n'avait pas requis de Mézai pour monter la garde devant sa maison, arguant du fait qu'il avait des hommes compétents pour cette besogne.

« Elle s'appelait Mertséger, dit l'embaumeur à Huy, qui la contemplait. Elle est affreuse à présent, mais je mettrai des tampons dans ses joues pour leur redonner du volume lorsque j'aurai fini de la dessécher. La perte d'humidité creuse le visage, on croit voir un crâne. Mais je lui rendrai sa beauté. »

La cavité abdominale s'était affaissée de façon impressionnante, une fois vidée de son contenu. L'incision sombre, oblique, qui partait du dessus du vagin semblait un viol plus brutal que tout ce qui avait été infligé à ce corps de son vivant.

« As-tu remarqué quelque chose, une blessure quelconque ?

— Non. Et elle n'avait jamais connu d'homme. La membrane est intacte, dit l'embaumeur en indiquant le vagin d'un geste professionnel. Je n'ai pas besoin de médecin pour le savoir. Veux-tu voir ?

— Non.

— Je recoudrai quand elle aura séché. Nous scellons toutes les ouvertures du corps. C'est une sécurité supplémentaire contre les vers. Quand les mouches ont pondu, il n'y a plus aucun remède, c'est pourquoi nous veillons à ce que cela soit fait le plus vite possible. »

Huy se tourna vers les deux tables voisines. Sur la plus éloignée Iritnéfert était couchée, les bras raides le long du corps comme pour résister à l'attraction du sol. Elle avait la tête en arrière et le menton relevé, les orbites obstruées par de la résine. Un assistant y appliquait délicatement une feuille d'or. L'absence d'yeux privait le visage de tout son caractère, de sa personnalité, de son ultime vestige de vie. Huy espérait que lorsqu'il mourrait, ce serait dans le désert ou sur le Fleuve, afin d'être pris par les vautours ou les crocodiles. Il n'aimait pas l'idée d'être enfermé dans une tombe obscure, même s'il savait que seul son *sahou*[1] y reposerait.

Il regarda Iritnéfert de plus près.

Rien n'évoquait désormais l'adolescente qu'elle avait été. Le nez desséché, fin et pincé, inspirait pitié. Les joues, attendant également d'être rembourrées, avaient disparu dans les cavités du crâne. Elle ressemblait à une caricature tannée de la femme qu'elle serait devenue dans sa vieillesse.

« Elle paraîtra aussi vivante que nous deux quand on aura comblé et maquillé son visage, insista l'embaumeur pour le rassurer. En temps normal, nous n'aimons pas que les gens voient leur mort à ce stade. C'est mieux pour eux de retrouver l'être aimé tel qu'ils s'en souviennent. »

Huy observa l'homme. Ils étaient à peu près du même âge, mais l'embaumeur semblait plus vieux. Ses mains étaient molles et cireuses à force de

1. *Sahou* : la momie. (*N.d.T.*)

lavages répétés. Il était de taille moyenne et avait des traits réguliers — de ceux que l'on oublie instantanément. Son visage mat était encadré par des cheveux d'un noir d'ébène, si parfaitement coupés que l'angle en changeait à peine lorsqu'il bougeait. Il avait une expression de détachement amusé un peu cynique, qui rappela étrangement à Huy celle du jeune roi. On pouvait imaginer Toutankhamon épargnant un homme sur le point d'être exécuté ou ordonnant la mort de milliers de gens sans que le plus petit muscle de son visage tressaille.

« Je veux voir la deuxième, Néferoukhébit », dit énergiquement Huy.

Il était las d'avancer à l'allure d'un escargot. Si progresser supposait d'écraser quelques pieds, tant pis. Merymosé en ferait peut-être les frais, mais si l'on voulait épingler rapidement le maniaque, l'officier devrait sacrifier sa dignité.

L'embaumeur renifla d'un air guindé.

« C'est impossible, comme tu peux le constater. »

De hauts murs de planches entouraient la deuxième table, formant une cuve au fond de laquelle le corps reposait. On y avait versé des sels de natron de manière à le recouvrir complètement.

« Combien de temps cela prendra-t-il ? le questionna Huy avec impatience.

— Tout dépend du climat, de l'époque de l'année, de la taille du corps. Dans le cas présent pas plus de trente jours — quarante au maximum.

— Où en est-on ? »

L'embaumeur consulta les notes inscrites sur un fragment de calcaire fixé au bord de la cuve. Il fit : « Tss-tss ! » et se suça les dents.

« Quelle différence cela ferait-il si tu enlevais ça rien que quelques minutes ? insista Huy. Il est essentiel que je la voie.

— Quoi ! Je te l'ai dit, c'est impossible. Personne n'avait encore suggéré pareille chose. C'est inouï ! »

Voyant l'émotion de l'embaumeur, Huy s'exhorta à la patience.

« J'imagine qu'il est impossible au tout-venant d'entrer ici pour voir ton travail, comme je l'ai fait.

— Tout à fait impossible.

— Et tu sais que si je suis là, c'est parce que je suis investi de l'autorité royale.

— Certes.

— J'ai été investi de cette autorité pour aider à découvrir le meurtrier de ces jeunes filles. »

De toute évidence mal à l'aise, l'embaumeur s'épongea la nuque avec un linge. Ses assistants les regardèrent d'un air faussement absent quand Huy commença à élever la voix. L'embaumeur lui-même le considérait avec nervosité. Ce petit homme trapu, dont les intonations raffinées démentaient son apparence d'ouvrier du Fleuve, semblait capable de faire des dégâts. L'embaumeur mesura mentalement la distance qui le séparait d'une étagère étroite où des couteaux étaient disposés en rangées bien nettes.

« Ce n'est pas seulement à moi que tu feras obstruction en t'opposant à ce que je voie le corps.

— Mais interrompre le processus...

— Rien que quelques minutes ?

— C'est sans précédent. J'ignore quels en seront les effets. Il me faut l'autorisation de la famille.

— Tu l'as, mentit Huy, qui en avait assez.

— Par écrit ? »

Huy avança d'un pas et gronda :

« Doutes-tu de ma parole ? Je suis fonctionnaire à la cour ! »

Toujours dubitatif, l'embaumeur fit signe à ses assistants d'abandonner leurs tâches. Il pensait probablement que, par les temps qui courent, on ne pouvait risquer d'offenser un agent de Horemheb et ainsi finir dans une mine d'émeraudes sur la côte orientale. Unissant leurs forces, les trois hommes enlevèrent les planches qui formaient la cuve et le natron s'écoula en un flot de poudre blanche. Huy remarqua le corps déshydraté d'une musaraigne, sans doute tombée à l'intérieur lorsqu'on avait versé le produit sur Néferoukhébit.

Elle surgit de cette marée blanche telle une sculpture — la première femme, née du roc. L'embaumeur s'affaira à l'épousseter pour la débarrasser des résidus de sels. Les dernières particules étaient humides et dégageaient une faible odeur de moisi, un peu douceâtre. Huy fut surpris que ce ne fût pas plus désagréable.

« Vite ! » dit l'embaumeur.

Huy la regarda, et enleva une dernière trace de natron de son visage.

Déjà les traits s'étaient altérés, l'humidité ayant commencé à quitter la chair, mais en se remémorant Iritnéfert telle qu'il l'avait vue la première fois, il comprit qu'on pût confondre les deux adolescentes. Elles auraient pu être jumelles. Et, réfléchit-il, elles partageaient cette innocence, cette régularité des traits proche de la perfection, avec Mertséger qui reposait deux mètres plus loin dans la patience de la mort, attendant d'être préparée pour les Champs d'Éarrou.

« J'ai besoin de regarder son dos, dit-il après avoir examiné minutieusement le corps durant plusieurs minutes.

— C'est absolument impossible. »

Huy passa outre le refus de l'embaumeur et fit un signe péremptoire aux deux assistants.

« Venez. Elle ne doit pas être bien lourde. »

Le regard des assistants alla de Huy à leur chef, qui acquiesça d'un hochement de tête. En raison de la rigidité des membres la tâche fut plus difficile qu'ils ne l'avaient imaginé, mais en attrapant le corps par la tête et les chevilles ils parvinrent à leurs fins. Huy observa soigneusement le dos de la jeune fille et trouva ce qu'il cherchait. Si Noubenéhem se souvenait de cela, alors au moins il aurait établi de façon certaine laquelle d'entre ces jeunes filles s'était présentée à la Cité des rêves. Et si celui qui l'avait tuée s'était montré là-bas et pouvait être identifié... Eh bien ! Cela serait toujours un progrès.

Il les remercia d'un signe de tête et les hommes la reposèrent sur la table. L'embaumeur les aida à remettre les planches en place, puis se perdit en supputations pour décider s'il fallait balayer et réemployer le natron d'origine ou le remplacer par des sels neufs. Tandis qu'il réfléchissait, Huy fut saisi d'une soudaine inspiration. Il se pencha par-dessus la cuve pour tâter l'estomac et les seins de la victime.

« Que fais-tu ? » s'indigna l'embaumeur.

Huy palpa le dessous des petits seins et les souleva. Sous le gauche, à peine visible, se trouvait une minuscule trace de piqûre. Bien vite, il s'approcha du corps d'Iritnéfert. La peau sous les seins étant ridée et noircie, il était impossible de rien voir. Il repassa devant Néferoukhébit pour s'approcher de la table de Mertséger. Sous son sein gauche, dont la peau pâle commençait à peine à perdre sa fraîcheur, il distingua une minuscule tache rouge foncé, pas plus grosse qu'une puce des sables.

Fort de ce nouvel élément, Huy se hâta de regagner le centre de la capitale, mais il chercha en vain Merymosé. Pensant que le Mézai avait peut-être déposé un message chez lui, il rentra. Toutefois, rien n'indiquait que le capitaine de police fût passé le voir. Il s'apprêtait à repartir pour la Cité des rêves quand une voiture à bras, dont les écrans de lin étaient baissés autour du siège du passager, fit irruption sur la place et s'immobilisa à côté de lui, lui barrant la route.

Sourérê avait déjà meilleure mine, constata Huy, s'efforçant de dissiper les sentiments serviles qui refaisaient encore surface quand il se trouvait en compagnie de son ancien supérieur. On pouvait présumer que celui-ci l'avait fait chercher parce qu'il avait besoin de son aide. Comment expliquer, alors, qu'il donnât l'impression d'accorder une faveur ?

« C'était imprudent d'envoyer une lettre chez moi, dit Huy.

— Ce l'aurait été bien davantage de te rendre visite en personne. Et le jeune garçon que j'ai pris pour messager est illettré, don précieux chez un domestique. »

Huy pinça les lèvres. Il n'avait jamais aimé la façon dont Sourérê se servait des gens, sans vergogne. Et il aimait encore moins la façon dont les gens consentaient à être dupés. Il se souvint de s'en être étonné auprès d'un confrère, des années plus tôt, dans une des cours ensoleillées des Grandes Archives, à Akhet-Aton.

« Je ne supporte pas sa morgue mais j'admire sa force d'âme, et la première accompagne toujours la seconde », avait expliqué sereinement l'autre scribe, renforçant encore l'aversion de Huy.

Pourtant, il avait répondu à l'appel de Sourérê, il

avait même accepté, devant l'insistance du messager, de voyager dans la voiture fermée afin d'ignorer leur destination. Ils avaient parcouru une grande distance avant d'arriver devant un long mur anonyme où se trouvait une porte. Le porteur de la lettre, un jeune homme grave et mélancolique dont les sourcils se rejoignaient sur le front, avait conservé un silence sévère tout au long du voyage. Et maintenant, cette pièce obscure.

« Tu ne m'y dis pas ce que tu veux.

— C'eût été stupide, dans une lettre. »

Le ton narquois demeurait, un peu adouci dans les derniers mots. Huy sentit l'avertissement lancé par cet homme qui n'avait aucun pouvoir sur lui, et qu'il pouvait perdre d'un mot à Merymosé. Mais la trahison ne coulait pas dans ses veines. Il parcourut des yeux la pièce misérable où ils se tenaient : basse, exiguë, dotée d'une petite fenêtre avare que la lumière traversait comme en s'excusant. Elle versait sa maigre clarté sur une table en bois brut et deux tabourets. Sur la table étaient posés une cruche d'eau et deux gobelets en bois, ainsi qu'une miche de pain bis et une coupelle de sel. Les murs non peints étaient brunâtres, sans étagère ni ornement. Il n'y avait pas de table au chevet du lit bas, très simple, qui était le seul autre meuble de la pièce dont il occupait un angle.

« Depuis combien de temps vis-tu ici ? demanda Huy.

— Trente jours.

— Et combien de temps resteras-tu ?

— Jusqu'à ce que je sois prêt à partir. Mes préparatifs sont en bonne voie. Mais d'autres affaires réclamaient mon attention.

— Lesquelles ? »

Huy, qui s'efforçait d'ôter toute aspérité à sa voix, regretta immédiatement la brusquerie de sa question, mais Sourérê ne parut pas l'avoir remarquée.

« Simplement le problème des fonds. Même ici, j'ai retrouvé des adeptes restés loyaux à l'Enseignement. Je suis surpris que tu ne les connaisses pas. »

Sourérê avait réussi à se procurer une perruque qui s'élevait haut sur le sommet de son crâne et retombait lourdement sur son dos et ses épaules. La chevelure d'un noir d'ébène était entrelacée d'un mince cordon de fils d'or et d'opales. Il portait une tunique jaune clair qui lui descendait aux genoux, et aux pieds des sandales de cuir ornées de boucles en métal. Celui qui pourvoyait à ses besoins ne manquait pas d'argent, en dépit de la simplicité de ce logis.

« Tu admires ma mise, dit Sourérê en souriant.

— Celui qui te finance est riche.

— Il y a ici des hommes qui se souviennent de moi, qui me doivent des faveurs et ne l'oublient pas. »

Huy se demanda si la communauté qui entretenait Sourérê était non pas celle qui adhérait secrètement à l'Enseignement, mais simplement celle qui partageait ses habitudes sexuelles. La Terre Noire n'avait jamais condamné les hommes et les femmes attirés par ceux de leur sexe, ni ceux qui franchissaient la frontière entre l'un et l'autre ; mais les minorités formaient des cercles fraternels dont les membres s'entraidaient quand ils le pouvaient. Toutefois, donner asile à un prisonnier politique de l'importance de Sourérê passait difficilement pour un simple échange de bons procédés.

« Je m'étonne que tu n'aies pas plus d'ennemis que d'amis dans cette ville.

— Cela t'amuse d'énoncer des évidences ? dit Sourérê, qui sourit à nouveau. Par bonheur, je compte ici beaucoup d'amis fidèles, peut-être plus que tu n'en as. Et aux postes que tu soupçonnerais le moins.

— Tu as plus de chance que la plupart des survivants de la cité de l'Horizon. Plus que moi ou Pahéri, par exemple. »

Les yeux de Sourérê trahirent son trouble sans qu'il pût se contrôler.

« Que sais-tu de Pahéri ?

— Est-il ici ? Ipouky est un homme puissant. Il aurait pu étendre sa protection à son fils.

— Pahéri est mort.

— Qu'en sais-tu ?

— Ne parle pas de lui. Prononcer son nom est une invite au mal.

— Telle n'est pas la conviction de celui qui a foi en Aton.

— Ne parle pas de lui », le conjura Sourérê avec gravité.

Le sujet resta en suspens. La panique de l'ancien nomarque à la mention du nom de son bras droit était une piste vague, mais qu'il faudrait néanmoins explorer.

« Et pourtant, tu vis dans ces conditions-là », observa Huy en montrant la chambre.

Le regard de Sourérê se durcit.

« Oui. C'est nécessaire. N'oublie pas que je me cache. Je ne puis me remettre à vivre comme je le faisais autrefois. »

Il s'interrompit, et, quand il reprit la parole, son ton s'était radouci. C'était comme si deux *kas* rivalisaient pour le dominer.

« Il y a une autre raison. J'ai besoin de m'aguerrir en vue de mon nouveau destin.

— En vue du désert? demanda Huy avec circonspection.

— Oui. »

Il vit que Sourérê s'exprimait avec le plus grand sérieux. Il songea une fois encore à l'influence que pouvaient avoir exercée sur ce cœur inflexible les changements survenus dans la capitale du Sud, auxquels l'ancien nomarque était confronté après être resté si longtemps au loin.

« Mais le temps que tu as passé dans les carrières a sûrement endurci ton corps.

— Il est vrai. Toutefois, ma détermination doit elle aussi être disciplinée. Avant ma disgrâce, quand j'étais un homme puissant, j'étais tenté par la viande et le vin, par les douceurs que me valait ma position. Ces choses-là appartiennent au passé. Je suis investi d'une nouvelle mission. »

Sourérê se pencha en avant et, pour la première fois, sa tête fut illuminée par l'étroit rai de lumière qui filtrait par la fenêtre. Son visage était résolu. Il n'y avait pas une trace d'ironie dans son expression, et dans ses yeux Huy discerna une froideur, une distance qu'il n'y avait jamais remarquées auparavant.

« Quelle est cette mission? demanda-t-il, redoublant de prudence.

— Ramener notre peuple vers l'innocence qui fut la sienne sous l'ancien roi.

— Voilà des propos dangereux. Et avons-nous jamais connu l'innocence véritable?

— L'arbre a été détruit avant de porter des fruits! » s'écria Sourérê, se levant à moitié de son siège en agrippant le rebord de la table. Il se maîtrisa vite, néanmoins, et continua plus calmement :

« C'est pourquoi je t'ai demandé de me rejoindre. Tu pourrais m'aider. Tu pourrais être mon lieutenant. »

Cherchant une réponse, Huy garda le silence un peu trop longtemps.

« Tu hésites ? Je pensais que tu étais encore des nôtres !

— Je ne sais que croire. Le Nouvel Enseignement touchait l'élite. Pour le peuple, il n'a produit aucune évolution. A présent, l'Empire du Nord est perdu et la Terre Noire est plongée dans un chaos qu'elle n'avait pas connu depuis Nebphétyrê Amosis, voici deux cents ans !

— Crois-tu que tout cela serait arrivé si Akhenaton n'avait pas été contrecarré ? Sans les machinations de Horemheb... »

Sourérê donna libre cours à sa colère. Par réflexe, Huy regarda autour d'eux comme si l'on pouvait les entendre. Son ancien condisciple avait exprimé d'une voix forte des propos relevant de la sédition. Il n'avait pas le temps de sonder ses propres sentiments mais, quelque part au fond de lui-même, l'ancien scribe pensait qu'il n'avait rien d'un idéaliste. Il lui fallait accepter les choses telles qu'elles étaient, et son travail, si l'on pouvait le qualifier ainsi, consistait à aider des gens contraints comme lui de vivre dans la société existante. L'idée d'aller se perdre dans les déserts du septentrion afin de fonder une colonie religieuse n'avait pour lui aucun attrait, et il commençait à penser que, sous les dehors raffinés de ce retour à la civilisation, les années d'emprisonnement avaient coûté sa raison à Sourérê. Qui étaient ses protecteurs ? S'ils ne connaissaient pas ses plans dans leur intégralité, ils s'exposaient à un grave danger. S'ils les connaissaient, avaient-ils l'intention de suivre Sourérê dans le désert ?

« Quand projettes-tu de partir ?

— Prochainement.

— Quand ? »

Longuement, Sourérê le scruta.

« En dépit de ton apostasie, je ne pense pas que tu me trahiras, dit-il enfin, la bouche tordue en un rictus amer. Peut-être simplement parce que tu n'en auras pas le courage. Mais je vais te faire confiance, car il y a peu de gens avec qui je peux parler comme je te parle à toi. Et il est possible que mes révélations te fassent, encore maintenant, changer d'avis. Ne me déçois pas, Huy. »

Son ton avait encore changé. Cette fois, il s'exprimait tel un père soucieux qui conserve l'espoir en son fils. Le seul moyen d'en savoir plus était de jouer le jeu. Sourérê avait déjà cité assez souvent la préservation de l'innocence comme la pierre angulaire de sa foi pour que l'ancien scribe fît certains rapprochements, encore imprécis, que son cœur était enclin dès leur naissance à rejeter comme trop évidents. Pahéri n'avait-il pas rompu avec son maître parce que celui-ci se montrait moins sévère ?

« Parle », dit-il, feignant la soumission.

Sourérê le scruta encore et, sûr de pouvoir accorder sa confiance et d'avoir trouvé l'auditoire qu'il lui fallait, il commença :

« Pense à notre grande reine, Néfertiti. »

Huy se remémora cette femme magnifique. Les yeux doux, attentifs, intelligents, qui ne trahissaient rien tout en donnant l'impression qu'elle n'avait jamais rien entendu de plus profond que ce que l'on disait. Même le superbe buste qu'on avait fait d'elle ne rendait pas justice à sa beauté radieuse.

« Elle a été emportée trop tôt dans la Barque de la Nuit. »

La reine s'était éteinte à l'âge de vingt-deux ans.

« Sa vie en ce monde a trouvé son accomplissement, dit Huy, répétant la formule consacrée.

— Tu n'as pas le droit de dire cela ! Je la connaissais mieux que quiconque, à part le roi. Je lui étais dévoué, et elle récompensait mon dévouement en m'accordant sa confiance. »

Huy se représenta la tombe abandonnée dans la Vallée, et se demanda si Sourérê y pensait aussi.

« Elle avait donné sept filles au roi, continua Sourérê. Sept filles, pas un seul héritier mâle. Cependant, jamais il n'aspira à prendre une autre Grande Épouse. Il savait que le fruit de leurs reins était conforme à la volonté d'Aton. Sept réceptacles de pureté, destinés à porter leur descendance, à propager l'Enseignement à travers le monde, par-delà la Grande Verte, par-delà les forêts du Sud, jusqu'à l'autre mer. »

Huy le dévisagea. Au-delà de la Grande Verte et des terres septentrionales, on savait que le monde finissait. Il n'y avait rien de plus qu'une côte rocheuse, quelques îles sauvages dispersées.

Quant aux forêts du Sud, personne ne les avait jamais franchies. Là aussi le monde prenait fin.

« Et qu'est-il advenu d'elles ? » poursuivait Sourérê.

La dernière princesse était née trop tôt, trop chétive pour survivre. L'aînée, que le roi son père avait également épousée, avait ensuite pris pour mari Sémenkhkarê, le successeur au trône. La deuxième fille était morte en bas âge. Les cinquième et sixième princesses, encore enfants, étaient pratiquement prisonnières de Horemheb dans le palais royal de la capitale du Sud, tout comme leur tante Nézemmout, sœur cadette de Néfertiti. Et, bien que traitées avec toute la déférence due à leur rang, elles n'étaient jamais autorisées à sortir sans une escorte formée des propres hommes du général.

La quatrième sœur, celle qui avait trouvé l'enfant dans un panier sur la rive du Fleuve et insisté pour l'adopter, avait épousé Bourrabouriash de Babylone et avait depuis longtemps quitté la Terre Noire. Son fils adoptif, Rê-Mosé[1], était officier en second dans l'Armée de la Frontière du Nord.

« L'une d'elles est mariée à notre roi actuel », remarqua Huy d'un ton paisible.

La troisième sœur, Ankhsenaton, avait dès sa plus tendre enfance été donnée en mariage à Toutankhaton. Lorsque celui-ci devint pharaon, ils changèrent de nom en l'honneur de l'ancienne religion. Lui prit celui de Toutankhamon, elle celui d'Ankhsenamon. Amon, l'ancien dieu de la capitale du Sud, son épouse Mout le vautour et leur fils Khonsou, le navigateur lunaire, avaient accompli leur retour triomphal.

« Oui ! Et vois de quelle manière elle honore la mémoire de son père. Il aurait mieux valu qu'elle meure, conclut Sourérê d'un ton âpre.

— Tu ne peux parler ainsi.

— Si ! J'ai été investi de l'autorité pour le faire.

— Par qui ?

— Je vais te le dire, répondit Sourérê en baissant la voix. Par le roi. »

Huy l'observa, ne sachant comment réagir ni même que penser. Sourérê lui rendait son regard avec des yeux candides, amicaux, empreints d'une foi inébranlable. Les yeux d'un fou.

« Quel roi t'en a investi ? demanda Huy avec ménagement, pour ne pas rompre ce dialogue difficile.

— Akhenaton. Tu vois ? Il ne nous a pas aban-

1. *Rê-Mosé* : nom égyptien de Moïse. (*N.d.T.*)

donnés. Huy, oublie ton cynisme ! Ne retourne pas vers les anciens dieux. »

Le regard de Sourérê n'avait rien perdu de sa conviction. Il était devenu triomphant. Huy restait figé sur son tabouret, le cœur immobile. Il se pouvait que le roi fût revenu. Mais pourquoi à ce moment précis ? Et pourquoi s'était-il manifesté à Sourérê ?

« En es-tu bien sûr ? »

Il perçut toute la banalité de sa question sitôt qu'il l'eut posée, mais elle n'altéra pas l'état d'esprit de Sourérê.

« Aussi sûr que de voir de l'eau dans ce gobelet.

— Comment était-il ?

— Pareil à lui-même, dit Sourérê avec un geste d'impatience. Crois-tu que je n'aie vu que son *ba*[1] ? Penses-tu que le roi aurait un simple *ba* ? Une petite chose à plumes, et à tête humaine ? Non, c'était bien lui, dans son corps, les Huit Éléments réunis.

— Où l'as-tu vu ?

— Tu poses trop de questions, petit frère, éluda Sourérê d'un air soudain rusé. Non, maintenant c'est à moi de parler, et à toi d'écouter. »

Résigné, Huy écarta ses paumes ouvertes en signe d'acquiescement, mais tressaillit aussitôt de douleur car Sourérê s'était penché vers lui pour l'empoigner par l'épaule. Sa grande main osseuse avait la force de dix hommes.

« Sa fille l'a déçu, c'est pourquoi elle n'a pas d'enfants. Telle est la première chose qu'il m'a dite. Il est affligé par la décadence de la Terre Noire, survenue si vite après son départ pour les Champs d'Éarrou. Aussi, il ne peut trouver le repos. Il entend constamment la voix de son peuple, qui l'appelle. Et

1. *Ba* : L'âme. (*N.d.T.*)

voici qu'il est revenu pour l'aider, par l'intermédiaire des disciples qu'il s'est choisis. »

Sourérê se tut pour juger de l'effet de ses paroles. Huy, assis en silence, espérait que son expression ne laissait rien voir de ses pensées.

« Mon instinct ne m'avait pas trompé, petit frère, continua Sourérê, renouvelant cette appellation affectueuse. Je m'étais écarté du chemin de la vraie justice, j'utilisais les autres à mes propres fins. Je vois désormais combien j'avais tort. Pourtant, quand j'ai dit au roi que, si je n'avais usé de tels procédés, je serais encore dans les carrières de granit et donc incapable d'exécuter ses ordres, il a compris et m'a pardonné. Je crois même qu'il m'a envoyé le tailleur de pierre Khaemhet pour qu'en devenant mon amant, il soit aussi mon libérateur. »

Il garda le silence quelques instants, le regard fixé au loin, avant d'ajouter sans relâcher son étreinte :

« J'avais raison, à propos de la Terre Noire. Sans la force morale du Nouvel Enseignement, elle retombera dans sa corruption d'antan. Imagine, Huy ! Pendant deux mille ans, nous avons vécu dans les ténèbres. La lumière éclatante nous a éblouis pendant à peine dix ans avant d'être éteinte. C'est à nous qu'il incombe de la raviver. Ne m'aideras-tu pas ? »

Il se tut à nouveau. Cette fois, il attendait manifestement une réponse.

« Avec joie, répondit Huy. Mais ma place n'est pas dans le désert. Il y a sûrement une part de l'œuvre à accomplir ici.

— Les capitales sont maudites. En particulier cette capitale du Sud, le siège de... — je puis à peine me résoudre à proférer son nom — ... Amon, le Faux Dieu, le Simulateur. Nous sommes ici dans la cité des rêves, mon ami, la cité des rêves chimériques. Or sans la Lumière Véritable, la Terre Noire est condamnée.

— Le roi t'a dit tout cela ? »

Huy se sentait transi. Au-dehors, le soleil brillait encore, mais à l'approche du soir il perdait de son éclat et la pièce s'assombrissait. Il y faisait froid. Huy vit un lézard filer furtivement le long de la jointure entre le mur et le plafond, et disparaître dans une crevasse.

A son profond soulagement, Sourérê libéra son épaule, où palpitait une douleur lancinante. Huy aurait aimé se masser, mais l'application de *balanos*[1] pour soigner le bleu qui y apparaîtrait attendrait à plus tard.

« Je lui ai offert mes pensées. Je lui ai ouvert mon cœur, et il m'a donné sa bénédiction.

— T'a-t-il donné des... ordres ? »

Pendant quelques secondes, Sourérê parut troublé, puis son visage s'éclaira.

« Il le fera en temps et heure.

— Où te les communiquera-t-il ? Dans le désert ?

— S'il le choisit. Mon plan lui agrée.

— Je suppose que tu as rassemblé des disciples ?

— Je fonderai ma communauté. Alors, ils viendront. Le roi m'assistera, répondit Sourérê d'un air serein.

— J'ai une dernière question.

— Parle.

— Pourquoi as-tu quitté ma maison ? Savais-tu que les Mézai viendraient ? »

Sourérê esquissa un sourire.

« Sur ce point, je n'avais pas besoin d'être guidé par le roi. Je m'attendais à leur venue, tôt ou tard. Je

1. *Balanos* : Huile cicatrisante, également utilisée dans la fabrication de parfum. (*N.d.T.*)

les ai vus observer ta demeure et je me suis éclipsé par-derrière. La prison enseigne la ruse. »

La même voiture à bras reconduisit Huy vers la cité. Comme à l'aller, il n'eut pas l'occasion d'apercevoir l'extérieur, mais il devina au grand nombre de virages et de tournants qu'ils empruntaient délibérément un itinéraire tortueux. Comme à l'aller, il fut accompagné du messager taciturne. Quand le véhicule fit halte, ce ne fut pas devant sa porte mais sur les quais déserts.

Huy comprenait bien pourquoi on l'avait fait descendre en ces lieux, où des voies nombreuses convergeaient des différentes parties de la cité. Il devinait aussi qu'on avait sous-estimé sa connaissance du dédale de ruelles qui formait le quartier du port. Il ne doutait pas de pouvoir suivre la voiture à bras, quel que fût son chemin, même en cette heure tardive où la nuit tombante créait des rues d'ombre là où en réalité il n'y avait rien, et où l'œil jouait des tours au cœur.

Le messager fut si prompt que Huy vit à peine la massue fendre l'air en direction de sa gorge. Le coup le saisit de plein fouet et l'envoya rouler dans la poussière, aveuglé, le souffle coupé. Crachant, battant des pieds et des mains pour retrouver prise sur le sol et se relever, il entendit le craquement précipité des roues et les petits pas rapides du haleur qui s'enfonçait dans l'obscurité.

Lorsqu'il se redressa, la place était déserte. De toute évidence, la prudence de Sourérê l'emportait encore sur sa folie.

Huy avait envie de prendre un bain pour se délasser et remettre un peu d'ordre dans ses pensées. Il lui semblait que plusieurs jours avaient passé depuis qu'il avait vu les corps, dans leur simulacre de repos, chez l'embaumeur ce matin-là. En ce qui concernait Sourérê, Huy s'était depuis longtemps rendu à l'idée qu'il avait quitté la capitale du Sud. Découvrir qu'il y vivait encore, que son cœur avait trouvé le temps, dans la cellule sinistre qu'il habitait, de se retrancher derrière ses obsessions et de se croire en contact avec le spectre du roi défunt, était une complication dont Huy se serait fort bien passé. Il ne pouvait admettre que Sourérê fût impliqué dans le meurtre des adolescentes. A moins peut-être — pensée terrible — qu'il s'y refusât car alors il aurait lui-même, en toute innocence, eu une part dans leur mort.

Restait à savoir s'il parlerait à Merymosé de sa rencontre avec Sourérê. S'il était capturé, l'ancien nomarque subirait le châtiment le plus cruel prescrit sur la Terre Noire : le pal. Quels que fussent leurs différends, Huy pouvait-il assumer la responsabilité de l'envoyer à un sort si effroyable ? Il se félicita de ne pas connaître l'emplacement de sa cachette.

Il rentra chez lui. N'y trouvant toujours aucun message, il se força à ressortir et prit le chemin de la Cité des rêves. Il interrogerait Noubenéhem relativement à la découverte qu'il avait faite ce matin-là. Si un résultat positif ressortait de ses questions, il aurait un nouvel élément à exposer au policier, en plus de la méthode employée pour assassiner les victimes.

Mais tandis qu'il marchait, sa conviction se renforçait qu'il serait également obligé de lui parler de Sourérê. Merymosé le croirait-il, quand il lui dirait qu'il n'avait aucune idée de l'endroit où il se cachait ?

« Es-tu ici pour affaires ou pour le plaisir ? »

Noubenéhem le regardait sévèrement du divan où elle passait sa vie. Ses bourrelets foncés se répandaient sur le dossier et la banquette du petit sofa qui, plus que jamais, semblait faire partie intégrante de sa personne.

« Pour affaires.

— Je vois. Pas les miennes, donc. Mon affaire, c'est ton plaisir. Tu ferais bien d'en prendre un peu ! Tu n'as guère consacré de temps à Kafy la dernière fois que tu es venu ici.

— Comment se porte-t-elle ? »

Noubenéhem se renfrogna.

« Elle est partie.

— Pourquoi ? s'étonna Huy.

— Ça ne te regarde pas.

— J'ai remarqué qu'elle avait d'énormes ecchymoses. Est-elle partie à cause d'un client qu'elle n'aimait pas ?

— Je t'ai déjà dit que ça ne te regarde pas.

— Où est-elle allée ?

— Tu t'inquiètes pour de bon, pas vrai ? Ne t'en fais pas, va. Elle est retournée dans son village, près de Saqqarah. Mais pas pour toujours. On ne l'a pas assassinée comme ces riches poulettes sur qui toute la ville se répand en commérages. »

Huy ressentit un vide à l'estomac. Kafy lui importait plus qu'il n'aurait cru, s'agissant d'une femme dont l'intérêt envers lui n'allait pas plus loin que sa bourse.

Avec humeur, Noubenéhem saisit sa cruche d'alcool en rotant. L'atmosphère sentait le renfermé.

« Alors, qu'est-ce que tu veux ? Si tu désires seulement parler, tu trouveras un tas d'autres endroits pour ça. Les abeilles ne font pas leur miel en bavardant.

— Je voulais te poser quelques questions au sujet de Néfi.

— Lesquelles ? demanda-t-elle, une lueur rusée dans les yeux.
— Est-elle revenue ?
— Non. Tiens ! Je croyais que tu l'avais trouvée.
— Je l'ai perdue. »
Apparemment, les commérages n'avaient pas révélé l'identité des victimes. Noubenéhem se détendit.
« Ce ne sont pas les filles qui manquent, en dehors d'elle et de Kafy. Je pourrais même me charger de toi.
— Mais oui. Et la verge de Min est devenue molle.
— Tu ne devrais pas parler des dieux comme ça ! dit-elle en émettant un petit rire sec.
— A propos de Néfi, reprit Huy avec circonspection.
— Je ne l'ai pas revue.
— Je me demandais s'il n'y avait pas dans son apparence un détail dont tu te souviendrais.
— Telle que tu me l'as décrite, c'était bien elle. Une petite coquine, l'innocence même et la rondeur de l'enfance. Mais tu aurais dû entendre son langage ! Je te le dis, même moi, elle m'a choquée.
— Elle était jolie, n'est-ce pas ?
— Des petites lèvres rondes. Une petite langue effrontée. Ça donne à un homme le meilleur plaisir qu'il aura de ce côté-ci des Champs d'Éarrou.
— Dommage que tu ne l'aies jamais vue toute nue.
— Où veux-tu en venir, Huy ? dit Noubenéhem, à nouveau méfiante. Bien sûr que je l'ai vue toute nue, puisqu'elle voulait bosser ici.
— Quelqu'un d'autre l'a-t-il vue ?
— Un ou deux clients. Ils ont sifflé. Je leur ai dit qu'elle n'était pas encore sur le marché.

— Tu n'as jamais su le nom de sa famille ?

— Non.

— Une chose dont je me souviendrai toujours, c'est de ce petit chat tatoué juste au-dessus de son nombril. »

Noubenéhem se ferma comme une huître dans sa coquille.

« On ne parle pas de la même fille.

— Ah ?

— Néfi portait bien un tatouage — elles en ont toutes —, mais ce n'était pas un chat, et pas du tout près du nombril. C'était un scorpion à l'omoplate.

— Oh ! fit Huy, certain désormais de l'identité de Néfi. Ça ne devait pas être la même, alors. »

Il se tourna pour partir mais s'arrêta devant la porte.

« Comment Kafy a-t-elle eu ces bleus ?

— Je t'ai dit...

— Je sais. Ça ne me regarde pas. Mais j'ai des amis dans la police, à présent. Merymosé. Tu as entendu parler de lui ? Je pourrais te faire mettre la clef sous la porte. Qui était le client que j'ai vu ici ? L'homme richement vêtu, qui a payé un supplément ? »

Noubenéhem, suant à grosses gouttes, se leva à moitié.

« N'appelle pas, lui dit-il. Cela ne ferait que compliquer les choses. Qui était-ce ? »

La Nubienne restait silencieuse, une lueur apeurée au fond des yeux.

« Tu as monté un spectacle à son intention, c'est ça ? Un petit spectacle très particulier. Avec Kafy. C'est ainsi qu'elle a eu ces ecchymoses. Et c'est pour cette raison qu'elle est partie. Elle en avait assez. Mais ta licence ne te permet pas de diriger ce genre de bordel. Allons, qui était cet homme ?

— Ne me crée pas de problème, Huy. Cela fait longtemps que nous nous connaissons.

— Qui était-ce ?

— Tu peux avoir la fille que tu veux, gratis.

— Qui était-ce ? »

Elle écarta ses paumes ouvertes mais le toisa d'un air de défi.

« Ça va ! Il était du quartier du palais. Je ne sais pas pourquoi il a décidé de venir ici. L'envie leur en prend, de temps en temps. Il a payé un bon prix. Tu as raison, les choses ont dégénéré.

— Son nom.

— Il ne l'a pas donné. »

Mentait-elle, ou disait-elle vrai ? Lisant dans ses pensées, elle ajouta :

« Même si je le connaissais, je ne te le dirais pas, et tu fréquentes peut-être assez de beau linge pour fermer mon établissement, mais Merymosé lui-même ne pourrait frapper aussi haut.

— Qu'a-t-il fait à Kafy ?

— Rien ! cracha-t-elle. Il s'est contenté de regarder. »

7

« Au moyen d'une aiguille ? demanda Merymosé, intrigué.

— Oui, ou d'un instrument similaire, répondit Huy. Un couteau très fin, peut-être, voire un ciseau d'embaumeur.

— Mais comment s'y est-il pris ? Les corps ne présentaient aucune trace de lutte.

— Qu'en déduis-tu ?

— Qu'elles n'avaient pas envie de lutter ?

— Précisément.

— Veux-tu dire qu'elles étaient droguées ?

— Il se peut que ce soit plus simple. Il se peut qu'elles aient eu confiance en lui.

— Confiance ? Confiance en celui qui allait leur planter un couteau dans le cœur ? »

Huy haussa les épaules.

« Peut-être les embrassait-il. Peut-être que rien n'était plus éloigné d'elles que le pressentiment d'une agression.

— Mais pourquoi ?

— Si seulement nous le savions !

— Il se peut aussi qu'il n'y ait pas de mobile du tout. Où cela nous mène-t-il ?

— Oh ! Mais je pense qu'il y a un mobile. Aussi étrange qu'il soit, il y en a forcément un.

— Le seul lien logique, c'est la façon dont ces filles ont été tuées.

— Il y en a bien d'autres, objecta Huy, convaincu que Merymosé n'avait pas manqué de discerner les similitudes. Toutes étaient issues de milieux semblables et résidaient dans le quartier du palais. Toutes étaient les filles de riches fonctionnaires. Toutes avaient le même âge et... un air d'innocence. »

Merymosé parut mal à l'aise.

« Et leur personnalité ? Iritnéfert était tout feu tout flamme, mais n'avait rien fait de concret. Néferoukhébit... Eh bien ! Si ce que tu dis est vrai...

— Je pense que c'est vrai. La tenancière du bordel n'avait aucune raison de me mentir, et j'ai parlé aux clients qui l'ont vue là-bas.

— Comment a-t-elle pu avoir envie de faire une chose pareille ? dit Merymosé d'une voix dure.

— Tu en as vu assez pour ne plus t'illusionner sur ce monde.

— Je pense à ma fille. Elle non plus, on ne lui a pas laissé la chance de grandir. Je vais détruire ce fils de Seth. »

Huy n'avait pas encore fait allusion à Sourérê, attendant l'occasion propice. Il se demanda s'il n'avait pas atermoyé au point de s'attirer l'hostilité de Merymosé. Mais il y avait autre chose. Visiblement, le capitaine avait reçu ordre d'ignorer toute piste menant au quartier du palais. Il eût donc été peu judicieux de lui révéler ce qu'il avait appris sur les fils qu'Ipouky avait eus de son premier lit, ou d'évoquer le mystérieux visiteur à la Cité des rêves. Toutefois, il parlerait de Sourérê au policier. Ainsi, au moins, la responsabilité serait partagée.

« Et la troisième, Mertséger? demanda-t-il tout d'abord. Que t'ont appris ses parents ?

— Très peu de chose. Ils ne sont au courant de rien, et certes pas de l'existence d'un amant. A les entendre, on jurerait qu'elle s'amusait encore avec ses jouets. C'était la seule enfant qui leur restait. Ils étaient âgés lorsqu'elle est née.

— J'ai quelque chose à t'avouer, dit Huy, tendu. Une chose que je ne t'ai pas dite, alors que j'aurais dû le faire depuis des jours.

— Cela me surprend », dit Merymosé en le dévisageant.

Huy redressa les épaules. Comment expliquer ses sentiments, ses réserves, comment se justifier? Merymosé, lui-même si cruellement abandonné par Akhenaton, serait-il capable de faire preuve de compréhension ? Il se pouvait tout simplement qu'il pressentît une collusion là où Huy ne voyait que de la loyauté. Une autre idée encore le tenaillait : le nouvel élément dont Sourérê lui avait fait part — ses rencontres avec le roi défunt — n'avait pas seulement provoqué sa décision de raconter tout ce qu'il savait à Merymosé ; c'était également un fait susceptible de laver Sourérê de tout soupçon. Si l'ancien nomarque était devenu fou, la passion qui l'habitait visait bien plus au rétablissement de l'Enseignement dans un lieu nouveau qu'à l'assouvissement d'une vengeance. Poussé par l'instinct de conservation, il se montrait rusé et implacable, mais il pouvait néanmoins être innocent.

Et s'il n'était pas fou, s'il était réellement en contact avec le spectre de l'ancien roi... De telles choses avaient des précédents ; et si un monarque avait jamais eu des raisons de ne pas reposer en paix dans les Champs d'Éarrou, c'était bien Akhenaton.

Huy fit de son mieux pour expliquer tout cela. Pendant le plus clair du temps où il parla, Merymosé resta de marbre. Huy se prit à regretter de ne rien déchiffrer sur les traits du policier — la colère ou la réprobation auraient été plus faciles à affronter. Avec désarroi, il comprit qu'il risquait de perdre son indépendance et l'amitié de Merymosé.

En achevant son récit, il se souvint du châtiment encouru par le maçon Khaemhet, chargé de la surveillance des prisonniers qui lui avaient été confiés durant le voyage vers la capitale du Sud. L'obélisque était presque terminé ; près du pylône sud du temple de Ptah, son futur emplacement l'attendait. Le navire qui l'avait convoyé était depuis longtemps remonté vers les carrières de granit, en amont. Mais quel avait été le sort de Khaemhet ?

« Il a été exécuté », dit froidement Merymosé, lui laissant un poids supplémentaire sur la conscience.

En l'occurrence, toutefois, le fardeau était plus facile à porter du fait que Huy, s'il avait eu le choix, n'aurait jamais placé les intérêts du prisonnier audessous de ceux du geôlier.

« Reconnaîtrais-tu la maison ? » demanda Merymosé pour tout commentaire.

Huy secoua la tête.

« C'était une porte semblable à un millier d'autres, dans un mur semblable à un millier d'autres.

— Un homme de ta trempe aurait pu regarder entre les écrans de la voiture. Il aurait pu calculer le temps nécessaire pour arriver à destination, visualiser la direction dans laquelle on l'emportait. »

Huy accepta cette critique en silence. Certes, il était plus que capable de faire tout cela ; en temps ordinaire, il aurait recouru instinctivement aux stratagèmes suggérés par Merymosé. Cette fois-ci, il les avait délibérément écartés, bien qu'il n'eût été conscient d'aucune instruction directe de son cœur lui enjoignant d'agir ainsi.

« En allant le rejoindre, je n'avais aucune idée que ses propos le placeraient dans le champ de notre investigation.

— Même s'il est obsédé par un idéal d'innocence ? Même s'il considère les parents de ces jeunes mortes comme des traîtres à sa cause ? Même s'il t'a parlé de vengeance ?

— Je ne peux voir de lien entre ses paroles et la volonté de tuer. Son obsession se borne à former une communauté fidèle à Aton loin de cette cité. Il nous rejette, nous et nos valeurs. »

Huy avait prononcé ces derniers mots tout à fait machinalement, mais cela lui fit soudain comprendre dans quel monde il avait désormais choisi de vivre.

« Nous devons absolument le retrouver, insista Merymosé. Mon instinct me porte à penser différemment de toi. Il n'échappe à personne qu'au moment où rôde un ancien haut fonctionnaire du Grand Criminel, une série de meurtres est perpétrée contre les filles de ses anciens collègues. Kenamoun réclame du sang.

— Eh bien, à présent tu as quelques os à lui jeter, répliqua Huy. Nous savons par quel procédé les jeunes filles ont été tuées ; nous savons qu'elles connaissaient leur meurtrier, ou du moins lui faisaient confiance. Ce n'est pas l'œuvre d'un démon, et nous sommes sûrs que le mobile n'est ni le vol ni le sexe. L'assassin est poussé par un idéal étrange.

— Sourérê, justement, est poussé par un idéal étrange, riposta Merymosé d'un ton tranchant. Mon cœur me dit qu'il est inutile de chercher plus loin. »

Le policier ne demanda pas à Huy de prendre part aux recherches qui suivirent. Il n'expliqua pas ses raisons, et cela créa entre eux une certaine distance. Huy savait que le capitaine ne pouvait guère lui montrer de confiance après sa confession. Il se demanda quelles informations avaient été communiquées à Kenamoun. Il était improbable que Merymosé lui eût tout répété. Il n'aimait pas le prêtre, pas plus qu'il ne se fiait à lui. Si l'affaire était élucidée, Kenamoun s'en arrogerait tout le mérite.

Néanmoins, sa franchise eut également un effet bénéfique, car l'ancien scribe fut autorisé à pénétrer dans le quartier du palais pour s'entretenir avec les familles affligées.

Huy y vit le signe que Merymosé avait encore besoin de son aide. Il pouvait être à même d'obtenir des familles certaines informations qui avaient échappé à la police ; mais c'était compter sans le fossé qui sépare une autorisation de principe et le bon vouloir des familles à répondre. Son passé à la cour du Grand Criminel n'était un secret pour personne, pour ces gens moins que quiconque, et leur attitude envers lui était un facteur que Merymosé n'avait pas le pouvoir d'influencer.

« Bien sûr que je t'aiderai, dit Taheb. J'y étais prête dès que tu t'es lancé sur cette affaire.

— Peux-tu faire en sorte que je voie les parents ?

— Ce ne sera pas difficile. Quand ?

— Le plus tôt possible. Mais ils refuseront de me recevoir.

— Pas si je t'accompagne. J'enverrai des messages au préalable. Ils ne refuseront pas. Ils se souviennent des faveurs qu'ils doivent à mon père et à mon beau-père. Je t'y emmènerai ce soir, à la fraîche. Laisse-moi écrire les lettres sur-le-champ. Ensuite, nous attendrons leur réponse. »

Plus tard, Taheb se souleva sur un coude et fit glisser sa main le long de la cuisse de Huy. Ils étaient couchés dans la pièce d'un blanc bleuté, et cette fois leurs ébats avaient été plus doux, plus familiers. La tendresse, l'exploration du corps et du cœur de l'autre avaient succédé à la folle frénésie du premier jour. Cette fois, ils n'avaient pas eu besoin d'aphrodisiaque. Huy croyait s'enivrer rien qu'en humant l'odeur de Taheb, les lèvres enfouies à la base de son cou, juste à la naissance de l'épaule. Les sens éveillés, il se colla contre son corps tiède et se glissa en elle paresseusement. Ils gardèrent les yeux ouverts, pour voir chacun dans le cœur de l'autre.

Ensuite, ils furent lavés par des servantes et revêtus de tenues de visite. Grâce aux retouches diligentes de la couturière de Taheb, Huy put porter un pagne et une chemise qui avaient appartenu à son ami Amotjou. Il passa la main sur les vêtements. C'était une sensation bizarre de les sentir sur lui, plus intime que de dormir avec sa veuve.

Ils se rendirent en ville dans la plus somptueuse litière de Taheb. Couverte d'un baldaquin de lin léger où s'entrecroisaient des fils bleus et or, elle était garnie de nombreux coussins dont l'opulente étoffe provenait d'un pays fabuleux, situé aux confins du septentrion — à l'extrême limite du monde, loin au-delà de la Grande Verte. Le messager dépêché en avant s'était assuré qu'ils ne rencontreraient aucune difficulté à l'entrée du quartier palatial, et les gardes à la porte se contentèrent de saluer tandis que la litière franchissait l'enceinte.

« Ils savent que notre visite ne sera pas de pure

courtoisie, dit Taheb. Il sera intéressant de voir quelles excuses ils invoqueront pour ne pas t'avoir reçu plus tôt.

— Je n'ai pu aller au-delà du majordome. »

Le père de Mertséger, général de cavalerie, était comme Huy un homme court et trapu. Il avait soixante ans, et sur son torse et ses bras les muscles étaient devenus flasques. Des bracelets d'or trop petits enserraient ses avant-bras. Abîmé dans sa douleur, les yeux rougis par les larmes et l'insomnie, il se montra poli envers Huy sans paraître bien conscient de l'identité du scribe. Il n'avait aux lèvres que ses remords de s'en être remis exclusivement à son personnel pour la sécurité de sa famille. Le vieux Mahou, le portier assoupi la nuit de la disparition de Mertséger, avait été congédié sans pension, mais cette mesure n'avait nullement apaisé la conscience du général.

« Qui fréquentait-elle ? insista Huy.

— Que veux-tu dire ?

— Je veux savoir si elle fréquentait un homme, si elle avait des compagnons quelconques.

— Elle avait des amis, mais ils se réunissaient dans la journée. Ils allaient souvent au parc, s'asseoir près de ce lac.

— Quelqu'un de sa connaissance aurait-il pu lui fixer un rendez-vous nocturne, là-bas ?

— Pourquoi y serait-elle allée ? demanda le général, médusé.

— Parce qu'on l'y a trouvée.

— C'est bien ce que je ne m'explique pas, murmura le vieillard, se replongeant dans ses pensées et oubliant presque la présence de ses hôtes. Peut-être suis-je frappé par un châtiment. »

Huy échangea un coup d'œil avec Taheb.

« Pour quel motif ? »

Les grands yeux humides s'emplirent de suspicion et de répugnance.

« Qui es-tu, déjà ?

— Je travaille pour Kenamoun. Je m'efforce de découvrir ce qui est arrivé. »

Une lueur de triomphe apparut dans le regard du général.

« As-tu des enfants ?

— Oui, mais pas ici.

— L'éloignement ne les sauvera pas, si tu es comme moi.

— Que veux-tu dire ?

— Nous avons tous deux servi le Grand Criminel, dit le général, qui se rapprocha, les yeux plissés. Je me souviens de toi, Huy, en fin de compte. J'étais chargé d'une division de chars, au nord. Une importante division. Nous étions à Tanis et entendions les nouvelles en provenance de la côte, mais nous ne recevions jamais d'ordres. Nous en attendions pour attaquer ceux qui s'étaient rebellés contre vous — vous, les scribes et les administrateurs de la capitale, cracha-t-il avec mépris. Mais pas un mot n'est venu. Maintenant, nous en payons le prix. Il y a cinq ans, mon fils s'est noyé, et voilà que je perds ma fille. Tu perdras tes enfants, toi aussi. »

Huy sentit la peur le glacer. Mais ces morts-là n'étaient pas le fait d'un esprit vengeur venu d'au-delà du Couchant. Non, c'était impossible. Il se força à se remémorer les préceptes de l'Enseignement, qui ramenèrent la chaleur dans son cœur. Toute chose a une cause naturelle qui peut être découverte. Ce qui semble surnaturel est simplement ce qui, pour l'instant, dépasse la compréhension. Rien n'aurait pu être plus éloigné des enseignements d'Akhenaton que la vengeance. Cette notion même était si étrangère à sa nature qu'il ne l'aurait jamais nourrie. Mais le général était obnubilé par cette idée et, s'y résignant, fournissait un étrange exutoire à sa culpabilité. La pitié qu'il éprouvait pour ses enfants était engloutie par celle que lui inspirait son propre sort. Quant à sa femme, les médecins lui ayant administré des drogues, il était impossible de lui parler. Allongée sur une couche placée dans la véranda, près de la porte de sa fille, elle paraissait dormir les yeux ouverts.

Dans la litière de Taheb, ils parcoururent la courte distance les séparant de l'imposante et sombre demeure du Contrôleur des Mines d'Argent, située elle aussi dans le quartier du palais. Ipouky ne croyait absolument pas à une intervention surnaturelle. Avec son long visage blafard et ses yeux gris, il rappelait Kenamoun, quoique le prêtre parût plein d'exubérance comparé à ce banquier ténébreux. En dépit de sa richesse, la pièce où il les reçut était très peu meublée. On eût dit la cellule d'un ascète. Cependant, la table et les chaises à dossier raide étaient taillées dans le bois noir précieux qui poussait au sud et que l'on importait du pays du Pount. L'unique ornement était une peinture murale magnifiquement exécutée, représentant Ouadjet la déesse-cobra, protectrice de la ville de Bouto dans le Delta.

« J'espère que tu comprends bien, Huy, que c'est à la demande de Taheb que je te reçois, dit-il en guise d'accueil. Tu es obstiné. Ce n'est pas forcément une qualité.

— Je veux découvrir qui a tué Iritnéfert.

— J'ai mes propres hommes pour ce faire, répliqua Ipouky sans sourciller. J'ai déjà dit à Merymosé ce que je sais. Pourquoi infliger à ma famille et à moi-même un surcroît de douleur en m'obligeant à tout te répéter ?

— A cause de ce dont tu aurais pu te souvenir depuis.

— Voilà le langage d'un homme qui tâtonne dans le noir », dit Ipouky, avec un sourire pareil à la mince pellicule de glace qui, les nuits rigoureuses du milieu de *peret*, frangeait les roseaux sur les berges du Fleuve.

Il se montra peu hospitalier, même envers Taheb et, en dépit de sa fortune, ses serviteurs n'apportèrent que du pain et de la bière, le minimum qu'on pût offrir à des invités.

« Si par hasard tu as conçu des soupçons, ou si tes hommes ont découvert quelque chose, je pourrai t'être utile.

— Nous savons, toi et moi, que tu penses à quelqu'un en particulier, n'est-ce pas, Huy ? ironisa-t-il.

— Je ne pense à personne.

— Tu penses à Sourérê. Ces meurtres ont débuté quand il s'est évadé. Il n'a pas, comme nous, échappé au châtiment pour avoir servi sous le Grand Criminel. »

Huy se refusa à partager le fardeau de la culpabilité.

« Eh bien ? insista-t-il, voyant Ipouky sombrer dans le silence.

— J'imagine mal qu'il commette un meurtre, dit le Contrôleur des Mines d'Argent en le fixant de ses yeux froids. Mais quand on le retrouvera, ce sera intéressant de voir ce qu'il aura à dire.

— Sais-tu où il est ?

— Non. »

Il saisit son verre et but quelques gorgées. Le silence se fit pesant. Les yeux dans le vide, Ipouky attendait qu'ils partent.

« Peut-être que ton épouse ou tes autres enfants ont quelque chose à ajouter ?

— Mes enfants sont jeunes. Ils ont tous moins de sept ans. Mon Épouse Principale n'a rien vu, ne sait rien. Iritnéfert n'était pas sa fille. Si tu veux en savoir plus sur elle, il te faut interroger sa mère, or elle vit dans le Delta.

— Était-elle avec toi à la cité de l'Horizon ? s'enquit Huy en jetant un rapide coup d'œil à la peinture murale.

— Bien entendu, s'impatienta Ipouky. Quand la ville a connu son déclin, elle est retournée à Bouto, jugeant peu souhaitable de partager mon sort. Ne tire pas de conclusions hâtives à la vue de cette peinture. Je l'ai fait exécuter pour me rappeler une erreur qui m'a beaucoup appris, et une conclusion que je n'ai aucun motif de regretter.

— Comment était la mère d'Iritnéfert ? » demanda Huy.

Ipouky tourna lentement son regard vers Taheb.

« Comme un feu que l'eau n'éteint pas, n'est-ce pas ton avis ? »

Taheb baissa la tête.

« Et que seul Pahéri savait dominer », prononça Huy dans le silence.

Pris à l'improviste, Ipouky ne put dissimuler son émotion et foudroya Taheb des yeux.

« Tu le lui as dit ?

— Cela n'a pas d'importance, intervint Huy. Contrairement à Taheb, j'ai vécu à la cité de l'Horizon. Qu'est-il arrivé à tes enfants ?

— Manifestement, tu le sais.

— Je sais que Pahéri est resté auprès de ta première femme, et que tu as perdu ton second fils lors de la chute de l'Empire du Nord.

— C'est vrai, et c'est tout ce qu'il y a à en dire, riposta sombrement Ipouky. Ils sont morts tous les deux, à présent.

— En es-tu certain? C'étaient de fidèles serviteurs de l'ancien roi, mais ils étaient aussi tes enfants. »

Ipouky lui darda un regard haineux.

« Ils sont morts, pour moi. Je ne les considère plus comme de mon sang. »

« Qu'y a-t-il dans son cœur? » demanda Huy, méditatif, tandis qu'ils s'en allaient.

Ils n'avaient presque rien vu de la maison, hormis le jardin mélancolique et un long couloir reliant le vestibule à la pièce où ils avaient été reçus. Toutes les portes en avaient été fermées, et il n'était éclairé que par les arcades qui en marquaient les extrémités.

« Rien que des pierres, répondit Taheb d'une voix lasse.

— C'est un miracle qu'un tel homme ait eu des enfants!

— Tu te trompes, dit-elle avec un mince sourire. Vois en quels termes il a décrit sa femme.

— Eh bien?

— Ce n'est pas parce que son étoile déclinait qu'elle l'a quitté; elle savait trop bien qu'il était homme à se relever. Mais la ruine de la cité de l'Horizon lui a fourni l'occasion de s'échapper. Il ne l'aurait jamais laissée partir s'il n'avait été accaparé par ses propres intérêts. Son remariage n'est que de pure forme, et ses enfants du second lit, les enfants du devoir.

— Comment le sais-tu ?

— La nouvelle Épouse Principale d'Ipouky est la fille d'un de ses confrères. De quinze ans sa cadette, elle n'est guère qu'une intendante et, au lit, qu'une esclave. Elle représente, en chair et en os, un contrat d'association entre deux hommes d'affaires. Crois-moi si tu le peux, la mère d'Iritnéfert, elle, avait le pouvoir d'embraser Ipouky.

— Pourquoi Iritnéfert et elle ne vivaient-elles pas ensemble ?

— C'était le moyen qu'Ipouky avait trouvé de la punir. Et de se torturer, je suppose. Iritnéfert était le vivant portrait de sa mère et avait hérité de son tempérament. Elle était en quelque sorte la rançon que sa mère avait dû payer contre sa liberté. Il a menti, ajouta Taheb, à propos de la peinture murale. Cela aussi, c'est une torture.

— Pourquoi se l'inflige-t-il ?

— Demande-le aux dieux. Ils nous ont faits ainsi.

— Penses-tu qu'il aimait ses fils ?

— Non. Il n'avait d'amour que pour leur mère. C'était tout ce qu'il avait à donner. Aux autres, il accordait un simulacre d'affection qui n'était jamais qu'une récompense en échange de leur loyauté. »

La litière avait emprunté un défilé artificiel — une route jaune revêtue de dalles de grès, passant entre deux falaises rouges enduites de plâtre et incurvées au sommet vers les édifices qu'elles encerclaient. Des images colossales des dieux y formaient une imposante procession. Ces représentations venaient d'être réalisées. Rigides, dures et impersonnelles, elles étaient sans vie. En les contemplant, Huy songea que ce n'étaient pas des dieux à qui l'on pouvait se confier.

A l'entrée de la demeure de Réni, le Chef des scribes, le majordome attendait leur arrivée. Il les guida jusqu'au bout d'un large couloir flanqué de demi-colonnes massives, surmontées de fleurs de lotus et placées sous la protection de béliers couchés — l'animal emblématique d'Amon — sculptés plus grands que nature. Ils pénétrèrent dans un vaste jardin, abrité de la chaleur par une tonnelle où poussait une vigne vierge exubérante. L'ombre des feuilles tachetait le sol pavé. Grâce à un système complexe de canalisations, l'eau coulait de toutes parts. Fontaines et petits courants artificiels irriguaient une profusion de plantes, cultivées en pleine terre ou regroupées dans d'innombrables pots, et dont la variété et les couleurs inaccoutumées éblouissaient les yeux. Le murmure de l'onde tempérait la stridulation des grillons. La fraîcheur du jardin accueillait le visiteur par une brise aussi bienfaisante que le vent du nord sur une terrasse haute, pendant la saison d'*akhet*.

A leur approche, Réni quitta sa table installée près du grand bassin rectangulaire, qui formait le centre de ce jardin à l'asymétrie peu conforme aux conventions. Le scribe était vêtu du costume blanc du deuil, et son visage ridé paraissait épuisé. Ses cheveux naturels, peignés en arrière, retombaient sur ses épaules, et pour tout maquillage il n'avait appliqué qu'un léger trait de kohol. Il était pâle, mais sa physionomie marquée par les soucis ne pouvait celer la méchanceté de son regard.

Il y avait aussi de la ruse dans ce visage-là. Huy ignorait par quelles manœuvres Réni avait réchappé, avec les siens, à la débâcle qui avait suivi la chute d'Akhenaton; toutefois, il connaissait bien des hommes d'une grande bonté dont la perte avait été le prix payé par ce scribe pour être assis là, à cet instant, et cette pensée atténuait sa compassion. Il chercha des yeux l'épouse de Réni — la mère de Néferoukhébit —, se demandant si elle avait forgé le caractère de l'adolescente.

Si Réni reconnut en Huy un compagnon du passé, il n'y fit aucune allusion et son expression n'en trahit rien. Il indiqua les chaises disposées autour de la table basse, et aida lui-même Taheb à prendre place tandis qu'approchaient des serviteurs, chargés de jarres de vin et de plats succulents : gâteaux au miel, figues et œufs de héron. Huy laissa remplir sa coupe afin de ne pas manquer aux règles de la courtoisie, mais il n'avait pas l'intention de boire. Si Ipouky avait cherché son salut, ce n'avait été au détriment de personne. En revanche, les mets disposés sur la table de Réni provenaient du prix du sang, et Huy se refusait à y toucher.

Il s'efforça de ne pas laisser paraître ses sentiments, mais il sentit que, de toute façon, le scribe les devinait. Ni l'un ni l'autre n'en montrèrent rien ; de fait, Réni semblait trop accablé de douleur pour accorder beaucoup de réflexion à d'autres sujets. Il était trop intelligent, néanmoins, pour ne pas avoir de conscience. L'était-il suffisamment pour ne pas en écouter la voix ? Voilà qui était une autre affaire.

« J'espère que vous ne trouvez pas bizarre que je reste assis là, leur dit Réni. C'est près du bassin que ma cadette, Nephtys, a découvert Néfi. Je me sens proche d'elle, ici, comme si son *khou*[1] planait à côté de moi. »

Souriant tristement, il prit la main de Taheb et la pressa entre les siennes.

1. *Khou* : l'intelligence. (*N.d.T.*)

« Que s'est-il passé, à ton avis ? lui demanda Huy.
— Je ne te suis pas.
— Ma question était pourtant claire !
— Ma fille a été tuée ici, dans mon propre jardin. Personne ne parvient à comprendre comment ni pourquoi. Voilà ce qu'il s'est passé, dit Réni, la mine sombre.
— C'est tout ce que tu peux m'apprendre ?
— Crois-tu que j'aie le temps de m'amuser à ces petits jeux ? S'il y avait autre chose, je l'aurais dit aux Mézai.
— Te souviens-tu de moi, du temps de la cité de l'Horizon ?
— Oui. Tu travailles pour Kenamoun, à présent ? demanda Réni d'une voix douce.
— Sur cette affaire.
— Kenamoun et moi, nous nous connaissons bien, en dépit de nos différends passés. Aujourd'hui, nous nous rendons mutuellement visite », poursuivit-il avec la même douceur.

Réni s'assura d'un coup d'œil que Huy avait saisi la menace implicite avant de se tourner vers Taheb, et d'ajouter, tout en lui caressant la main :

« Nephtys a trouvé le corps de Néfi en revenant de chez son futur époux. Mes fils n'étaient pas encore rentrés. Les portes étaient restées ouvertes mais quelques domestiques vaquaient à leurs occupations dans les parages.
— Certains travaillaient-ils dans le jardin ? interrogea Taheb, qui aurait aimé dégager sa main de l'étreinte reptilienne du vieillard.
— C'est peu probable. Pour la majorité d'entre eux, les tâches de la journée étaient terminées.
— Ainsi, l'entrée n'était pas gardée.
— Taheb, ma chère, répondit Réni avec un léger

haussement d'épaules, je dispose d'un portier et cette maison se trouve dans l'enceinte du palais. En outre, un meurtre avait certes eu lieu mais on n'avait aucune raison d'en craindre un second.

— Tu savais que Sourérê s'était échappé et qu'il se trouvait dans la capitale, objecta Huy.

— Le capitaine des Mézai a eu la même réflexion, dit Réni, méprisant. Je te fais donc la même réponse : comment un prisonnier en fuite pourrait-il franchir l'enceinte ? Toutes les portes sont gardées. Même toi et tes semblables devez obtenir une autorisation spéciale pour entrer. »

Il se détourna, éludant la question d'un geste impatient.

« As-tu chargé tes propres hommes de l'enquête ? s'enquit Taheb.

— Ipouky voulait que nous unissions nos forces, mais j'ai décidé de laisser l'affaire aux mains des autorités. Je ne saurais quels ordres donner à mes hommes. En ce qui concerne mes fils, je ne peux répondre à leur place.

— Comment ont-ils réagi ? demanda Huy, se remémorant ce qu'il savait déjà à ce sujet.

— L'aîné est furieux. Il est vrai qu'Ankhou est un homme d'action. Il n'a jamais appris les belles-lettres convenablement, à ma grande honte, et maintenant il parle de s'engager dans l'armée. Il chasse avec le jeune roi, aussi son avenir est-il assuré, sans aucun doute. »

Réni n'avait pas changé. Huy se rappelait l'humilité onctueuse avec laquelle, dans l'ancien temps déjà, il se faisait valoir au détriment de collègues qu'il savait incapables de lui tenir tête.

« Nebamon me ressemble davantage, continua le scribe non sans complaisance. Il domine sa douleur, en fait un sujet de méditation. Mais je ne dirais pas qu'il est inaccessible au désir de vengeance.

— Et tes filles ?

— Ce ne sont que des femmes », répondit-il en joignant les mains.

Il croisa alors le regard de Taheb et baissa les yeux en toussotant.

Cette situation embarrassante fut écourtée par l'approche bruissante, dans le jardin luxuriant, de sa femme accompagnée par deux de leurs enfants. Ils vinrent rejoindre le groupe assis, avec discrétion mais sans hésiter, un peu comme si leur entrée avait été arrangée d'avance.

« Puis-je vous présenter les membres de la famille qui sont à présent... hum, visibles ? dit Réni. Ankhou se trouve à la cour et ma fille aînée restera occupée un bon moment dans les archives, tout au fond du jardin. »

Huy se demanda si cette fille aînée, qui servait à Réni de secrétaire, l'avait aidé à détruire les documents qu'il avait rédigés sous Akhenaton, et qui auraient donné un précieux ascendant sur lui à ses ennemis. Puis il reporta son attention vers les nouveaux venus.

L'Épouse Principale de Réni le surprit par son aspect négligé. Le blanc de sa tenue de deuil n'était pas aussi éblouissant que chez son mari, et les commissures tombantes de ses lèvres paraissaient résulter d'une tristesse permanente bien plus que d'une récente affliction. Sa physionomie respirait l'intelligence ; dans ses yeux s'exprimait un cœur qui admettait avoir gâché sa vie. Elle aurait dû quitter cet homme des années plus tôt.

Nebamon, qui devait avoir dix-sept ans, était déjà un homme à l'air ouvert et plein d'esprit. Nephtys était toute brune, et ses traits épais tiraient leur franche séduction de la personnalité qui les animait. Physiquement, elle ressemblait à sa mère ; son visage était celui de sa mère du temps où l'espoir n'avait pas encore été anéanti. Étrangement, on ne retrouvait rien de Réni dans les traits des deux enfants.

Ils saluèrent Taheb avec plaisir avant d'aborder Huy en montrant une expression plus mesurée. Les avait-on chapitrés sur ce qu'ils devaient lui dire ? Sans grand espoir, il aspirait à trouver l'occasion de parler à chacun d'eux en particulier.

Il ne savait par où commencer. Pour ce qui était des faits, Merymosé les avait interrogés à un moment où ils étaient encore trop bouleversés pour répondre sur d'autres points que des détails pratiques. Les questions relevant de la théorie et de l'hypothèse semblaient encore déplacées, et, observant ses interlocuteurs tour à tour, il se demanda dans quelle mesure des réponses le feraient vraiment progresser. Pour se donner du courage, il hasarda quelques questions d'ordre général sur les occupations de Néferoukhébit au cours des journées précédant sa mort. Questions qui aboutirent à des réponses conventionnelles, évoquant les activités de n'importe quelle jeune fille riche entre la fin de son éducation et l'arrivée d'un époux. Ces adolescentes côtoyaient la maison royale, et tout travail — tel celui de Taheb — était interdit aux femmes de leur classe.

Il en irait différemment pour Ankhou et Nebamon. Toutefois, pour la majorité des hommes issus d'un milieu privilégié, le travail restait une activité toute nominale qu'ils exerçaient avec plus ou moins d'intelligence dans les rangs supérieurs de l'armée, du service public ou du clergé. L'essentiel de la tâche était accompli à des niveaux plus modestes.

Plus réservé que sa sœur, le garçon répondait à demi-mot. La mort de leur aînée semblait l'avoir atteint profondément, mais il se tenait avec une sorte de dignité craintive devant son père.

Bavarder avec Nephtys était une façon d'entrevoir la personnalité de sa sœur défunte par personne interposée, car elle débordait d'entrain, et l'on sentait en elle un brin de rébellion contre sa famille — en particulier contre son père —, même si ses propos ne le laissaient pas transparaître. Plus jeune que son frère, Nephtys semblait pourtant plus mûre, plus sûre d'elle. Son indépendance était encore accrue par l'imminence de son mariage, dont elle fit part à Taheb. Bien qu'elle fût destinée à un prêtre et ne dût donc pas quitter son propre monde, cette union constituait un moyen d'échapper à sa famille. Comment était le futur époux ? Nephtys ressemblerait-elle à sa mère, avec le temps ? A en juger par les paroles échangées, c'était improbable. Même si le mariage avait été arrangé, Nephtys serait la première épouse d'un homme dont la jeunesse s'accordait avec la sienne.

Réni gardait un œil d'Horus sur le déroulement de l'entretien, coupant court à toute question non pertinente avec la rapidité et la précision d'un jeune juge. L'atmosphère se détendit lorsqu'un secrétaire apparut, envoyé par la sœur aînée, pour le consulter sur une affaire qui devait être décidée le soir même. Il partit avec réticence, mais son départ ne facilita nullement la conversation. Huy avait l'impression qu'un serviteur, tapi quelque part à portée d'oreille, rapporterait toute indiscrétion à Réni, et que chacun le savait.

Il faisait sombre ; la nuit semblait trop proche pour la saison. Après un court laps de temps, l'épouse de

Réni s'excusa. Tous se levèrent et la regardèrent s'éloigner, plus solitaire que jamais, dans la petite jungle. Un silence gêné suivit. Sentant qu'il avait appris tout ce qu'il pouvait, Huy ne poussa pas plus loin la conversation. Il ne lui restait qu'une seule question à poser à l'un ou l'autre des enfants, en privé. Il espérait que l'un d'entre eux les reconduirait jusqu'à l'entrée, de préférence Nephtys. Taheb le devina-t-elle ? Toujours est-il qu'en se levant pour partir, elle passa son bras sous celui de la jeune fille et l'entraîna vers le portail.

« Bonsoir, dit Huy à l'adolescent. Ne te dérange pas, ta sœur nous raccompagne. Et remercie tes parents une fois encore.

— Je n'y manquerai pas », répondit Nebamon.

Il y avait dans ses yeux une prière que Huy ne put interpréter. Comme il se levait, le jeune homme le retint par le coude et approcha son visage du sien.

« Où puis-je te trouver ?

— J'habite dans le quartier du port. Taheb connaît l'endroit.

— Très bien. »

Nebamon desserra son étreinte vigoureuse et recula.

« Au revoir, dit-il à haute voix.

— Au revoir. »

Huy le regarda s'éloigner puis rejoignit Taheb et Nephtys, qu'il trouva conversant tout bas devant le portail. Les bras croisés, les cheveux nimbés par le halo de la lampe du portier, Nephtys était adossée au chambranle. Son visage franc n'exprimait aucune souffrance, aucune anxiété. Au-delà du battant ouvert, l'ombre du Mézai chargé de monter la garde se découpait sur le trottoir.

« Nephtys, dit Huy en l'attirant à l'écart, où ta sœur s'est-elle fait faire son tatouage ?

— Quel tatouage ? demanda-t-elle en le considérant avec étonnement.

— Elle avait un scorpion tatoué sur l'épaule. »

Les yeux ronds, elle réprima un éclat de rire.

« Ça, c'était bien d'elle ! Je suis désolée, tu dois me croire dénuée de tout sentiment. Mais je l'admirais. Elle était la seule à lui tenir tête. Je n'en reviens pas ! dit-elle en riant. Il l'aurait tuée s'il l'avait su.

— Il n'a pas vu sa dépouille ?

— Je suis certaine qu'il n'a jamais vu aucune de nous toute nue. J'en suis même à me demander comment nous avons été conçues. Ma pauvre mère dort seule, du plus loin qu'il m'en souvienne.

— Et ses autres épouses ?

— Il n'en a pas. Et pas non plus de concubines. Nuit et jour, il passe presque tout son temps avec Iryt, ma grande sœur. Ils ont un bureau à l'extrémité de l'aile sud.

— Pourquoi ne s'est-elle pas jointe à nous, ce soir ?

— Elle a toujours à faire, expliqua Nephtys en haussant les épaules. Même nous, nous ne la voyons jamais. Tires-en la conclusion que tu voudras. J'ai hâte de m'en aller de cette maison !

— Tu la détestes donc tellement ?

— J'aurais épousé un batelier pour m'en aller.

— Pourquoi ? »

Elle était sur le point de répondre quand le portier s'approcha, jetant sur Huy un regard méfiant, et dit d'un ton acerbe :

« C'est l'heure de fermer. »

Nephtys adressa à Huy un petit sourire triste et lui dit :

« Je compte les jours. Bonne nuit. »

Ils ne parlèrent guère dans la litière qui les

reconduisait chez Taheb. Huy supputait quelle part de vérité il y avait dans ce qu'Ipouky avait dit de ses fils. Taheb sentait encore sa peau fourmiller au souvenir du contact du vieux scribe.

« Je plains son épouse ! dit-elle enfin.

— Il semble préférer la compagnie de sa fille Iryt.

— Parfois l'indifférence est la pire des injures.

— Elle devrait le quitter, alors.

— Comment le pourrait-elle ? Que deviendrait-elle ? Son seul espoir est le veuvage. Et maintenant, elle doit supporter la mort de sa fille. Pourquoi Réni a-t-il dit que personne n'avait de raison de craindre un second meurtre ? » demanda-t-elle après quelques minutes de silence.

Entre les rideaux de la litière, Huy contemplait pensivement le ciel nocturne où, dans le silence, scintillait un million d'étoiles.

8

Les recherches, premières du genre à être menées par les Mézai, avaient été minutieusement organisées par Merymosé. Pour permettre la capture de Sourérê, on avait divisé la capitale du Sud en huit sections, pareilles aux tranches du pain rond aplati que fabriquaient les ouvriers sémites. Chaque bord intérieur coupait un des quartiers principaux de la ville, parcourue par deux grandes artères, l'une nord-sud, l'autre est-ouest, qui se rejoignaient au centre du plan. Les effectifs de police furent concentrés dans les quartiers populeux aux rues tortueuses, tel celui du port, et des détachements spéciaux furent dépêchés dans les bordels privés qui ne relevaient pas du contrôle du clergé. Noubenéhem s'en plaignit amèrement à Huy, avec qui elle s'était réconciliée. L'intérêt des Mézai pour son établissement lui avait coûté les bénéfices d'une journée, et le lendemain avait été bien inférieur à la moyenne, les clients effrayés préférant éviter les lieux. Suivant son instinct et partant de la description fournie par Huy de la maison où il avait rencontré Sourérê, Merymosé envoya, autre innovation, des Mézai en civil dans les quartiers résidentiels.

Tout cela n'aboutit à rien. Pas même les incursions dans les trois bordels homosexuels de la cité n'apportèrent la plus petite information sur l'endroit où se terrait Sourérê. Après quatre jours de recherches intensives dans un périmètre englobant la Vallée des Grands Tombeaux, sur la rive occidentale du Fleuve, Merymosé commença à penser que le fugitif avait peut-être agi selon ses dires, et était parti pour les déserts du Nord afin d'y fonder sa communauté religieuse. Cette idée n'était nullement réconfortante, car bien que la disparition de son gibier ne dût sans doute pas entraîner son renvoi, il pouvait s'attendre à être rétrogradé ou, au mieux, à végéter jusqu'à la fin de ses jours au rang qu'il occupait. Il réfléchit, morose, au prix que lui avait coûté son ambition. Il avait pris un risque énorme pour convaincre Kenamoun, méfiant et de plus en plus hostile, de consentir à l'opération qu'il montait, ce qu'il n'avait obtenu qu'en imputant à Sourérê les meurtres en série.

S'il était désormais bien clair dans l'esprit de Kenamoun que Sourérê était le tueur, seul un autre meurtre sauverait Merymosé. Pourtant, il s'était montré rigoureux, efficace et impitoyable dans son enquête, n'hésitant pas à recourir à la torture pour arracher des informations lorsqu'il pensait qu'on lui en dissimulait. Mais une nouvelle idée le frappa : un autre meurtre n'inciterait-il pas son supérieur à supposer que Sourérê se cachait toujours dans la capitale du Sud ? Cela non plus ne jouerait pas en sa faveur. La vie ne lui avait pas laissé grand-chose, en dehors de sa carrière. Et voilà qu'elle aussi semblait lui échapper.

Sourérê n'avait pu se volatiliser ainsi sans de puissants appuis. Merymosé devait remonter jusqu'à eux. En tout état de cause, il n'avait aucune raison de soupçonner Huy de lui cacher d'autres éléments. C'était un risque inutile pour le petit scribe.

Les recherches pour retrouver Sourérê suivaient leur cours quand on découvrit la quatrième victime. Elle gisait près de la rive orientale du Fleuve, à cinq cents pas au sud de la ville, sur un rocher blanc et plat où les crocodiles ne pouvaient l'atteindre. Toutefois, lorsque la patrouille mézai l'aperçut à la sixième heure du jour, alors que le soleil était au zénith, les vautours lui avaient dévoré les yeux et une partie du visage, et l'on ne put chasser les mouches agglutinées sur ce festin qu'en les décollant une à une. La chaleur s'était accrue au fil de la saison ; Merymosé et Huy, penchés sur le corps, s'étaient enveloppé la tête d'un turban de lin pour se protéger du soleil.

« Nous ferions mieux de l'enlever d'ici. Du moins, si vous voulez l'examiner avant qu'elle ne se décompose », recommanda le médecin mézai, qui venait d'ôter la dernière mouche et enroulait rapidement un drap en lin autour du cadavre avant que d'autres ne s'y posent.

Il se tourna pour superviser les manœuvres de ses deux assistants, qui placèrent le léger fardeau à l'arrière d'un char à bœufs couvert.

Quand l'attelage s'éloigna lentement vers la cité, le petit groupe de badauds et de flâneurs se dispersa, regagnant les quais et les tavernes pour raconter la scène. Huy et Merymosé se retrouvèrent seuls.

« Qu'en penses-tu ? » demanda Huy, tandis qu'ils examinaient le rocher.

Les mouches étaient revenues s'agglomérer sur deux petites mares de sang séché, tout ce qui restait ici du macabre spectacle, à part l'odeur tenace.

« Le cas est identique, non ? Sauf que le corps n'a pas été découvert aussi tôt. Je n'envie pas les embaumeurs. »

Huy était pensif. Répugnant à livrer ses pensées au sujet d'Ipouky et de Réni, il avait perçu la déception et le scepticisme du policier quand il lui avait dit qu'il n'avait rien appris de plus. Tous ses doutes reposaient sur des intuitions, des suppositions. Il ne possédait aucun élément que Merymosé pût présenter à Kenamoun, et le prêtre-administrateur n'accueillerait pas avec gratitude des informations faisant peser les soupçons sur deux des plus puissants notables du pays. En même temps, plus il tardait, plus Sourérê constituait un danger.

Le corps de la jeune fille avait été étendu exactement dans la même position que les autres, et il ne fallut qu'un moment pour découvrir la minuscule trace de piqûre sous le sein gauche, doux et tendre.

« J'ai envoyé des hommes dans le quartier du palais pour identifier sa famille, dit Merymosé, tendu. L'affaire va faire un bruit infernal. Il me faut absolument mettre la main sur l'auteur de ces meurtres. »

Huy s'accroupit pour ramasser quelque chose, aux trois quarts dissimulé dans l'herbe jaune et dure qui poussait autour du rocher. L'objet qui se balançait entre ses doigts, au bout d'une chaîne cassée, réfléchissait la lumière avec un éclat mat. C'était une amulette d'Ishtar.

A la huitième heure, tous les Mézai envoyés dans l'enceinte du palais étaient revenus. Aucune disparition n'avait été signalée. Pas une seule servante, pas même une esclave ne manquait. Mais l'enquête avait déclenché un vent de panique.

« Peut-on se fier à eux ? demanda Huy.

— Entièrement. Sur ce point, je ne peux me tromper, répondit Merymosé d'un ton sec.

— Il suffirait qu'une maison ait été oubliée. »

Ils avaient reçu les rapports à la Maison de Vie, où la dépouille avait été placée dans la cour. Protégée des mouches et de la chaleur par des bandelettes humides, elle attendait que quelqu'un la réclame et donne l'autorisation d'entreprendre l'examen, avant d'être emportée chez les embaumeurs. A la douzième heure du jour, quand le soleil naviguant vers l'Occident descendait sur l'horizon et que le vent du nord apportait enfin sa fraîcheur apaisante, personne n'était encore venu.

« Il faut l'examiner immédiatement ou nous n'en tirerons rien, dit le médecin mézai, tout en dégageant partiellement le corps de ses bandelettes. J'ai nettoyé les blessures oculaires mais la putréfaction a commencé. Si les embaumeurs ne l'emportent pas demain, elle ira dans la chaux.

— Fait-il encore assez clair pour travailler ? demanda Merymosé, qui se leva et s'approcha du médecin pour regarder le corps.

— Oui. Il nous reste une heure avant que Nout engloutisse le soleil.

— Alors je pense que nous devrions commencer, dit Merymosé en jetant un coup d'œil à Huy.

— Et si des parents se présentent ? objecta le médecin.

— J'expliquerai la situation », répondit Merymosé.

Il montrait une assurance qu'il était loin d'éprouver. Cependant, ne rien faire eût été pire que risquer d'insulter les morts.

Un bruit léger lui parvint, pareil à un soupir porté

par le vent. Il scruta les recoins où la pénombre s'épaississait, se demandant si le *ka* de la jeune fille s'était manifesté. S'opposait-il à ce que son ancienne enveloppe subît un tel traitement, avant que les rites appropriés eussent été observés ? Le nez et la bouche couverts par un linge, le médecin fit signe à un assistant et déroula soigneusement le reste des bandelettes, soutenant le corps dans ses bras comme une mère, ou un amant. Il le reposa, s'approcha d'une seconde table tout en sortant un petit sac en cuir de son pagne. Il l'y installa, l'ouvrit et en sortit divers couteaux effilés, en silex.

« Ne t'inquiète pas, dit-il, souriant sous son masque, en remarquant l'expression du policier. Les esprits me respectent. Il y a longtemps que j'ai affaire aux morts.

— Ces victimes sont sous ma responsabilité. Il aurait peut-être été possible d'éviter ceci.

— Tu as fait ce que tu pouvais. Les morts nous connaissent ; ils savent ce qu'il est en notre pouvoir d'accomplir et d'empêcher. »

Huy se pencha sur le corps, en silence. Le jeune visage avait été beau avant d'être mutilé. Un front haut s'incurvait doucement sous une masse opulente de cheveux noirs bouclés. Le nez était aquilin, les lèvres pleines, sensuelles, et le menton fier. Les dents, d'une rare blancheur, étaient solides et régulières.

L'assistant alluma des torches près de la tête et aux pieds de la défunte, et la lumière joua sur sa peau brune.

« Dirais-tu que c'est la nuance naturelle de sa carnation ? » interrogea Huy.

Le médecin s'approcha, l'observa attentivement et conclut enfin :

« Non. Cela résulte du soleil. Je ne l'avais pas remarqué. »

Huy, qui avait pris la main de la jeune fille, passait son pouce sur l'épiderme.

« Sens cela », dit-il à Merymosé, qui s'était approché à son tour.

Le policier sentit une peau rugueuse et remarqua les ongles, polis avec soin mais cassés.

« Peut-être dans la lutte, suggéra le médecin, en élevant un mince couteau. Et maintenant, si vous voulez bien me faire de la place... »

La lutte ? pensèrent Huy et Merymosé en même temps. Il ne devait pas y avoir eu lutte.

« Un petit instant ! Vois ses pieds », dit Huy à Merymosé.

Il était inutile de les toucher pour se rendre compte. Leurs plantes étaient dures. Les bords du gros et du petit orteil présentaient des cals.

« Regarde le tour de cheville », dit soudain Merymosé.

Huy examina le bijou et vit qu'il était en cuivre. Il s'empara d'une des torches et l'approcha sans se soucier de la cire qui gouttait sur la peau morte. La fille ne portait pas d'autre bijou, mais les longs lobes de ses oreilles étaient percés, et d'un côté de son cou on distinguait une légère éraflure. Il y avait d'autres marques sombres sur ses épaules et sur ses flancs. Il se tourna vers le médecin, interrogateur.

« Des hématomes, évidemment, dit celui-ci. Comme je vous le disais, il y a eu lutte. Pauvre petite ! Elle a été violemment battue. Triple fracture des côtes. Maintenant, si vous voulez bien me laisser travailler tant qu'il fait encore jour, je devrais être en mesure de confirmer ce que j'ai soupçonné dès que je l'ai vue. »

Il se tut et se pencha sur le corps, un long instrument en bois dur à la main. Respirant par la bouche, il manipula la sonde entre les jambes. Au bout d'une minute, il se redressa.

« Alors ? lui demanda Merymosé.

— Elle a été violée. Par chacun des orifices inférieurs. Mais elle n'était déjà plus vierge, si cela présente un intérêt pour vous. »

Huy sortit la petite amulette d'Ishtar de la bourse en lin accrochée à sa ceinture.

« Ceci aurait dû me renseigner plus tôt. »

Merymosé rendit son regard au scribe, se répétant une fois de plus qu'il n'y avait assurément aucune raison de se méfier de lui.

Une heure plus tard, à la nuit tombée, ils se trouvaient dans le noir à plus d'un titre : loin d'être en présence du quatrième meurtre d'une même série, ils avaient sur les bras un décès d'un autre genre. Identique en apparence, sa seule ressemblance véritable résidait dans la cruauté d'une blessure particulière, l'attitude et l'emplacement du corps après la mort. En dépit de ses traits aristocratiques et de son corps délicat, qui les avaient d'abord induits en erreur, cette fille n'aurait pu avoir au quartier du palais qu'une place de souillon.

« Il s'agit beaucoup plus vraisemblablement d'une prostituée, dit le médecin, qui s'était lavé les mains et les bras après avoir rebandeletté le corps. Elle n'était pas assez propre pour avoir appartenu au harem. Néanmoins, il est difficile d'imaginer ce qu'elle a fait pour mériter un pareil destin. »

Sa peau brunie par le soleil et ses mains rudes témoignaient de sa pauvreté. Le tour de cheville en cuivre était sans doute le seul objet de valeur qu'elle possédait, et il était curieux qu'on ne l'eût pas volé car tout métal était précieux sur la Terre Noire. C'était la petite amulette qui leur en apprenait le plus long sur la fille. Le culte de la déesse Ishtar était entré sur la Terre Noire à l'arrivée de colons de l'extrême nord-est, du pays où coulaient les Deux Fleuves. Ces colons étaient des courtisans, les fils et les filles de rois et de nobles, donnés en mariage pour sceller les traités de paix conclus entre les deux nations. Quand ils adoptèrent les dieux de la Terre Noire, les vrais dieux, les dieux du pays qui était devenu le leur, le culte avait subsisté mais comme une simple mode répandue chez les riches. Puis la mode avait passé. C'était uniquement parmi la population pauvre, les serviteurs qui avaient suivi un maître et étaient plus tard tombés en disgrâce, ou parmi les enfants métis élevés par des mères superstitieuses dans le respect de leur foi ancienne, que la petite déesse de l'amour et de la guerre avait conservé de sincères adorateurs. Ces gens étaient en petit nombre sur la Terre Noire. Huy espérait que cette découverte faciliterait l'identification.

« Pour quelle raison l'a-t-on tuée, à ton avis ? lui demanda Merymosé alors qu'ils quittaient la Maison de Vie pour se rendre au bureau de Kenamoun.

— Je l'ignore. Si nous savions pourquoi on l'a tuée de cette façon-là, nous serions plus près de la vérité.

— C'est simple. L'homme devient violent.

— Lui a-t-elle fait perdre son sang-froid en se débattant ? Mais pourquoi changer de genre de victime ? Cette fille était pauvre et souillée.

— Cherches-tu de la logique dans la folie ? s'étonna Merymosé.

— Je pensais que nous avions affaire à une obsession.

— Pourquoi un autre meurtrier imiterait-il la méthode ?

— Et qui sait qu'il existe une méthode à imiter ? demanda doucement Huy. Très peu de personnes.

— Très peu que nous connaissions. »

Ils continuèrent à marcher, en silence. Puis le policier ajouta :

« Si la méthode a été imitée pour nous faire croire que le crime a été perpétré par le même meurtrier, alors notre tueur est fort maladroit, ou fort stupide.

— Ou très malin.

— Quoi ?

— Si la méthode a été imitée de façon maladroite et stupide, c'est peut-être intentionnel. Il se peut que les deux meurtriers ne fassent qu'un, et que notre homme ait imaginé ce stratagème pour semer le doute. Auquel cas, nous sommes plus près de lui que nous le pensons.

— Tu te perds dans trop d'idées, dit Merymosé en secouant la tête.

— C'est vrai. Nous devons suivre une piste tout en gardant les autres directions présentes dans nos cœurs. Mais je ne suis plus certain que nous cherchions Sourérê. »

Le visage de Merymosé se ferma.

« Comment peux-tu dire cela ?

— Tu continues à croire que je le protège ? Si je savais où il se cache, j'essaierais peut-être de le faire. Je te le dis car je sais que je ne peux espérer ta confiance sans te donner la mienne. Mais Sourérê est incapable de violer une femme. Il ne pourrait la pénétrer, sa vie dût-elle en dépendre, car il est convaincu que les orifices inférieurs de la femme renferment des dents, et qu'une fois son membre introduit à l'intérieur, elles le trancheraient.

— Est-ce pourquoi il préfère la compagnie des hommes ?

— Imagines-tu une raison plus convaincante ? »

Il y avait une goutte de flegme jaune sur la lèvre inférieure de Kenamoun. Pendant qu'il parlait, la goutte passait sur la lèvre supérieure puis revenait à la première. Avec une fascination mêlée de dégoût, Huy se surprit à ne plus fixer que les lèvres de cet homme, et le crachat qui allait et venait entre les deux.

Kenamoun était blême de rage. En dépit de ses efforts, il ne pouvait maîtriser le tremblement de sa voix et la crispation de ses mains sur le dossier de la chaise derrière laquelle il était resté debout. Ses articulations énormes lui distendaient la peau. Ses yeux foncés étaient exorbités, les pupilles dilatées sous l'effet de la fureur. Une mèche de sa perruque s'était défaite et pendait sur son front, à son insu. C'était dans cette pièce le seul élément de désordre, insolence rare en un lieu où prévalait la hiérarchie la plus rigide. Sa tunique simple mais coûteuse, au tomber impeccable, ne portait pas le moindre faux pli, pas la moindre auréole de sueur en dépit de la chaleur qui régnait en cette heure avancée de la matinée. A son poignet et à son cou, les bijoux rutilaient comme à la devanture de la boutique d'où ils provenaient. Cet homme était tout simplement inodore. Une impression de fraîcheur s'en dégageait peut-être, mais pas d'odeur corporelle ni de parfum.

« Je veux que l'on capture et que l'on me ramène Sourérê ! Je veux qu'il soit jugé et exécuté, et ce avant le prochain jour de repos public ! dit-il en martelant ses mots.

— Il n'existe aucune preuve qu'il... commença Merymosé.

— Ne me parle pas de preuve ! Tu n'as fourni aucun élément, non, pas un seul ! susceptible de le disculper, à part les théories et les élucubrations de Huy, que j'ai été mal inspiré de te permettre d'engager comme conseiller. »

La salive moussa aux commissures de sa bouche. Il la balaya d'un coup de langue, la suça et l'avala.

Huy était trop avisé pour intervenir. Immobile, il restait en retrait derrière Merymosé, un peu de côté, la tête basse mais les yeux fixés sur ce crachat opiniâtre qui s'allongeait maintenant en un long filament, humide et gluant, entre les deux lèvres.

« Un ancien collaborateur du criminel en fuite ! Je ne le nierai pas, à présent : j'espérais qu'il nous ferait remonter jusqu'à lui. Et maintenant, que m'apprend-on ? Qu'il a rencontré Sourérê et nous a dissimulé cette information. Il a de la chance d'avoir avoué ce méfait avant d'être percé à jour, car c'est à cela seul qu'il doit d'avoir la vie sauve. »

Huy lança un rapide coup d'œil vers Merymosé, dont il ne voyait que le dos. Le capitaine avait sans doute été contraint de divulguer sa confidence à Kenamoun, petite trahison peut-être justifiée par des raisons politiques ou stratégiques. Mais cela venait de dresser un mur entre eux. Kenamoun n'avait pas besoin d'être au fait de sa rencontre avec Sourérê. Merymosé commençait-il à partager son désir d'opérer une arrestation coûte que coûte, pourvu que ce fût bientôt ? Mais si Sourérê n'était pas le meurtrier, alors les crimes se répéteraient. Huy ne pouvait croire que Merymosé s'aveuglait sur ce point. Quant à Kenamoun, il espérait visiblement récolter des louanges pour avoir résolu avec diligence son double problème, et s'être attelé à d'autres tâches lorsque les crimes recommenceraient.

« Ce quatrième meurtre confirme qu'une violence croissante s'est emparée de cet homme. C'est un déséquilibré. Il ne peut être allé bien loin ! Je veux qu'on le débusque, qu'on lui extorque une confession et qu'on l'exécute, répéta Kenamoun délibérément. Tu as jusqu'au prochain jour de repos. Amène-le-moi, et je me charge de le faire parler. »

Merymosé ne répondit pas. Huy contemplait la surface noire polie de la table de travail. L'encrier, le sous-main en cuir sur lequel reposait le papyrus, les pinceaux et les rouleaux de papier en rangs serrés, un pot cylindrique contenant des épingles en bronze et un coupe-papier... Quittant ces objets, son regard se porta vers les mains crispées sur le dossier de la chaise. Sur l'une, il nota une marque rouge en forme de nouvelle lune ; le majeur de l'autre s'ornait d'un lourd anneau turquoise et or, emblème de la fonction de Kenamoun.

Le prêtre avait terminé sa diatribe et se calmait ; Huy crut voir passer dans les yeux de cet homme autre chose que de la colère : une expression si fugitive qu'il ne réussit pas à l'identifier, mais qui laissa une impression de trouble dans son cœur. Cependant Kenamoun avait repris la parole.

« Il est bien entendu hors de question de conserver les services de cet individu. Tu dis qu'il a matériellement contribué au progrès de ton enquête. Je refuse de croire qu'il ait permis d'éclaircir quoi que ce soit que nous n'aurions découvert sans son aide. Ta foi en sa compétence était mal fondée. Cela ne fait pas honneur à un officier de ton rang et de ton expérience. »

Merymosé allait protester mais Kenamoun l'interrompit.

« Il t'est interdit de travailler plus longtemps en liaison avec lui. Est-ce clair ? »

Merymosé resta silencieux.

« J'ai dit : Est-ce clair ? »

En dépit de sa haute fonction, Kenamoun s'exprimait de plus en plus comme le petit fonctionnaire arriviste qu'il était foncièrement. Huy observa le visage en lame de couteau, la barbe ridicule, et comprit avec stupeur que l'homme avait peur. Mais de quoi ? Horemheb lui faisait-il sentir le poids de son mécontentement ? Dans ce cas, il avait de bonnes raisons de craindre pour ses ambitions.

« De la merde d'hippopotame ! » dit Merymosé quand ils furent dehors.

Le soleil les aveuglait. Après leur longue nuit sans sommeil, tous deux avaient une apparence négligée, d'autant plus que Kenamoun les avait délibérément fait attendre une heure dans une antichambre non ventilée avant de les recevoir. Huy ne répondit pas. Il résista à l'envie de demander à son compagnon pourquoi il avait informé le prêtre de sa rencontre avec Sourérê, pour voir si le Mézai lui fournirait de lui-même une explication. Mais Merymosé n'y fit pas allusion. Ils se dirigèrent vers le nord, en direction du centre de la ville.

« Cet homme n'est que de la merde d'hippopotame, répéta Merymosé. Il mérite de servir de nid aux scarabées.

— Il se peut que ses maîtres ne soient pas non plus satisfaits de lui.

— Que ne le renvoient-ils pas ! Huy, je t'ai livré aux crocodiles pour garder mon poste.

— Alors, c'est que tu es aussi de la merde d'hippopotame. »

Merymosé se redressa de toute sa taille.

« Tout ira bien pour toi. Ton travail n'en pâtira pas.

— Et que retirerai-je de ces belles paroles ?
— Je vais solliciter des honoraires à ton intention.
— Auprès de qui ? De Kenamoun ? Ne te retranche pas derrière le jargon administratif.
— Tu ne connais pas ta chance de ne pas faire partie du système.
— N'était ce que tu as enduré, je t'enverrais mon poing dans la figure. »
Merymosé s'arrêta net.
« Tu ne crois tout de même pas que je t'aurais vendu sans avoir une bonne raison ?
— Penses-tu toujours que je te dissimule des informations sur Sourérê ? »
Merymosé tarda trop à répondre. Huy se remit à marcher, mesurant avec amertume combien il était encore loin d'être accepté par cette nouvelle société, et comprenant avec surprise à quel point il désirait l'être. Cette enquête représentait-elle un moyen d'accéder à la respectabilité, et était-ce pour cela qu'il l'avait acceptée ? Comment Taheb réagirait-elle devant cet échec ? Toutefois, ce qui l'irritait par-dessus tout était la masse d'éléments incohérents qu'il était forcé d'abandonner, au moment précis où il entrevoyait la façon de les assembler.
Il entendit les pas du Mézai derrière lui.
« Écoute, dit Merymosé, j'ai toujours besoin de ton aide. Si tu veux mes excuses, tu les as. Mais ne me laisse pas tomber maintenant.
— Cela signifie-t-il que tu veux que je retrouve la trace de Sourérê ?
— Je veux trouver le tueur. Je ne veux pas remettre à Kenamoun un bouc émissaire à qui il extorquera une confession sous la torture.
— Mais nous n'avons plus le droit de travailler ensemble, objecta Huy avec un sourire prudent.

— Pas au grand jour, dit Merymosé en lui rendant son sourire. Mais je suis de taille à me mesurer à Kenamoun. Et puis, tu oublies notre amie commune. »

Huy retourna chez lui prendre un bain et faire un somme. Il s'éveilla à l'approche du soir, enfila des vêtements frais et se rendit dans l'une des modestes auberges qui jalonnaient la rive, de chaque côté du port. Il commanda de la bière noire et de l'alcool de figue, du pain, du porc et des fruits de *persea*[1], puis, assis dehors sous le vélum, il observa les navires. Beaucoup avaient déjà allumé leurs lanternes, à la proue comme à la poupe, et brillaient tels des vers luisants au crépuscule. Une grande barque en cèdre se balançait sur ses ancres, encore chargée de sa cargaison précieuse et gardée par deux hommes armés de lances et de glaives. Non loin, on préparait deux barges plus petites en vue du court trajet vers Edfou, pour collecter un autre chargement de grès. Quelques hommes traversaient la place, rentrant chez eux sans se presser ou allant se désaltérer après le travail. La cité était propre, calme et satisfaite. Autour de lui, dans l'auberge, les quelques dîneurs bavardaient tranquillement, et de la table voisine lui parvenait le petit bruit mat des pièces déplacées par deux joueurs sur le plateau du jeu de vingt cases. Au sud, il distinguait à peine la silhouette des murailles qui ceignaient le quartier du palais. Il songea qu'en réalité, le calme et la satisfaction étaient le lot de très rares privilégiés, et encore, seulement une infime fraction du temps qui s'écoulait sous le soleil. Sous le couvert d'une douce soirée se livrait un jeu complexe,

1. Les fruits du perséa avaient la forme d'une amande, la taille d'une poire et un goût de pomme. (*N.d.T.*)

qui tenait un peu du duel et n'avait pas de fin. Les adversaires se déplaçaient à la manière des poissons, passant d'un niveau à l'autre pour porter une attaque ou reculer, s'emparer d'une proie ou menacer. Les morts observaient, assis autour du jeu, connaissant les secrets.

Comptant contre tout bon sens sur la promesse de Merymosé et incapable de dominer sa curiosité, Huy écarta l'idée de se détendre tandis qu'il repoussait son tabouret et quitta l'auberge pour traverser le port en direction de la Cité des rêves. La pensée lui vint, tout en marchant, qu'il n'avait pas vu Taheb depuis leur incursion dans le quartier du palais. S'attendait-elle à une visite de sa part, ou du moins à un message ? Il fut pris de scrupules en comprenant qu'en grande partie, son besoin de la revoir provenait de ce qu'elle lui était utile par son rôle de messagère. Certes, il la désirait, mais elle n'avait pas comme Aset allumé en lui un brasier. Il ne prétendait pas non plus lui faire cet effet-là, mais il se demandait quelle voie prendrait leur liaison.

Noubenéhem leva la tête quand il poussa la porte. Elle n'était pas seule. Près de sa table, debout, il y avait une fille originaire du Sud lointain, à la peau noire, aux yeux et aux dents d'une blancheur éclatante, aux fesses et aux seins pareils à des globes lustrés. Hormis les chaînes d'or autour de son cou, sa taille et ses chevilles, elle était nue. Si ferme et parfait était son corps qu'il en émanait un charme irréel et chaste. Elle luisait dans le halo de la lampe tel le bois noir du pays du Pount, dans lequel elle semblait avoir été sculptée.

« Dis-moi que tu es venu dépenser de l'argent ! lui dit Noubenéhem en guise d'accueil.

— J'en suis toujours à essayer d'en gagner.

— Que penses-tu de celle-ci ? »

La grosse Nubienne désigna d'un signe de tête la fille du Sud, qui se cambra en pouffant de rire. Il y avait en elle une fraîcheur, une gaieté qui illuminaient le bordel et rendaient le décor encore plus sinistre, par contraste.

Huy lui sourit.

« En toute autre circonstance... Mais pour l'instant, j'ai encore besoin d'une faveur.

— Tu veux me revendre la perruque ? C'est non.

— Une perruque aussi somptueuse ? Tu plaisantes ! »

La jeune Noire éclata de rire et s'esquiva derrière le rideau qui conduisait à la Cité des rêves. Elle semblait posséder une grâce inaltérable. Huy se demanda depuis quand elle était dans la capitale et ce qui l'avait menée là.

« Quelle faveur ?

— Je cherche une fille.

— Encore ? Qu'est-ce que tu trouves à redire aux miennes ?

— Cette fille-là vient du pays des Deux Fleuves.

— Rien de plus facile ! ironisa Noubenéhem. Tu es sûr qu'il ne t'en faut qu'une seule ?

— Il se pourrait qu'elle ait disparu de son lieu de travail. »

Huy avait beau peser ses mots, Noubenéhem fut immédiatement sur la défensive.

« Un lieu dans le genre de celui-ci ?

— Oui.

— Quand ?

— Il y a deux jours. Peut-être trois.

— Tu travailles toujours pour les Mézai ?

— Non, lui dit-il franchement.

— Bien. Ça ne semblait pas dans ton style.

— As-tu entendu quelque chose à ce sujet ?

— Tu crois que les nouvelles se répandent si vite ? éluda Noubenéhem, toujours sur la réserve.

— Il n'y a pas tellement de filles qui viennent de là-bas.

— Je demanderai autour de moi. Je verrai si quelqu'un a perdu une pensionnaire.

— Merci.

— Ça te coûtera deux pièces d'argent. »

Huy sortit dans la nuit tiède, et huma avec plaisir l'air chargé d'une odeur lourde et poudrée. Il se sentait trop dispos pour éprouver le désir de regagner son logis solitaire, mais il repoussa l'idée de rendre visite à Taheb. Il voulait garder cette nuit pour lui seul, et la perspective d'entrer dans cette demeure si riche, si solennelle, l'oppressait.

Il retourna du côté des quais, heureux de déambuler en laissant ses pensées s'organiser d'elles-mêmes, pour une fois. Ses yeux vagabondaient d'un objet à un autre ; les façades des édifices aux entrées ténébreuses et secrètes, les bateaux, le miroitement agité de l'eau, les lumières des bateaux de pêche au milieu du courant, les visages des passants se livrant à leur promenade vespérale. Une fois de plus, il se demanda quelle part de satisfaction était échue à chacun, dans cette marée de visages ; mais persévérer dans de telles réflexions était vain. Pour la plupart de ceux qu'il côtoyait, la vie était une affaire simple régie par les dieux et Pharaon, par la crue et la baisse annuelles du Fleuve au long des trois saisons, par ce mince ruban de verdure au cœur du désert où s'écoulait leur existence. La complexité n'était ni nécessaire ni désirable ; dénuée d'utilité pratique, elle ne résolvait rien, à la fin.

Quelqu'un effleura son coude si timidement qu'il crut d'abord que c'était involontaire, mais le geste fut répété avec plus d'énergie. Il se tourna et vit Nebamon, qui marchait à côté de lui.

« Salut à toi, dit le jeune homme en le fixant de ses yeux caves.

— Salut à toi ! » répondit Huy sans ralentir l'allure.

Ils avancèrent en silence, partie intégrante de la foule et perdus en elle. Peu de gens bavardaient et le silence nocturne jetait son voile funèbre sur la cité. Un rire occasionnel, un éclat de voix furibond choquaient à l'instar d'une profanation. Mais le silence n'était pas total ; il ne l'était jamais, ici, car il était toujours rompu par le murmure insistant du Fleuve et la stridulation laborieuse des grillons.

« As-tu un message pour moi ? dit enfin Huy, comprenant que l'adolescent attendait qu'il prît l'initiative.

— De qui ?

— Je ne sais pas, dit Huy en écartant les paumes. De ton père ?

— Non. Qu'aurait-il à te dire ?

— C'est vrai. »

L'idée que Réni pût lui adresser un message personnel l'amusa, mais le garçon continua à le considérer d'un air grave.

« De quoi s'agit-il, alors ? » s'enquit-il après avoir attendu encore quelques instants.

Nebamon hésita puis répondit en regardant droit devant lui, ne jetant un coup d'œil vers son compagnon que de temps en temps. En quête d'approbation ou dans l'attente d'une interruption ? Huy n'aurait su le dire.

« Nous avons appris aujourd'hui que Kenamoun

t'a renvoyé. Si nous sommes au courant, c'est parce que mon père et lui sont amis. Associés. Confrères. Enfin, tu le sais, ils mangent un peu à tous les râteliers.

— Ah oui ? »

Il ne se laisserait pas entraîner à critiquer Réni ou Kenamoun. La vie dans la capitale lui avait enseigné ce genre de précaution, si opposée qu'elle fût à sa nature.

« Je crois qu'il a eu tort.

— Vraiment ?

— Oui. N'es-tu pas ulcéré ?

— Non. Mon travail ne lui donnait pas satisfaction.

— Tu vas tout abandonner, comme ça ? »

Huy le scruta, mais son visage n'exprimait rien en dehors d'une étrange anxiété et d'une étrange ferveur.

« Je n'ai pas le choix.

— Mais ce doit être insupportable ! »

Il y avait dans sa voix une insistance qui agaça Huy. Quel besoin avait-il de se justifier devant ce gamin choyé et dorloté ? Mais cette idée céda la place à une autre : n'y avait-il pas, aussi, de la souffrance dans la voix de Nebamon ?

« La question n'est pas ce que je peux supporter, mais ce dont je dois m'accommoder. »

Nebamon s'humecta les lèvres et avala sa salive.

« Si tu ne peux découvrir qui a tué ma sœur, personne n'y parviendra.

— Et ton frère Ankhou ? Je pensais qu'il avait un plan.

— Ankhou s'entend à lever le gibier, pas à le rattraper. »

Autour d'eux, la rue grouillait de monde. Huy prit

le garçon par le bras et le guida dans les remous de la foule jusqu'au bord du quai, où une jetée courte et large avançait sur l'eau. Il posa un pied sur la borne d'amarrage et se tourna vers Nebamon.

« A présent, nous sommes plus tranquilles pour parler. Que veux-tu ?

— Je veux t'aider. »

Huy sourit en son for intérieur. Après sa longue solitude, voilà qu'il était entouré de gens avides d'obtenir son assistance ou de lui offrir la leur.

« Tu ne le peux pas.

— Pourquoi ? demanda le garçon avec une candeur touchante.

— Ton père ne l'approuverait pas. Kenamoun ne l'approuverait pas. Cela me porterait préjudice. De toute façon, je n'ai plus le droit de me mêler de cette enquête.

— Je ne peux croire que tu sois homme à laisser une besogne inachevée, dit Nebamon en le provoquant du regard.

— Que veux-tu de moi ? Je gagne ma vie d'une manière qui m'est imposée, non de celle que j'ai choisie.

— Les gens te sont-ils indifférents ? Ne veux-tu pas mettre un terme à cette abomination ?

— Les Mézai s'en chargeront.

— Les Mézai ! Ce sont des ânes.

— Pas le moins du monde.

— Je n'arrive pas à croire que tu abandonnes l'affaire, dit Nebamon d'un ton plus calme mais désespéré.

— Parce que tu ne le veux pas. Mais fie-toi à Merymosé. Il sait ce qu'il a à faire.

— Laisse-moi t'aider.

— Je regrette. Je n'ai en rien besoin d'aide. »

Le garçon le fixa sans mot dire puis s'éclipsa dans la foule. Il ne se retourna qu'une seule fois. Huy aurait voulu comprendre le message que lui adressait son regard. Y avait-il lu du défi ?

Il attendit impatiemment des nouvelles concernant la capture de Sourérê. La limite impartie par Kenamoun arriva et passa, mais Taheb, qui avait facilement accès aux informations, n'entendit rien suggérant que le capitaine avait été renvoyé ou démis de l'affaire.

Huy supposa donc qu'il en était toujours chargé. Il passait ses nuits en compagnie de Taheb mais, depuis quelque temps, il remarquait les coups d'œil appuyés que lui lançaient les serviteurs ; aussi, lorsqu'elle lui proposait de se joindre aux invités qu'elle recevait à dîner, il trouvait des prétextes pour refuser. Le rôle qu'on lui attribuait était clair, et il le détestait. Taheb le sentit et chercha à le rassurer, mais sa fierté masculine se dressait entre eux. Ils savaient l'un comme l'autre que leur liaison était plus motivée par le plaisir des sens que par des sentiments profonds. Leurs ébats restaient passionnés mais l'arbre avait perdu ses feuilles printanières et, sous le feuillage de l'été, aucun fruit n'apparaissait. L'ombre du devoir s'était insinuée entre eux.

Enfin, Noubenéhem eut des nouvelles pour lui. Huy lui remit la gratification qu'elle avait exigée.

« J'aurais dû te demander plus, dit-elle. Tu vas vraiment en avoir pour ton argent.

— Qu'est-ce que c'est ?

— Ne va pas raconter de qui tu tiens ça, ou je me verrai contrainte de transférer mon commerce à Napata. Et si cela arrive, je veillerai à ce que tu finisses dans l'estomac des enfants de Sobek.

— Je n'ai aucun désir de servir de pitance aux crocodiles. »

Noubenéhem sourit.

« Elle s'appelait Isis.

— Original.

— Ce n'est pas son vrai nom. Je ne le connais pas. Mais ça pourrait t'intéresser de savoir où elle travaillait.

— Où ?

— A la Gloire de Seth. »

Noubenéhem faisait allusion à un bordel spécialisé, dont la clientèle aimait infliger et subir la douleur. L'établissement avait une autre caractéristique. C'était un lieu destiné aux riches, indirectement géré par le clergé et situé dans l'enceinte du palais. Selon une rumeur persistante, Horemheb avait plus d'une fois tenté de le fermer ; nombre de ses mesures visaient à éradiquer la corruption qui avait proliféré telle une plante rampante durant les années où la cité était restée livrée à elle-même. Mais les intérêts qui protégeaient le bordel étaient trop puissants pour qu'il pût se les aliéner.

Huy aurait besoin de l'appui de Merymosé s'il comptait poursuivre dans cette direction. Il remercia la grosse Nubienne de son aide, qui, certes, valait bien les deux pièces d'argent réclamées, puis il s'en fut.

Il était à bout de nerfs quand un message de Merymosé lui parvint.

« Je ne suis pas sûre d'aimer vous servir d'intermédiaire, dit Taheb en le lui remettant.

— Tu es beaucoup plus que cela. »

Il prit connaissance du message, écrit hâtivement sur un bout de papyrus déjà utilisé puis gratté plusieurs fois. Taheb le regarda faire.

« Tu meurs d'impatience, n'est-ce pas ? remarqua-t-elle sèchement.

— De quoi donc ?

— De repartir à l'action. Tu as changé, Huy. Tu es un homme très différent du petit scribe timoré qui est arrivé ici il y a un an.

— T'ai-je offensée ?

— Pourquoi ?

— Je le sens à ta façon de parler. »

Elle joignit les mains et fit quelques pas, irritée.

« J'ai l'impression d'être tenue à l'écart.

— Tu n'en as pas lieu.

— Ne peux-tu abandonner cette affaire ? Tout cela ne devient-il pas dangereux ? Et si Sourérê te savait à sa poursuite, et décidait d'y remédier ?

— Qu'est-ce qui t'incite à parler de lui ?

— Voyons ! dit-elle avec un geste d'impatience. Il est forcément l'homme que tu recherches. Peut-être travaille-t-il pour quelqu'un d'autre ? Tu disais qu'il avait sans doute des amis influents. Quoi qu'il en soit, plus tu te rapproches de lui, plus tu risques de te faire tuer.

— Personne ne me tuera, dit Huy en souriant.

— Voilà une remarque stupide !

— Je ne peux cesser de travailler sur cette affaire sous prétexte que c'est dangereux. Tu le sais.

— Tu t'obstines parce que le mystère te fascine.

— C'est en partie vrai. Mais je veux aussi mettre fin à une situation dangereuse.

— Pour nous protéger ?

— Oui.

— Nous tous, de la capitale du Sud ?

— Oui, dit-il, la sentant narquoise, et se demandant où elle voulait en venir.

— Pourtant, tu ne te soucies pas de nous. En quoi cette société t'importe-t-elle ? Elle est corrompue. Elle a trahi les idéaux que tu servais. Elle t'a dépossédé de ton métier.

— Elle compte encore de braves gens. Pour le reste, si je veux survivre, je dois m'adapter au cours des événements.

— Pourquoi ne pas laisser tout cela aux Mézai ? demanda-t-elle, changeant brusquement de tactique.

— Ce sont eux qui ont sollicité mon aide.

— Écoute, dit-elle pour finir, exaspérée, je vois que cette histoire t'éloigne de moi. Je ne le veux pas, je ne le comprends pas. Renonce. J'ai un navire prêt à nous emmener vers le Delta. Laisse Merymosé s'occuper de l'affaire.

— Je ne peux lui faire faux bond. Qu'attends-tu de moi ? Que je ne tienne pas compte de ce message ? Dans ce cas, pourquoi me l'as-tu remis ? Tu aurais pu me mentir.

— Ton cœur ressemble à un labyrinthe. Il est aussi tortueux que l'entrée d'un tombeau. »

Ils se détournèrent l'un de l'autre avec tristesse.

« Cela te sert-il de prétexte pour t'éloigner de moi ? » demanda-t-elle enfin.

Il dit : « Non » mais il n'en était plus sûr, et il savait que sa voix trahissait ses doutes. Taheb, cependant, n'entendit que ce qu'elle voulait entendre.

« M'accompagneras-tu dans le Delta ?

— Non. »

Elle soupira, les yeux brillants, mais la dignité intacte.

« En ce cas j'irai seule. Je veux revoir mes enfants. Écris-moi quand cette histoire sera finie. Tu sauras peut-être, alors, ce que tu désires.

— Le sais-tu toi-même ? »

Elle se détendit et sourit.

« Non. Allons ! Nous sommes des adultes et nous nous chamaillons comme des enfants, pour des brouilles. »

Ils s'embrassèrent, sachant qu'ils n'iraient pas plus loin. Pas pour l'instant et peut-être plus jamais, si long que fût le temps qu'il leur faudrait pour s'habituer à cette idée. Le cœur se plaît dans la sécurité, presque à tout prix, et chez la plupart des hommes il accepte la séparation avec réticence, lenteur et égoïsme.

« Si tu ne trouves aucun moyen de garder contact avec Merymosé en mon absence, passe par mon intendant, dit Taheb. C'est mon cousin, il est digne de confiance. »

Leurs esprits s'étaient séparés, et si leurs corps restèrent ensemble un peu plus longtemps, c'était la première fois depuis leurs retrouvailles qu'ils avaient du mal à se parler. En partant, bien qu'il lui déplût de l'admettre, Huy sentit sa tristesse adoucie par le soulagement. Il lui restait peu de temps avant sa rencontre avec Merymosé, si bien qu'au lieu de retourner chez lui, il fit un détour qui le conduirait au rendez-vous à l'heure où le soleil effleurerait le sommet des falaises, à l'ouest. Alors que l'astre accélérant sa course plongeait vers la bouche accueillante de Nout, il crut apercevoir quelqu'un qui le suivait. Mais ce ne fut qu'une vision fugitive, et la silhouette spectrale, en longue tunique noire, disparut au coin d'un bâtiment avant même qu'il ait pu en évaluer la taille. Après cet incident, tendu, il resta sur le qui-vive pendant plusieurs centaines de pas, mais aucune ombre ne se laissa plus deviner, et, en s'éloignant des rues animées, il eut la conviction croissante d'être seul.

Au couchant, l'obscurité et la lumière se divisèrent en nappes distinctes au contraste intense. Après le départ des commerçants, les rues poussiéreuses semblaient jouir d'une vie silencieuse qui n'était qu'à elles. Dans une allée conduisant au Fleuve, un scorpion inondé par un rai de lumière somnolait sur une brique cassée, mais à l'approche de Huy la petite statue brune se dressa, les pinces et la queue prêtes à frapper. Les bruits qu'il produisait retombaient dans l'étreinte d'un écho mort, et il lui sembla être le dernier homme sur terre. Il dépassa les greniers à orge, trois constructions grossières en bois de tamaris. Accroupi devant l'entrée d'un des édifices, un vigile dormait, pétrifié par le sommeil. Près de lui, les deux autres gardiens des greniers — des chats — étaient pelotonnés au centre exact d'ombres jumelles.

Vingt pas plus loin, au détour d'un angle, se dressait un quatrième grenier. Comme prévu, la porte était entrebâillée, et après avoir jeté un dernier regard sur la rue nimbée par une clarté crépusculaire, Huy se glissa à l'intérieur. Le grenier n'était pas plein, mais à mesure que ses yeux s'accoutumaient à la pénombre, il distingua des monceaux de grain entassés dans certains des compartiments, de part et d'autre de la large allée centrale. Il vit les pelles de bois à long manche utilisées pour remplir les sacs de céréales, et, au bout de l'allée, telle la statue massive d'un dieu dans son temple, le semoir en bois, au flanc plaqué de cuivre. C'était un instrument gigantesque suspendu à une poutre, son conduit pointé sur un des compartiments. En s'approchant, Huy vit que ce conduit avait été ouvert, car la corde de chanvre qui en contrôlait le mécanisme pendait bas. Il sentit dans l'air des particules de poussière, et constata que la charge de grain contenue dans le semoir avait très récemment été déversée dans le compartiment.

La large porte, que les ouvriers ouvriraient vers

l'extérieur quand le temps serait venu d'utiliser le grain enfermé, était verrouillée. Un objet luisait dans le demi-jour, presque à mi-hauteur et vers le centre du battant. Soudain, Huy sentit son cœur battre plus vite. Il pressa le pas, en proie à une effroyable panique. Le reflet mat provenait d'une bague en or. Quatre doigts crispés jaillissaient d'un interstice entre les planches. Huy y porta la main : ils auraient pu être de pierre. Il reconnut la bague.

Il fit aussitôt volte-face, mais le silence du grenier semblait le narguer : il était seul. Il repoussa le lourd verrou qui barrait la porte, recula pour la laisser céder sous le poids du grain puis, avec une hâte frénétique, il l'ouvrit toute grande, saisit une des pelles et creusa. Il lui semblait qu'il se mouvait dans de la boue, ses gestes ralentis comme dans un rêve. Il glissait, trébuchait, s'enfonçait dans le grain. A mesure qu'il creusait, de minuscules épis ovales coulaient dans le trou, par milliers. Mais enfin il atteignit le corps.

Merymosé gisait sur le dos. L'orge emplissait ses yeux, ses narines et sa bouche. Ses ongles cassés et sanglants révélaient qu'il s'était jeté contre la porte, griffant, lacérant le bois, au moment où il avait compris qu'il était enfermé et quel sort lui était réservé.

9

« Pourquoi ? Parce que Kenamoun a perdu son meilleur homme, et que je n'ai nulle confiance en son aptitude à résoudre cela tout seul. A en juger par leurs efforts, je vois bien que je n'ai guère plus à attendre de mes gens. Tu auras toute l'aide que tu voudras, quoique j'aie idée que tu t'en sortiras beaucoup mieux si tu travailles seul. Je te paierai sous la forme que tu requerras, sur la base d'un demi-*deben* d'argent par jour. Je t'accorde vingt jours. Si tu n'as pas élucidé l'affaire passé cette échéance, tu seras congédié. Si tu l'as résolue, j'achèterai la maison où tu résides et je te la donnerai. »

Huy parcourut des yeux la morne pièce, incapable de croire qu'il y était de retour. Il n'avait confié à personne qu'il avait découvert le cadavre de Merymosé, pas même à Taheb qui, distraite par les préparatifs d'un départ entrepris à contrecœur, n'avait pas insisté quand il avait prétendu que Merymosé n'était pas venu au rendez-vous.

La nouvelle de la mort du policier éclata peu après. Le vigile avait trouvé le corps lors de sa ronde de nuit. Mais alors Taheb avait déjà embarqué.

Huy était rentré chez lui afin d'imaginer un

moyen d'entrer dans le bordel connu sous le nom impie de « la Gloire de Seth ». Nebamon avait vu juste, il ne pouvait tout simplement pas se résoudre à abandonner l'affaire, et, de plus, il avait désormais la mort d'un ami à venger. C'est alors que le message était arrivé du quartier du palais.

Un « J'attends ! » sévère résonna à l'autre bout de la table. Mais n'y avait-il pas un soupçon d'hésitation dans la voix ? Ipouky était-il aussi sûr de lui qu'il le semblait ?

Huy regarda bien en face le Contrôleur des Mines d'Argent. Tous deux étaient assis, cette fois, mais, hormis ce détail, son hôte ne s'était pas départi de son austérité. Sa proposition comblait les espérances de Huy, quoique la source en fût surprenante. Il scruta le visage grave, en observant les traits. Les rides aux commissures des lèvres attestaient que cette bouche avait souri naguère. Dans les yeux, il y avait indéniablement de la nervosité. Rien ne trahissait particulièrement l'affliction causée par la mort de sa fille, mais il est vrai que dans cette demeure, on portait le deuil en permanence.

« Qu'est-ce qui t'a poussé à t'adresser à moi ? lui demanda Huy.

— Merymosé savait ce qu'il faisait. Et puis, tu as produit une bonne impression sur moi lors de notre première rencontre. A présent, ta réponse.

— J'accepte.

— Bien. Non que tu aies pu refuser.

— Vraiment ?

— Tu as besoin de ce travail. Et, plus encore, tu veux retrouver le meurtrier de Merymosé. Enfin, si tu avais refusé, je t'aurais dit mon intention de faire remarquer à Kenamoun que la porte du compartiment à grain où l'on a découvert Merymosé était ouverte. La portée du fait ne semble pas l'avoir frappé. »

Huy ne dit mot.

« C'est un homme intelligent, continua Ipouky, et aussi retors qu'un politicien doit l'être. Mais ce n'est pas un détective.

— J'ai une question à te poser.

— Oui ?

— Je ne sais pas si elle te plaira. »

Ipouky s'adossa contre son siège, joignit les mains et fixa Huy d'un air interrogateur.

« J'ai besoin d'en savoir plus sur toi.

— En quoi est-ce nécessaire ? demanda son hôte, crispé.

— Tu désires que je retrouve le meurtrier d'Irit-néfert.

— Ne trouves-tu pas cela naturel, de la part d'un père ?

— Si. Mais j'imagine que tu n'ignores pas ce que l'on dit de toi.

— Ce que l'on dit de moi », répéta Ipouky d'un ton sec.

Impossible de deviner quelles pensées ces mots avaient fait naître dans son esprit. De longues minutes s'écoulèrent avant qu'il ne reprît la parole.

« Tu ne devrais pas t'arrêter à ce que l'on dit de moi. Je me satisferai de te laisser former ta propre opinion sur mon caractère. Quant à mes motifs, ne t'en soucie pas. »

Il allait se lever afin de conclure l'entretien. Huy sut aussitôt qu'il pénétrait sur un territoire aussi dangereux qu'intéressant. Il dit d'une voix égale :

« Cela ne suffit pas. »

Son interlocuteur souleva les sourcils, mais resta assis.

« Il m'est totalement impossible de progresser sans ta coopération, et sans ta confiance je n'aurai aucune lumière dans ces ténèbres. »

Il ne promit pas en contrepartie d'accorder toute sa confiance à Ipouky. En l'embauchant, le Contrôleur des Mines d'Argent disposerait d'un moyen très efficace de surveiller ses faits et gestes et d'entraver son enquête. Mais pourquoi cet homme se serait-il donné tant de mal alors que, s'il pressentait en lui une menace, il pouvait si aisément le faire disparaître ?

« Tu ferais mieux de poser tes questions, dit Ipouky avec amertume.

— Je veux que tu me parles de tes enfants.

— Je te l'ai déjà dit, ils sont très jeunes. »

Mais une goutte de sueur perla sous sa coiffure et roula sur sa tempe.

« C'est aux frères d'Iritnéfert que je songeais. »

Ipouky soupira, fit jouer les articulations de ses mains posées au bord de la table, et répondit au bout d'un long moment :

« Ils sont morts.

— En es-tu certain ?

— Oui.

— Alors, pourquoi te tourmentes-tu à ce point ? »

Enfin Ipouky affronta son regard, sans plus d'effort pour déguiser ses sentiments.

« Parce que, non, en réalité je n'en suis pas sûr. Visiblement, tu es bien informé au sujet de mes fils. Je ne sais comment j'ai pu enfanter une telle progéniture. Personne ne le croira, et je sais exactement ce que la ville dit de moi, mais j'aimais tendrement Iritnéfert. Je suis un homme qui détruit les femmes avec lesquelles il vit. Ma première épouse m'a quitté, à bon droit, mais j'ai gardé l'enfant que j'avais eue d'elle et que j'aimais. Depuis je me suis remarié, j'ai eu d'autres enfants, mais ma seconde épouse n'est plus qu'une ombre. »

Il se tut, perdu en lui-même. Huy attendit.

« Pour mes jeunes enfants, moi aussi je suis une ombre. D'ailleurs, je me sens vide. Les coups infligés par la vie trempent le caractère, mais vient un temps où, si les coups ne cessent pas, ils affaiblissent même les plus forts.

— Et tes fils ?

— Ils sont mon châtiment. Mais j'ignore quelle faute me vaut d'être châtié. Pourquoi Osiris avait-il Seth pour frère ? Se peut-il que nous portions le mal en nous, telle une maladie que nous transmettons, mais dont nous nous plaisons à croire que nous-mêmes ne souffrons pas ? »

Las, il marqua une nouvelle pause, mais depuis qu'il avait commencé à s'épancher, il y avait comme du soulagement dans ses yeux et dans sa voix. Il s'humecta les lèvres et s'éclaircit la gorge avant de poursuivre :

« Je n'aime pas prononcer leurs noms. Les prononcer, c'est les perpétuer. Mais il le faut. Trois années séparaient les garçons. Pahéri était l'aîné, le pauvre Menna le cadet. Je fondais tant d'espoirs sur eux ! Je fus même heureux quand, à l'âge de sept ans, Pahéri demanda à embrasser la prêtrise. Bien sûr, il était trop tôt pour être certain que les dieux l'avaient appelé, mais je n'aurais pu souhaiter pour lui une meilleure carrière que celle de prêtre-administrateur. Sa résolution ne faiblit pas. Mais il y avait autre chose. Lorsqu'il avait dix ans, il surprit son jeune frère à voler des dattes. Pour cette transgression, il... Non, s'interrompit Ipouky, la voix brisée. Je ne te le dirai pas. Menna n'avait jamais été bien fort dans sa tête et dans son cœur. Taouaret n'avait pas souri sur son berceau, et les tortures infligées par son frère le poussèrent à jamais dans une contrée solitaire, au tréfonds de lui-même... »

Là encore, il s'interrompit, dans cette pièce où le jour déclinait. Huy ne bougeait pas.

« Pas une seule fois Pahéri n'avait tourné les yeux vers une femme, mais, évidemment, lorsqu'il eut treize ans nous conçûmes l'espoir de le marier. Au début, nous pensions qu'il dominerait sa répulsion. Deux ans plus tard, il entra dans le clergé et fut affecté au service de Sourérê. Ils restèrent ensemble tout au long du règne du Grand Criminel, jusqu'à la fin.

— Que se passa-t-il ensuite ?

— Pahéri et lui se querellèrent. Pahéri était follement jaloux. De tous et de tout. Et son aversion pour les femmes s'était muée en haine. La Femme n'avait cessé de contaminer l'Homme depuis que Nout s'était penchée sur Geb. Telle était l'image qui l'obsédait : Nout, penchée sur le ciel, engloutissait le soleil et emprisonnait Geb sous son poids. J'ai la conviction que Sourérê l'encouragea dans cette voie. Sa mère était à ses yeux la seule exception. La femme qui l'avait fait sortir des ténèbres de la caverne natale pour l'amener à la lumière.

— Que devint Menna ? » demanda Huy dans le silence.

Ipouky releva la tête et le regarda.

« Je pense qu'il est mort, maintenant. Longtemps j'ai craint qu'il eût survécu aux raids des Khabiris contre nos derniers avant-postes, au nord ; mais un capitaine d'infanterie qui l'avait connu réussit à regagner notre capitale et entra en rapport avec mon intendant. Il lui remit un anneau et une amulette que je reconnus. Je les avais donnés à Menna le jour où il était parti prendre son premier poste. Son état semblait s'être considérablement amélioré depuis que Pahéri avait quitté la maison. Je devais lui offrir la chance d'être indépendant. L'emploi de secrétaire que je lui avais trouvé exigeait peu de compétences. Le gouverneur, une connaissance de longue date, était informé des déficiences de mon fils.

— Et Pahéri ?

— Il avait en Aton une foi farouche, dit calmement Ipouky. Quand il s'avéra que la cité de l'Horizon allait tomber, avec tout ce qu'elle représentait, je lui écrivis pour tenter de le convaincre de sauver sa vie. Il me retourna ma lettre éclaboussée de sang — son propre sang — et accompagnée d'une réponse. Il m'y disait que la vengeance était son lot, et que le sang qu'il avait versé sur ma proposition scélérate n'était rien, comparé au sang des traîtres qui serait répandu si Aton tombait.

— L'enseignement d'Aton n'était qu'amour, dit doucement Huy.

— Il existe des causes, et des guerriers pour les défendre, répondit Ipouky d'une voix aussi vide que le désert.

— Qu'est-ce qui te fait croire qu'il est ici ?

— Les meurtres. Je veux que tu le retrouves.

— Mais Iritnéfert était sa propre sœur !

— Tu ne connais pas mon fils. »

Il y eut un long silence, durant lequel les deux hommes évitèrent de se regarder.

« Il me faudra avoir libre accès au quartier du palais. Il me faudra pouvoir entrer n'importe où sans que l'on m'en empêche, dit enfin Huy.

— Vois mon intendant. Tu pourras porter ma livrée. Cela te garantira le passage auprès des gardes, aux portes de l'enceinte. Je dirai à mon intendant que je t'intègre dans le personnel en qualité de... voyons, de conseiller en matière de taxes. Les inspecteurs vérifieront bientôt la production de l'automne dernier, et sous ce titre personne dans la maison ne te posera de questions. Tu seras en outre libre d'aller et venir sans que nul ne s'étonne que tu ne reçoives pas d'ordres directs de ma part. Et maintenant... dit-il, se levant en rassemblant les plis de sa tunique.

— Une dernière chose.

— Oui, dit Ipouky, se rasseyant.

— J'ai besoin d'entrer à la Gloire de Seth.

— Quoi ?

— Au bordel, la Gloire de Seth.

— Je ne vois pas de quoi tu parles. »

Huy en resta pantois. Pourquoi Ipouky proférait-il un mensonge aussi flagrant ? Le Contrôleur des Mines d'Argent dut lire ses pensées dans ses yeux, car il nuança rapidement ses propos :

« Je ne vois pas quel rapport cela peut avoir avec le meurtrier d'Iritnéfert. Tu le conçois assurément, après tout ce que je t'ai révélé.

— Laisse-moi t'expliquer. »

L'homme au physique émacié se pencha en avant, les mains jointes, avec soudain une anxiété sans voile.

« Tu n'insinues certainement pas que ma fille... ? Je sais qu'elle avait un esprit indomptable, mais...

— Non, je ne le pense pas, le rassura Huy. Cependant, il peut y avoir un lien. »

Il parla brièvement d'Isis.

« Je ne suis jamais allé dans ce lieu et je ne sais qui le fréquente, mais il bénéficie de protections puissantes, expliqua Ipouky avec lassitude. Tu dois me pardonner de ne pas être d'un plus grand secours. Depuis quelques années, je ne me mêle guère à la société. Je préfère les livres et le silence pour compagnons. D'ailleurs, quel prétexte pourrais-je inventer pour t'y faire entrer ?

— J'ai besoin d'y aller. Je ne peux poser certaines questions que là-bas.

— Ah ! Parce que tu t'imagines qu'on te répondra ?

— Oui, l'argent aidant. »

Ipouky secoua sa tête grise. L'or mat de sa coiffure miroita sous la lumière.

« Ils ne parleront jamais. On a trop bien acheté leur silence pour qu'un pot-de-vin les tente. Les clients du lieu comptent parmi les hommes et les femmes les plus influents de la capitale du Sud. Même Horemheb n'a pas pu obtenir sa fermeture.

— Il se peut que je trouve un élément qui lui donnera plus de prise pour le faire. Et si j'y parviens, tu pourras le lui soumettre.

— La politique m'est devenue indifférente. Ce qui m'intéresse, en revanche, c'est de voir où te mènera ton astuce. Il te faut faire tout ce que tu juges nécessaire pour mettre fin à cette horreur. Reviens demain à la même heure. »

Huy se leva, s'inclina brièvement devant son nouveau maître et se dirigea vers la porte. Alors qu'il allait l'ouvrir, Ipouky s'adressa à lui une dernière fois :

« Tu me crois dur comme la pierre. Beaucoup le croient. Ce n'est qu'une carapace. Mais je dois savoir qui a tué ma fille. Trouve-le, Huy, et quand ce sera fait, ramène-le-moi. La mort serait une fin trop douce pour un homme qui a fait ce qu'il a fait. Je ne veux pas qu'il s'y réfugie. »

Il s'accouda sur la table devant lui, joignit les mains et y enfouit son front. De but en blanc, Huy lui lança une dernière question :

« As-tu vu Sourérê ? »

Ipouky redressa la tête, mais ses traits n'exprimaient que de la surprise.

« Il y a des années que j'en ai fini avec lui.

— Peut-être que lui n'en a pas fini avec toi.

— Sors-nous de ce cauchemar, Huy. Vite.

— Je le ferai. »

La confession d'Ipouky avait allumé une torche claire dans le dédale obscur de ses investigations.

Depuis la mort de Merymosé, Huy portait une dague. C'était une arme ancienne, qu'il possédait depuis des années mais qu'il avait récemment appris à manier, grâce à un des maîtres d'équipage de Taheb. Sa lame à double tranchant était en bronze massif, les gouttières repoussées figuraient des tiges de lotus. Elle s'adaptait à un manche en corne d'antilope, dont l'extrémité ciselée représentait la tête de la Bête. Cette nuit-là, lorsqu'il s'éveilla avec l'absolue certitude qu'il y avait quelqu'un dans la chambre, il tendit la main vers son appui-tête, près duquel il avait coutume de la poser; mais à peine avait-il esquissé ce geste qu'il sentit la pointe de l'arme contre sa propre gorge.

« Tu as beaucoup à apprendre », dit la voix de Sourérê dans le noir.

Huy sentit son souffle, et la menthe qu'il mâchait pour s'adoucir l'haleine.

« Et toi, tu as beaucoup appris, répondit-il.

— En prison, si tu n'apprends pas à te mouvoir sans bruit, tu meurs.

— Pourquoi es-tu resté ici? Qu'est devenue ta mission ? »

La pression du couteau s'atténua sur sa gorge.
« Le roi ne veut pas me laisser partir.
— Est-ce lui qui veille à ta sécurité ?
— Non.
— Qui, alors ? »
Sourérê étouffa un petit rire.
« Allume une lampe. Mais garde la mèche basse. »
Huy fit craquer un silex et la lampe répandit un petit cercle de lumière jaune, si intense qu'il semblait attirer les objets et aspirer les traits de Sourérê. Celui-ci avait maigri. Ses yeux enfoncés dans leurs orbites étaient vifs et animés d'un éclat brûlant.
« Pourquoi es-tu revenu ? Tu risques gros.
— J'ai besoin de parler. Il n'y a qu'avec toi que je puis le faire dans cette ville.
— Et ton protecteur ? »
Sourérê eut un rire sans joie.
« Comment expliquer, alors, que tu aies survécu si longtemps ici sans que l'on trouve ta trace ? s'obstina Huy.
— Les recherches ont pris fin. On me croit parti.
— Maintenant, ce n'est plus mon affaire.
— Que veux-tu dire ? l'interrogea Sourérê en le dévisageant.
— Moi, je ne t'ai jamais donné la chasse, Sourérê.
— Tu penses que j'ai tué ces filles ?
— L'as-tu fait ?
— Je ne te le dirai pas. Mais je me sens en paix avec celui qui l'a fait, dit-il, riant à nouveau. Sous nos lois, on encourt la mort si l'on tue un faucon, un chat ou tout autre animal sacré. Mais pourquoi ne pas tuer un enfant, si c'est pour son bien ? Éclaire-moi, Huy. Je suis troublé par ce que le roi me dit en

songe, et j'ai besoin de ton aide. Aton était compréhensible; mais maintenant, je ne sais plus. Je suis déchiré entre la vengeance et le salut.

— Que dis-tu ? »

Huy se souleva sur un coude. Il aurait voulu monter la mèche, pour mieux voir les yeux de son visiteur. Les ombres emprisonnées vacillaient sur le mur. Il avait envie plus que tout de se lever, mais Sourérê maintenait la lame près de sa gorge, tous ses muscles tendus. Il possédait véritablement la vigilance surnaturelle d'un homme traqué.

« Cet âge est mauvais. Après la lumière viennent les ténèbres. A quoi bon continuer cette course si c'est pour s'enfoncer dans l'obscurité ?

— Y a-t-il un autre moyen de nous ramener vers la lumière? Je croyais que c'était le but de ta mission.

— Il se peut qu'on en ait perdu le chemin, dit Sourérê, hésitant, en détournant les yeux.

— Qui te l'a dit ?

— Personne.

— Le roi t'a-t-il parlé de cela ?

— Assez ! »

Un sanglot sans larmes monta à ses lèvres, mais il se maîtrisa.

« Pardonne-moi. Toute ma vie je me suis efforcé de vivre dans la Vérité. A présent, je ne sais plus où j'en suis.

— Qui est le roi ? Qui est celui que tu vois en réalité ? demanda doucement Huy, après une pause.

— Je te l'ai dit ! Notre roi ! Akhenaton !

— Tu l'as revu ?

— Oh ! oui.

— Où le rencontres-tu ? »

Huy sut qu'il était allé trop loin, trop vite. La ruse était revenue sur le visage de Sourérê.

« Pourquoi ? Tu veux me l'enlever ? Tu es à leur solde, maintenant.

— Je ne suis à la solde de personne.

— Crois-tu que je ne reconnais pas la livrée d'Ipouky ? A quoi joues-tu ?

— Il faut bien que je mange.

— Alors tu fais des compromis, conclut Sourérê avec mépris. Au moins, tu as choisi un homme de bien.

— Il a abandonné Aton pour sauver sa vie, comme les autres.

— Et toi, qu'as-tu fait ? J'ai beaucoup réfléchi. J'ai été trop prompt à condamner quand, avec le temps, j'aurais pu guider vers la rédemption. Ne connaissais-tu pas Ipouky, avant ?

— Non.

— Il était très épris de sa femme. Elle lui était infiniment supérieure mais il ne l'en aimait pas moins. Quand elle est partie, il s'est raccroché à son ombre en la personne de sa fille.

— Et l'a maltraitée ? demanda Huy, encore peu sûr de la réponse qu'il eût lui-même donnée à sa question.

— Je ne peux le croire, dit Sourérê, dont les yeux se voilèrent à l'évocation de ces souvenirs.

— Tu parlais de rédemption », lui rappela Huy avec douceur.

La pointe de la dague s'abaissa. Huy observait Sourérê. Il était plus grand que lui et les travaux forcés avaient musclé et desséché son corps. Cependant, il était plus vieux, et il avait baissé la garde. C'était l'instant ou jamais de le capturer. Mais si Huy avait le dessus, que ferait-il ensuite ? Il aurait démérité en trahissant la fragile confiance que Sourérê plaçait en lui, et s'il le livrait à Kenamoun, il perdrait toute trace du fil ténu qui semblait d'une certaine façon lier Sourérê à la mort des adolescentes. Kenamoun recourrait à l'aiguille et aux tenailles pour détruire ce qui restait d'équilibre dans son esprit confus, et lui extorquerait une confession.

« Alors, tu ne peux avoir tué, reprit Huy.

— Mais si je l'avais fait, cela n'aurait pas d'importance. La mort, elle aussi, est rédemptrice, si elle sauve l'innocent de la corruption. »

Huy sentit le monde se refermer sur lui. En entendant ces mots, il crut être assis en son propre centre, dans la chambre la plus secrète de son cœur. Les deux hommes, forcés par le destin à ce semblant d'intimité, restèrent face à face en silence, à court de mots. Finalement, Sourérê se leva.

« Ne me suis pas, Huy, ordonna-t-il avec son autorité d'antan.

— Dis-moi qui te protège.

— Quelqu'un qui a une dette envers le roi.

— Tu t'en vas, et je ne sais pas si je t'ai aidé. Je ne sais même pas si je le devrais.

— Tu devrais me livrer. Mais à quoi cela t'avancerait-il ? Ne tente pas de me suivre. »

Sourérê posa la dague, tourna les talons et se dirigea vers les marches. Huy l'entendit descendre, puis vinrent le léger grincement et le déclic de la porte. Ensuite, la nuit l'enveloppa de son silence.

Pour faire entrer Huy à la Gloire de Seth, Ipouky avait été forcé de mettre son intendant dans la confidence. Le stratagème le plus simple était de faire passer Huy pour un client. Il porterait des vêtements privés et prétendrait être un marchand de la capitale du Nord. Des bijoux coûteux et du maquillage, sous lesquels Huy se sentait gauche et mal à l'aise, parachevèrent cet étalage de richesses.

Le lieu était construit sur le même plan que la Cité des rêves, quoique plus luxueusement décoré et meublé. Personne ne lui avait posé de questions, personne n'avait paru former de soupçons. Du hall d'entrée banal, il fut conduit par un jeune homme silencieux et désinvolte, qui aurait pu être un fonctionnaire, dans une pièce aux murs ornés de frises dépeignant les perversions dont le bordel faisait commerce. En les parcourant des yeux, Huy sentit son agitation se changer en mépris, puis en pitié, car il n'y avait là que des fantasmes pitoyables.

« Choisis, je te prie.

— Que je choisisse ?

— Ce que tu aimerais faire. A moins que tu préfères regarder ? Certains le font, au début, pour se mettre dans l'ambiance. Certains de nos meilleurs clients se bornent même à regarder. »

Ce jeune homme réussissait à allier la connivence à l'indifférence aseptisée d'une infirmière. Il se tenait trop près au gré de Huy ; il empiétait sur son espace vital. Huy percevait la senteur suave de l'huile qu'il utilisait pour son visage et ses cheveux.

Il reporta son regard sur les murs. Des personnages y étaient figurés en rangs bien nets, engagés dans des activités qui démentaient la solennité de leur visage. La première scène représentait deux enfants flagellant une fille ligotée, peut-être leur nourrice. Dans une autre, une femme mûrissante enfonçait un instrument fourchu dans l'anus d'un homme musclé coiffé du masque d'Horus. Plus loin, un jeune couple attaché dos à dos était menacé par trois créatures munies de torches. Une fillette insérait des hameçons dans le pénis d'un homme suspendu par les poignets et entravé par un fil de bronze. Dans une cinquième scène, un homme et une femme à quatre pattes, attelés à un char miniature, étaient fouettés par un nain assis à la place du cocher.

« Je cherche une fille particulière, dit Huy.

— N'est-ce pas notre cas à tous ? »

Le ton sec du jeune homme frisait l'impatience. Huy sentit la colère monter en lui, mais il s'astreignit à rester calme en décrivant la jeune morte du pays des Deux Fleuves.

« Jamais vue, dit l'autre laconiquement. Que faisait-elle ? Elle infligeait la douleur, ou la subissait ? Mais tu aimerais peut-être un petit mélange des deux. Maintenant... »

Il ne termina pas sa phrase. Huy l'avait empoigné à la gorge, soulevé de son siège, et lui martelait le crâne contre le mur avec une violence qui fit craquer le plâtre. Un petit fragment de la scène représentant le couple au char s'effrita, tomba et se brisa.

« Dis-moi seulement quand elle est partie », ordonna Huy.

L'homme lui cracha en pleine figure. Un filet de sang coulait de sa bouche. Huy serra le cou fin ; le visage au-dessus bleuit et des larmes lui montèrent aux yeux. Quand le cou perdit sa résistance et que les yeux s'exorbitèrent, Huy relâcha son étreinte.

« Parle. »

Le jeune homme, qui n'avait plus l'air si désinvolte avec sa perruque de guingois, aspira avidement l'air et toussa.

« ... faisais que... mon travail, articula-t-il péniblement.

— Quel travail ? interrogea Huy en resserrant ses doigts.

— Non...

— Alors, parle. »

Mollement, le jeune homme obtempéra. La fille était arrivée d'une région du Nord en début de saison. Elle semblait, selon ses propres dires, posséder de l'expérience dans ce qu'ils recherchaient, et ils l'avaient mise à l'épreuve. Pendant l'essentiel du récit que Huy eut ensuite à subir durant plusieurs minutes, sa seule défense contre la tentation de briser cet homme sur son genou fut d'invoquer l'Horus en lui.

« Ce fut inhabituel. Ce qui se passe ici est rarement réel. Quelques-unes des filles aiment ça, mais la plupart simulent. Aussi, ce n'était pas comme si elle avait été maltraitée. »

Il contempla Huy d'un air d'excuse, servile comme s'il craignait un nouveau coup.

« Mais ensuite, nous avons appris qu'elle avait été tuée.

— Battue, violée et poignardée.

— Cela n'est pas arrivé ici.

— Qui étaient ses clients ?

— Et toi, qui es-tu ? répliqua le jeune homme, les traits figés.

— La Vengeance. »

Huy avait prononcé ces mots avant de mesurer ce qu'ils avaient de grandiloquent. Il avait compté sans l'effet produit par sa fureur et son apparence sur le jeune homme, qui se mit à trembler. Le silence fut rompu par un long hurlement, venu des profondeurs de l'édifice.

« Est-ce Horemheb qui t'envoie ? demanda enfin le jeune homme.

— Oui.

— Je ne comprends pas. Ceux qui viennent ici sont puissants. Leur plaisir ne fait de mal à personne. Pourquoi devraient-ils renoncer à s'y adonner ?

— Horemheb comprend qu'il ne peut vous atteindre. Soit. Mais il ne voudrait pas que vous pensiez qu'il vous a oubliés. Qui étaient ses clients ? »

Une expression déplaisante passa rapidement sur le visage du jeune homme.

« Je ne crois pas que tu sois l'envoyé de Horemheb. Mes maîtres et lui se sont compris. »

Il fit un bref signal de la tête. Huy comprit trop tard que son regard, fixé dans une autre direction, s'adressait à quelqu'un derrière lui. Il ne vit pas ses assaillants. Il fut saisi par-derrière par deux hommes qui lui immobilisèrent les bras et foncèrent contre le mur où ils l'écrasèrent à son tour, le jeune homme s'écartant d'un bond pour laisser la place à ses sauveurs. Huy sentit ses dents grincer contre le plâtre, puis on l'agrippa par les cheveux et on lui tira la tête en arrière. Il vit en gros plan une des images peintes sur le mur, qu'il n'avait pas remarquée précédemment. A cet instant critique, il la distingua avec une acuité saisissante. Deux hommes d'âge mûr étaient accroupis sur une fille nue, attachée sur le ventre à une sorte de chevalet de bois. Au moyen d'aiguilles pointues et d'encre, ils lui tatouaient un dessin sur le dos. L'un travaillait pendant que l'autre regardait, étreignant son membre démesuré.

La besogne était presque terminée et le résultat clairement visible : en haut de l'omoplate gauche se lovait un petit scorpion, grossièrement exécuté.

« Pas sur le mur, dit le jeune homme. Il y a déjà eu assez de dégâts comme ça. »

Ils le firent pivoter et lui cognèrent le crâne contre un tabouret jusqu'à ce que son cerveau entre en ébullition. Puis le sang tournoya devant ses yeux et tout devint noir.

10

La veille de son mariage, Nephtys fut retrouvée morte. Contrairement à son habitude, elle avait demandé à rester seule. La cérémonie, simple échange privé d'intentions mutuelles, où le principal élément officiel serait le contrat exposant par le menu quels biens conserverait chaque conjoint en cas de divorce, serait néanmoins prétexte à une réception durant laquelle les parents respectifs rivaliseraient de largesses, feraient montre de leur fortune et arrangeraient des rencontres pour leurs enfants encore célibataires.

Huy se remettait de ses blessures, maudissant son avant-bras gauche cassé que le médecin de la Maison de Vie avait mis dans une attelle puis bandé trop étroitement. Il apprit le meurtre par Nebamon, qui le réveilla vers la onzième heure de la nuit en tambourinant furieusement à sa porte. Malgré ses yeux rougis, le jeune homme semblait calme — jusqu'au moment où Huy lui tendit une coupe de bière. Ses mains tremblaient si violemment qu'il fut incapable de la porter à ses lèvres. Il lui fallut plusieurs minutes pour arriver à s'exprimer.

La jeune fille potelée et si pleine de vie avait été

exécutée de la même manière que les victimes précédentes. On l'avait découverte allongée sur le dos, nue, les mains jointes. Le corps ne présentait aucune lésion, aucune trace de lutte.

« A présent j'ai perdu deux sœurs. Je sais que tu travailles pour Ipouky, mais tu dois, oui, tu dois absolument accepter mon aide. J'en ai le droit. Je cherche vengeance.

— Et Ankhou ?

— Il organise sa chasse comme il l'entend.

— Pourquoi ne te joins-tu pas à lui ?

— Parce que je pense que tu sais ce que tu fais. »

Sa réponse, telle qu'il l'avait donnée, semblait trop bien préparée.

« Ne veux-tu pas me dire ce que tu as appris ? poursuivit-il. Je suis plus vieux que le roi, et la douleur a fait de moi un homme. »

Huy songea à Réni. Comment réagissait le vieux scribe ? Que devenait son détachement philosophique ? Était-il toujours aussi disposé à laisser l'enquête aux mains des Mézai ? Et que lui disait son cœur à propos des dieux qui l'avaient distingué, lui entre tous, pour subir ce destin-là ? Qui blâmait-il, vers qui se tournerait-il pour trouver le réconfort et la protection ? Sa fille puînée était déjà presque prête pour l'inhumation — le corps vidé, desséché, regarni, paré en vue de la longue nuit, bandeletté du lin le plus fin avec un scarabée sur le cœur, et déposé dans son cercueil de cèdre peint. Bientôt sa bouche serait ouverte par le prêtre-lecteur et la purification lui serait administrée par le prêtre de Sem. Horus lui rendrait l'usage des cinq sens avant qu'elle ne pénètre dans les Champs d'Éarrou. Elle descendrait dans le Hall des Deux Vérités et se présenterait devant les Quarante-Deux Juges. Puis Nephtys la suivrait, et au lieu de se tenir en jeune épousée devant Rénénoutet et Taouaret, ombre, elle irait à la rencontre d'Anubis et d'Osiris.

Réni chercherait-il la consolation dans les bras de sa dernière fille, ou l'oubli dans le vin ? Peut-être choisirait-il une autre voie. Après avoir revu le scribe, Huy n'avait plus guère de doute sur l'identité du riche client de la Cité des rêves, et savait pourquoi le profil entr'aperçu lui avait paru familier. Il se rappela le bleu sur l'épaule de Kafy. Les autres membres de la famille connaissaient-ils ses préférences ? Nephtys les ignorait. Comment réagirait Ankhou s'il les découvrait ?

Cette nouvelle mort indiquait que les motifs du tueur n'avaient pas changé. Le meurtre d'Isis avait pu être une aberration, ou n'avoir aucun rapport avec les autres. De toute évidence, Merymosé avait péri parce qu'il avait trouvé une piste assez importante pour menacer le tueur, et Huy avait conscience que sa propre réticence à se fier au policier avait été une cause indirecte de sa mort.

Un seul détail restait à vérifier, et il savait qu'il ne pourrait accomplir cette tâche lui-même. Ipouky ne pourrait lui obtenir l'autorisation de voir le dernier corps, et il ne bénéficiait plus du statut officiel qui lui avait permis de brusquer l'embaumeur. Pouvait-il demander au jeune Nebamon de se charger à sa place d'une telle besogne ? Pour cet enfant dont le deuil avait fait un homme, la meilleure forme de soulagement résidait toutefois dans l'action.

Il prit rapidement sa décision.

« J'accepte ton aide. »

L'espoir brilla dans les yeux de Nebamon, et en même temps l'empressement et la tristesse. La peur, aussi. Quels secrets hantaient la famille de Réni ?

Était-ce exposer Nebamon à un danger que de le mêler à l'affaire ? Mais il était trop tard pour se dédire.

« J'ai besoin de savoir de quelle façon Nephtys est morte. N'y a-t-il pas trace de blessure, tout comme pour Néferoukhébit ? Ce sera difficile. Il te faudra examiner attentivement son corps. »

Il avait décidé de ne pas mettre le jeune homme sur la voie. Mais Nebamon lui répondit :

« Je l'ai déjà fait. Je savais qu'il y avait forcément une blessure : Nephtys n'a été ni noyée, ni étranglée, ni empoisonnée. Il y a une petite marque, à peine plus grosse qu'une pointe d'aiguille, sous son sein gauche.

— Je vois.

— Est-ce ainsi que les autres ont été tuées ?

— Oui.

— Que fait-on, maintenant ?

— Rentre chez toi. Console tes parents. Fais ton possible pour découvrir les intentions d'Ankhou. Il faut avancer avec précaution pour ne pas effaroucher notre gibier. »

Nebamon partit. Huy le regarda traverser la petite place sur laquelle donnait son logis, et disparaître au coin d'une rue pour regagner le quartier du palais. Il songea aux préparatifs de mariage abandonnés, aux pensées que remuait le fiancé dont il ne connaissait même pas le nom, aux décorations désormais dérisoires. Nous instaurons l'ordre et nous nous croyons maîtres de la situation, se dit-il. Alors Nou renverse la table et brise ce que nous avons mis toute une vie à construire. Peut-être un jour parviendra-t-il même à anéantir les pyramides que nous avons édifiées pour braver son chaos. Si solide que nous bâtissions, nos vies restent telles des cahutes de paille et de boue, à la merci du Fleuve et du Soleil.

Ayant endossé la livrée discrète de la maison d'Ipouky, son visage couvert d'un maquillage dissimulant la majeure partie de ses ecchymoses, et son bras attaché dans une écharpe de lin, Huy consacra les deux journées suivantes à des courses fictives dans le quartier du palais. Grâce à ce subterfuge, il passa assez souvent devant la demeure de Réni pour pouvoir juger de l'état et de la hauteur des murs, du nombre d'issues et des rues où elles aboutissaient. Les murs étaient revêtus d'un plâtre rendant l'escalade difficilement praticable ; d'ailleurs, si quelqu'un avait tenté d'emprunter ce chemin, des éraflures l'auraient assurément indiqué. Il y avait deux portes, outre l'entrée principale : une petite qui donnait directement accès au jardin depuis une allée parallèle au flanc est de la maison, et un double portail, destiné aux chariots et aux charrettes, débouchant sur une large place en face du mur nord.

Pendant ces deux jours, aucun membre de la famille ne quitta la maison, à une seule exception. Ankhou, qui oignait d'huile ses bras musclés pour les présenter à leur avantage mais dont l'estomac s'amollissait déjà, avait accompagné le char étroit, tiré par un bœuf blanc, qui emportait chez l'embaumeur la dépouille de Nephtys, enveloppée d'un drap en lin blanc. Huy l'avait suivi. Au sortir de chez l'embaumeur, Ankhou s'était rendu à la Caserne Est où il avait passé l'après-midi à boire avec des amis. Il n'en était parti que lorsque le soleil dans sa barque *seqtet* naviguait vers l'Horizon de Manou, et ne s'était arrêté que pour acheter de la menthe et de la coriandre à un étal, et boire plusieurs tasses auprès d'un porteur d'eau.

Réni, son épouse et la fille aînée ne donnaient pas signe de vie. Nebamon ne tenta pas d'entrer en contact avec Huy. Un flot constant de visiteurs fréquentait la maison, parmi lesquels Ipouky.

« C'est curieux, lui confia plus tard son employeur. Réni a pris de l'âge. Il s'est recroquevillé comme s'il se préparait déjà à retourner vers Geb. Quand je suis allé lui parler, c'est à peine s'il m'a remarqué. Les frères aspirent à la vengeance, l'aîné surtout, mais il ne sait que faire. Il m'a demandé si ses hommes pouvaient collaborer avec les miens. Ce sont de mauvais sujets, des élèves officiers, et je doute qu'ils fassent davantage que trouver un exutoire en remuant beaucoup d'air, sans aller au fond de l'affaire. Ils boiront, jureront et projetteront des exploits grandioses. S'ils trouvent Sourérê, ils lui arracheront les membres un à un. Nebamon, lui, est plus posé. Le connais-tu ?

— Non. Je ne l'ai rencontré qu'une fois.

— Il est intelligent, mais je n'arrive pas à le cerner. La mère et la fille ont gagné en stature. Elles sont devenues la force de la famille, la fille en particulier. Toutefois, le visage de la mère reflète une âpre satisfaction, comme si une prophétie dont elle avait attendu l'accomplissement s'était enfin réalisée. Mais je crains pour elles. Tu dois absolument retrouver Pahéri et mettre fin à ses agissements.

— Es-tu sûr de ne rien savoir de plus ? On ne peut retrouver une bête féroce qu'en surveillant le lieu où elle a tué pour la dernière fois. »

Ipouky plongea son regard dans celui de Huy.

« Je sais que tu ne m'accordes pas toute ta confiance, et pourquoi le ferais-tu, quand tout ce que j'ai à t'offrir est ma conviction que mon fils est là ? Mais mon âme sent sa présence, dit-il, se frappant les cuisses en un geste de frustration. A ta place, moi non plus je ne donnerais pas grand crédit à ces pressentiments. »

La panique qui s'était déjà emparée d'autres parents dans le quartier du palais avait ressuscité avec une force accrue. Horemheb fit proclamer un avis selon lequel l'enquête de Kenamoun porterait bientôt ses fruits et seule était utile l'observance des mesures de sécurité ordinaires. La saison s'avançait, et chaque jour le temps était plus chaud. Bientôt viendrait *akhet*, la saison de l'Inondation, mais l'on ne croyait pas que le Fleuve monterait autant qu'il le fallait. Or si la crue s'arrêtait ne fût-ce que d'une fraction sous le niveau minimal, une année de famine s'ensuivrait. Les gens étaient inquiets. Les choses n'allaient pas bien. Où étaient les dieux ? Pourquoi ne venaient-ils pas les secourir dans leur détresse ? Était-ce le début d'un Jugement ?

« Où en est Kenamoun ? demanda Huy.

— Horemheb lui mène la vie dure. Il veut faire un grand déploiement de forces. Nous aurons bientôt deux hommes dans chacune de nos rues, et par conséquent plus aucun dans le quartier du port où le crime redoublera. Il est également question de faire appel à l'armée. Mais certains disent que Sourérê a invoqué des démons, et que de simples mortels ne seront d'aucune utilité contre eux. Quant à Kenamoun, en dépit de son calme apparent, il est toujours en sueur.

— Si Sourérê est encore en ville, ils le trouveront. »

Ipouky acquiesça, mais il resta songeur.

Le troisième jour, Nebamon et Ankhou quittèrent ensemble leur demeure au petit matin. Huy remarqua immédiatement qu'ils n'étaient pas armés. Le soleil filtrait dans les rues ocre, profondément encaissées, à travers une brume tenace. Deux aigrettes, dérangées par le claquement produit par la porte du jardin en se refermant, quittèrent le mur où elles étaient perchées et décrivirent un cercle au-dessus de la maison de Réni avant de prendre la direction du Fleuve. Huy avait élu domicile chez Ipouky, dans une petite pièce du haut où les jeunes enfants venaient le contempler avec curiosité. Chaque nuit il s'était levé à la neuvième heure — bien avant l'apparition du soleil — pour se poster sur la place au nord de chez Réni, sous un porche d'où il pouvait observer à la fois l'allée et le grand portail. L'entrée principale était toujours surveillée par un portier, et il eût été impossible d'ouvrir sans aide les grands battants du portail nord, aussi Huy en déduisit-il que si quelqu'un voulait entrer ou sortir de la maison sans se faire voir, il lui faudrait emprunter l'entrée du jardin ; mais l'allée était trop rectiligne et étroite pour offrir une cachette. Les renforts de police entreraient en action dès la nuit suivante, ce dont les autorités n'avaient pas fait secret afin d'apaiser les esprits. Huy avait conclu que si un membre de la maisonnée souhaitait entreprendre une action clandestine, ce serait le moment idéal.

Malgré l'heure matinale, la place n'était pas déserte. Déjà des serviteurs étaient descendus au port et s'en revenaient chargés de poissons — destinés à leurs propres repas, car les grands seigneurs qui vivaient ici ne se seraient jamais abaissés à consommer de la chair maudite. Pour leur petit déjeuner, les domestiques auraient du *ful*[1], des olives et du fromage blanc, après quoi ils confectionneraient des repas plus somptueux pour leurs maîtres, composés de dattes, de grenades, de gâteaux au miel et, dans le

1. *Ful* : ragoût de fèves à l'huile. (*N.d.T.*)

palais lui-même, des fruits du *depeh*[1], cette rareté que l'on continuait d'importer de l'Empire du Nord désormais perdu. Évoluant en silence dans la brume, leur ombre mince projetée derrière eux par le soleil, ils semblaient peupler un rêve.

Avec détermination et sans échanger de paroles, les deux frères descendirent l'allée vers le sud puis, une fois au bout, bifurquèrent vers l'ouest, tandis que la brume mouvante se dissipait derrière eux. Ankhou portait un paquet enveloppé de feuilles de vigne. Huy les suivait à bonne distance. Il était incommodé par son bras cassé et savait que si Nebamon l'apercevait, il reconnaîtrait aussitôt sa silhouette trapue.

Pendant qu'ils allaient par les rues et traversaient les places du quartier du palais en reprenant la direction du nord, les passants se firent plus nombreux, ce qui facilita la filature. Mais cela obligeait aussi Huy à les suivre de plus près, pour éviter de les perdre dans la foule. Il réfléchissait à ce qu'il ferait au cas où ils se séparaient, bien que son cœur envisageât la possibilité que Nebamon se fût arrangé pour accompagner son frère. Une colonne de soldats, marchant vers le palais, lui barra la route toute une minute, mais Huy avait d'ores et déjà la certitude que les fils de Réni se dirigeaient vers la cité proprement dite et, poursuivant dans cette voie, il les rattrapa bien vite.

En se dissimulant derrière un grand char à bœufs chargé de jarres à provisions, Huy réussit à traverser sans se faire voir l'espace découvert qui séparait le palais de la cité, mais aucun des frères ne semblait conscient d'être suivi. Ils prirent la route principale

1. *Depeh* : pommier. (*N.d.T.*)

qui coupait en deux la capitale du Sud suivant un axe nord-sud, et tournèrent à droite, dans une rue montant en pente douce vers le sommet d'une petite colline. C'était un quartier résidentiel, encore désert. Sachant que les artères formaient un quadrillage, Huy n'eut aucune peine à conserver un angle d'écart avec son gibier. L'inconvénient résidait dans la similitude des rues. Du côté de la route, les demeures ne présentaient qu'un mur nu, ponctué à intervalles irréguliers de portes donnant sur des cours et, de temps en temps, d'une petite fenêtre en étage.

Huy suivait Nebamon et Ankhou en mémorisant le nombre de virages à droite et à gauche qu'ils avaient accomplis depuis qu'ils avaient quitté la route en pente, cinq minutes plus tôt, quand soudain il sut où il était. Il ralentit le pas à l'approche de la rue suivante et tourna au coin avec prudence.

Là, comme dans une fresque, se trouvait la maison. Sans en être bien conscient sur le coup, il fut certain que c'était celle-là. Il vit la chaux qui avait viré au beige pâle, la porte marron écaillée. En haut, le mur était percé d'une petite fenêtre aux volets clos. A cette exception près, il était nu jusqu'à la toiture en tuiles et sur vingt pas de part et d'autre.

Ankhou frappa à la porte, qui s'ouvrit presque immédiatement pour se refermer derrière lui sitôt qu'il fut entré. Nebamon patienta dehors. Observant la scène du coin de la rue, Huy priait pour qu'aucun serviteur ne survienne et ne l'interroge sur sa présence. Le mur de la maison d'en face était aveugle, comme il s'y attendait. La porte d'entrée était donc à l'abri des regards. Il n'y avait là aucune échoppe, aucun puits, pas même une place ombragée à l'extrémité de la rue.

La brume s'était dispersée, et le soleil levant, dans

sa barque *matet*, jetait une lumière blanche qui ne créait pas d'ombres. Tâchant d'amortir le crissement du gravier sous ses sandales, Huy quitta l'angle de la rue et trouva un petit coin d'ombre. Il se couvrit la tête et s'accroupit pour attendre.

A peine cinq minutes plus tard, Ankhou ressortit et reprit le chemin en sens inverse, Nebamon lui emboîtant le pas sans un mot. Il ne portait plus le paquet enveloppé de feuilles. Huy les regarda partir. Ankhou avait les sourcils froncés et les mâchoires crispées par la colère.

Pour Huy, l'attente recommença. Rien ne bougeait, aucun bruit ne résonnait. Tous ceux qui devaient sortir étaient sûrement déjà partis, et personne ne reviendrait avant que le soleil eût dépassé son zénith. La lumière blanchissait le sol poudreux, et dans sa progression le soleil le priva de l'ombre avare. Une heure s'écoula. Comme sur un signal, les grillons entonnèrent à l'unisson leur chant monotone, qui le fit somnoler. A nouveau, de petites ombres commencèrent à investir la rue. Si intense était le silence qu'un cobra sortit d'un coin invisible. Noir sur le sol blanc, lent et souple, il traça son chemin jusqu'au milieu de la voie. Une autre heure passa. Huy se demandait s'il n'avait pas eu tort de rester, et s'il se pouvait que personne ne sortît avant la nuit, quand la porte s'ouvrit. Apparut un homme de haute taille, bien vêtu, la tête enturbannée pour se prémunir du soleil, qui descendit la route d'un pas pressé vers le centre de la ville.

Huy avait immédiatement reconnu Sourérê mais, habillé comme il l'était, personne d'autre ne devinerait son identité. Huy était satisfait d'avoir suivi le même raisonnement que lui : cette heure du jour était la plus sûre pour circuler — les gens avaient l'esprit tout à leur travail et à leurs propres affaires, les rues grouillaient de monde et la chaleur étouffante émoussait les sens, sauf chez ceux à qui il fallait rester vigilant pour survivre.

Dès que la mince silhouette eut disparu au bout de la rue, Huy s'approcha rapidement de la porte et en palpa le pourtour de sa main droite. C'était une porte de bonne qualité, encastrée dans le mur, et au verrou si astucieusement dissimulé qu'il ne parvint pas à le trouver. Cependant, elle comportait en son centre une poignée de bois. Huy réussit à y caler son pied et, s'étirant de tout son long, à agripper le bord supérieur du linteau qui surplombait la porte, puis à se hisser. En équilibre sur ses pieds, accroché à la pierre par sa main gauche au prix d'un douloureux effort pour son bras blessé, il tendit la main droite vers les volets de la petite fenêtre et essaya de les forcer. La sueur ruisselait sur son front. Il expulsa violemment l'air de ses poumons lorsque les persiennes cédèrent. Emportées par leur propre poids, elles claquèrent contre le mur. Huy retint son souffle. Le bruit avait résonné comme un coup de tonnerre. Un long moment, il resta suspendu ainsi, répugnant à quitter sans raison cette position atteinte à grand-peine mais craignant que quelqu'un ne surgisse. Personne ne parut. Laborieusement, il posa sa main valide sur le rebord de la fenêtre, s'allongea de toute sa taille, et réussit se hisser puis à s'introduire par la fenêtre.

Il retomba sur le plancher avec fracas, poignardé par la souffrance : tout son poids avait porté sur son bras gauche. Mais il se releva d'un bond et referma les volets. Il avait immédiatement reconnu la pièce. Avec précaution, il s'approcha de la porte et tendit l'oreille ; mais il savait qu'il y avait pas de domestique ni même de chien, car il les aurait réveillés depuis longtemps. Une partie de son cœur se permit brièvement de s'amuser de sa témérité. Puis il ouvrit la porte.

Il se retrouva sur une étroite coursive, dominant une cour beaucoup plus petite que ne le justifiait la façade de la maison. Elle offrait un aspect à la fois net et négligé : un palmier poussiéreux s'inclinait au-dessus d'un banc de pierre, près d'un petit bassin à moitié vide. Il n'y avait pas signe de vie, et rien n'indiquait que les lieux étaient occupés. A côté de la porte qu'il venait de franchir s'en trouvait une autre et, à côté de celle-ci, une fenêtre intérieure. Au-delà, des marches raides — presque aussi abruptes qu'une échelle — donnaient accès à la cour.

Huy ne voulait pas passer plus de temps que nécessaire en haut, où il se sentait pris au piège, car il était hors de question qu'il s'échappe de la maison par la voie qu'il avait empruntée pour y entrer. Hâtivement, il essaya d'ouvrir la porte de la seconde pièce et la sentit céder. A l'intérieur, il vit un vieux lit qui ne semblait pas utilisé et la traditionnelle table basse accompagnée d'une chaise. Une fouille rapide ne lui permit de découvrir que deux rouleaux de papyrus effrités où l'écriture pâlie était indéchiffrable.

Il n'y avait pas d'autre chambre à cet étage : le mur formant le côté opposé de la cour devait appartenir à la demeure voisine. En bas restaient deux pièces. L'une était un vestibule. L'autre renfermait un lit, une longue table basse et trois tabourets. Sur deux des sièges avaient été placés des coffrets de bois identiques. Sur la table, le paquet apporté par

Ankhou était ouvert. Son contenu, encore disposé en piles bien nettes, scintillait dans la lumière voilée : agates, améthystes, jaspe rouge et jaune, béryls, cornaline, grenats, lapis-lazuli et perles d'or. Certaines pierres se présentaient sous forme de colliers, d'autres de pendants d'oreilles ; la plupart étaient non serties. Prenant soin de ne pas en défaire l'ordonnance, à l'affût du moindre bruit provenant de la rue, Huy porta son attention sur les deux coffrets. L'un était neuf. L'autre, constata-t-il, était usé et conservait des traces de sable. Il était en cèdre de bonne qualité, et avait le fond humide.

Chacun des coffrets fermait par de simples verrous, que Huy tira avec précaution. Sourérê n'aurait pas hésité à placer des scorpions à l'intérieur s'il avait soupçonné un instant que l'on pût y toucher. Le coffret neuf ne contenait pas de scorpion, mais des bijoux et des perles d'or. Il était presque plein à ras bord, et Huy ne put le soulever d'une seule main. Le second contenait des documents — des comptes. Chacun des cinq petits rouleaux de papyrus portait des listes serrées de chiffres, à l'encre rouge ou noire.

Huy les parcourut rapidement, et comprit. Il comprit aussi pourquoi les rouleaux de papyrus étaient neufs, alors que leur contenu concernait des transactions vieilles de sept ans. C'étaient des copies. Sourérê gardait les originaux en lieu sûr. Il devait les avoir conservés comme une sorte d'assurance, avant d'être déchu de ses fonctions.

Au-dehors, Huy ne mit pas longtemps à découvrir le trou récent sous une dalle où Sourérê avait dissimulé le coffret de documents. Il imaginait fort bien l'échange au cours duquel il remettait un petit rouleau à Ankhou en contrepartie d'une nouvelle livraison de joyaux, promettant sans doute de restituer les originaux dès qu'il serait loin et en lieu sûr. D'ici là, il avait trouvé le moyen de financer sa mission.

11

Revenu dans la pièce, Huy rangea tout exactement comme il l'avait trouvé. Il s'assura qu'il avait sa dague à portée de main puis ressortit dans la cour, et s'assit sur le banc de pierre à côté du bassin. Pour la première fois, il remarqua que la pièce d'eau contenait deux gros poissons, qui béaient côte à côte près de la surface, fixant avidement l'espace de leurs yeux stupides. Huy chercha du regard la jarre renfermant la réserve d'eau et, l'ayant trouvée, tua le temps en remplissant le bassin à ras bord au moyen d'un petit seau de bois. Espérant que les poissons seraient satisfaits, il s'étendit sur le banc en se demandant combien de temps se prolongerait son attente avant le retour de Sourérê.

Il sut qu'il avait dormi car il avait la nuque raide et le souvenir d'un rêve : il se trouvait sur le Fleuve, en bateau, avec Aahmès et Héby. C'était l'époque de la fête d'Opet. Ils étaient heureux et échangeaient des vœux de bonne année sans nulle réserve dans les yeux ni dans le cœur. Il croyait encore voir les miroitements du soleil sur l'onde. Mais, parcourant des yeux la cour obscure tout en se massant le cou, il sut qu'il était aussi seul qu'avant. Il leva la tête vers le ciel étoilé pour calculer l'heure. A en juger par la température, la sixième heure devait être passée depuis longtemps.

Il avait dû être éveillé par son instinct ou par un pressentiment, car quelques minutes plus tard le verrou de la porte glissa doucement, et Sourérê s'introduisit dans la cour. Huy ne tenta pas de quitter le banc, bien que la pierre froide endolorît son dos, mais l'ancien nomarque, l'air absorbé et le cœur tout à lui-même, ne le remarqua pas immédiatement.

Sitôt qu'il vit Huy, il bondit en avant comme un animal attaqué, sans avertissement, en portant vivement la main à sa hanche pour y prendre son couteau. Mais Huy, qui avait sorti le sien du fourreau et s'était levé tout aussi prestement, tournait déjà son flanc vers l'adversaire, en équilibre sur la pointe des pieds. Pendant quelques secondes, immobiles, ils se fixèrent en silence. L'univers s'était réduit à l'espace qu'ils occupaient. Alors Sourérê sourit.

« Ainsi, cette fois, c'est toi qui me rends visite.

— En effet.

— Comment m'as-tu trouvé ?

— J'ai suivi Ankhou. J'étais surpris de le voir. Je croyais qu'il réunissait une troupe pour te capturer. »

L'air pensif, Sourérê répondit :

« C'est improbable. Ce garçon est un fanfaron. En tout cas, comme tu l'as constaté, il sait où je réside. Depuis quand es-tu ici ?

— Depuis que tu es parti.

— Alors, tu as tout trouvé.

— Tu n'avais rien caché.

— Tout était fini, dit Sourérê en haussant les épaules.

— As-tu les papyrus originaux ?

— En lieu sûr.

— Pourquoi as-tu fait cela, Sourérê ?

— C'était un moyen d'assurer ma protection, et c'est devenu celui de rassembler des fonds pour ma mission. Je me contentais de recouvrer ce qui appartenait de plein droit à Aton.

— Quand cela a-t-il commencé ?

— Il y a bien des années, dit Sourérê en souriant.

— A la cité de l'Horizon ?

— Oui.

— Comment as-tu eu vent des agissements de Réni ?

— J'avais la confiance de la reine. Elle ne connaissait rien aux chiffres, mais elle avait l'intuition de quelque chose d'anormal. Je lui ai promis de surveiller les comptes.

— Mais comment es-tu entré en possession de ces documents ?

— Ce fut aisé. Réni avait fui la ville avant qu'elle ne tombe. Beaucoup de hauts fonctionnaires pensaient que leur ardoise serait effacée à la chute du roi. J'ai moi-même réalisé des copies que j'ai fait cacher, ainsi que les originaux, dans la capitale du Sud, peu avant la mort d'Akhenaton. Nous savions tous que sa fin était imminente.

— Qui les a cachés pour toi ?

— Une personne de confiance. Amenénopet, le doux enfant.

— Comment savais-tu que tu en aurais besoin ? »

A nouveau, Sourérê esquissa un sourire.

« Je l'ignorais. Mais je n'ignorais pas, en revanche, que Réni était assez fourbe pour survivre à la débâcle. J'ai juré que si jamais je survivais, je le lui ferais payer.

— J'ai lu tes copies. Réni croyait-il que tu possédais encore les originaux ?

— Il ne pouvait courir de risques. Il avait reconnu son ouvrage et c'était logique qu'il me paie. Si l'État l'avait percé à jour, il aurait été contraint de tout restituer. Il serait tombé en disgrâce et aurait été exilé loin de la cité. Cela l'aurait tué.

— Il aurait pu te supprimer.

— Ce risque-là existait. Mais il avait trop peur, je pense. Il ne pouvait savoir ce que j'avais fait des originaux, qu'il croyait détruits depuis des années. Il ne pouvait savoir quelles dispositions j'avais prises.

— Lesquelles ?

— Aucune. Mais j'avais la certitude que Dieu me protégerait, puisque je le servais.

— Et les filles de Réni ? »

Sourérê poussa un soupir.

« Ce furent des événements regrettables. Après le meurtre de Nephtys, j'ai su que je ne pouvais plus compter sur lui. Sa tristesse lui faisait commettre des imprudences. Il se mit à parler de sacrifices à Selkit, sa déesse tutélaire. »

Les pensées de Huy se précipitèrent. Selkit, la déesse de la chaleur des rayons solaires ! La déesse-scorpion...

« Je lui ai dit qu'elle ne lui serait d'aucun secours. Il avait saisi ce qui appartenait à Amon avec ordre de l'offrir à Aton. Mais il s'était servi au passage. »

Huy se souvint des grandes levées de taxes imposées à l'ancienne religion par Akhenaton, peu avant son départ de la capitale du Sud pour la cité de l'Horizon. Réni y avait été mêlé de très près. Tous les biens de valeur accumulés par les prêtres d'Amon avaient été confisqués afin de financer la nouvelle cité et le culte du Dieu Unique. Inévitablement, une partie des fonds avait disparu dans la transition, perdue dans la paperasse ; une caravane d'ânes se volatilisa dans le désert, un vaisseau commandant sombra dans le Fleuve corps et biens. A la restauration de l'ordre ancien, les prêtres d'Amon avaient récupéré leurs biens, non sans mal. Mais pas en totalité.

« Si Réni m'avait trahi, je me serais rendu à Kenamoun et j'aurais acheté ma vie en échange des comptes falsifiés. Le scribe s'est insinué dans ses bonnes grâces, et dispose de surcroît d'informations que le prêtre n'aimerait pas voir divulguer.

— Comment le sais-tu ?

— Son fils me l'a dit.

— Pourquoi ?

— Il déteste son père.

— Pourquoi alors ne l'a-t-il pas trahi ?

— Il est trop bon fils pour cela.

— Mais sait-il quels documents susceptibles de menacer Kenamoun son père a en sa possession ? »

Le sourire de Sourérê s'épanouit. Il avait l'air parfaitement sain d'esprit.

« Il y a dans le quartier du palais un bordel qui s'adresse à... une clientèle aux goûts spéciaux. Kenamoun a ce genre de goûts. Réni a investi des capitaux dans le bordel. Quand je restaurerai la vraie foi, je reviendrai ici et je réduirai en cendres les endroits comme celui-là, avec leurs occupants. Il y aura un nettoyage tel que cette ville n'en a jamais connu. Sans ce retard, et si je n'attendais pas les ordres du roi, je partirais cette nuit même. »

Stupéfait, Huy vit Sourérê se jeter brusquement sur le banc de pierre, en proie à des sanglots déchirants. Rien ne pouvait le calmer ou le réconforter. Maladroitement, il tendit la main et lui effleura l'épaule. Cela lui parut étrange d'être sur un pied d'égalité avec cet homme. C'était comme si leur passé appartenait à d'autres qu'eux. Son propre esprit aurait-il supporté ce que Sourérê avait enduré, les vicissitudes qu'il avait connues après tant de pouvoir, tant de certitude ?

La crise passa. Huy alla chercher de l'eau pour que Sourérê y baigne son visage. Pendant que celui-ci recouvrait son calme, il se mit en quête de nourriture. Mais il n'y avait rien à manger dans la maison.

« Quels sont les ordres du roi ? demanda-t-il enfin.

— Il est différent de l'homme dont j'ai le souvenir, répondit Sourérê, avide de se confier. Notre maître était toujours ferme, mais jamais cruel. S'il ne laissait rien se mettre en travers de son chemin, il ne se montrait jamais injuste envers quiconque.

— Qu'a-t-il dit ? insista Huy avec douceur.

— Je suis content que tu sois là ce soir. Je me trouve dans un tel état de perplexité ! Chaque ordre qu'il m'a donné, je l'ai exécuté : rester ici quand je voulais partir, obtenir toujours plus de Réni alors que je disposais d'assez. Et maintenant, ceci. »

Sourérê sombra dans un silence distrait et exaspérant.

« Ceci ? » hasarda Huy au bout d'un moment.

Il n'osait pas se montrer trop pressant, et ne savait pas encore si le roi avait une existence réelle ailleurs que dans le cœur de Sourérê.

« Il m'a dit que je dois m'accuser du meurtre des quatre filles. »

Huy ne répondit pas tout de suite. Il ignorait ce que Sourérê savait au juste de ces meurtres ; il n'était même pas sûr qu'il n'était pas le meurtrier. L'ordre du roi était dénué d'ambiguïté ; mais si Sourérê avait été coupable, et le roi issu de son imagination, pourquoi aurait-il eu le sentiment que cette exigence était injuste ? Et il y avait autre chose : cinq filles étaient mortes, et non quatre.

« As-tu accepté ?

— Comment le pourrais-je ? Je n'ai tué personne. S'il est nécessaire que les innocents de cette cité périssent pour que l'iniquité leur soit épargnée, alors c'est à Dieu d'en décider. Et si Dieu me choisit pour exécuter son dessein, je le saurai.

— Es-tu sûr de ne pas avoir été choisi sans que ton cœur en ait une claire connaissance ?

— Comment aurais-je perpétré ces meurtres ? En plein quartier du palais !

— Tu as appris à t'introduire n'importe où sans te faire voir.

— Tu te refuses à me croire.

— Tu sais combien de filles sont mortes. Connais-tu leurs noms ?

— Oui.

— De quelle manière ? Parce que tu les as épiées ? Parce que tu as décidé qu'elles devaient mourir ? »

Sourérê ressemblait à un animal acculé. Il prit une profonde inspiration.

« Je connais leurs noms parce que le roi me les a révélés.

— Quand ?

— La nuit dernière.

— Pourquoi devrais-je te croire ? »

Sourérê resta immobile, puis parvint à une décision.

« Il faut que tu voies le roi de tes propres yeux. Tu es un serviteur fidèle. Il t'accueillera avec joie. »

Huy hésita. La peur, soudaine et indéniable, lui nouait la gorge.

« Où le rencontres-tu ? »

Mais Sourérê était malin.

« Je te montrerai. Et tu ne me quitteras pas avant que nous nous y rendions. Je ne veux pas que tu me tendes un piège.

— Je te jure que je n'en ferai rien.

— Il m'a dit de revenir le voir la nuit prochaine. Il a dit qu'il apportera une confession. Je dois la signer puis mourir, expliqua-t-il, énonçant le fait sans exprimer davantage que du regret. Peut-être pourrons-nous l'en dissuader. J'ai une tâche beaucoup plus importante à accomplir pour lui. Mon heure n'est pas encore venue. J'enseignerai aux Sémites la doctrine d'Aton. »

Les heures qui suivirent furent pour Huy les plus longues de toute son existence. Il discuta interminablement du règne d'Akhenaton avec Sourérê, revenant sans se lasser sur les derniers jours du souverain, sa démence, le sacrifice délibéré de l'Empire du Nord. Sourérê évoquait avec tendresse son dernier amour, l'esclave affranchi Amenénopet, un joyeux adolescent à la peau blanche et aux cheveux blonds bouclés, venu d'au-delà de la Grande Verte. Comme le soleil l'avait tourmenté, au début ! Huy savait-il ce qu'il était devenu ? Que de temps il lui avait fallu pour s'habituer au nom qu'on lui avait donné sur la Terre Noire ! Son rire était pareil à un tintement de cloches d'une sonorité inconnue. Quand la conversation languit, Sourérê sortit une boîte de *senet*[1] et ils jouèrent jusqu'au coucher du soleil, chacun sentant la crispation de l'attente monter dans son estomac à mesure que s'allongeaient les ombres, et chacun sachant que l'autre éprouvait la même sensa-

1. *Senet* : littéralement, « passer ». Jeu apparenté aux dames. (*N.d.T.*)

sation. Ils n'avaient pas mangé, et Sourérê n'avait pas fait allusion à un repas. Il n'y avait à boire que de l'eau. Huy aurait voulu du pain et du vin pour se restaurer, mais il savait que le jeûne aiguisait ses sens.

Il s'arrangea pour glisser dans la conversation, à mots couverts, des questions sur la mort de Merymosé et de la fille du pays des Deux Fleuves. Sourérê ne montra aucun intérêt et ne sembla rien savoir à leur propos.

La longue attente, la conversation tendue, la nervosité croissante à l'approche de la nuit avaient fait payer leur tribut à Huy. Au contraire, Sourérê était serein. Il lui parlait constamment du réconfort qu'il tirait de sa présence et du plaisir qu'il aurait à le présenter au roi.

« Tiens-toi à l'écart, au début, recommanda-t-il. Je t'appellerai au moment voulu. »

Huy avait compris qu'ils n'avaient pas rendez-vous avec un roi. Il tâta la dague qui reposait contre sa cuisse, sous son pagne. Le lendemain, il exposerait à Ipouky la conviction qu'il avait formée. Ipouky la rapporterait à Kenamoun, et Kenamoun aurait son meurtrier. Alors, Huy découvrirait peut-être pourquoi Merymosé et la fille des Deux Fleuves avaient connu un tel sort, et comment leur mort s'imbriquait dans le puzzle dont il venait de découvrir deux nouvelles pièces.

Enfin Sourérê se leva, et soudain toutes ces heures d'attente semblèrent trop brèves. Il faudrait mépriser la fatigue. Huy s'aspergea le visage d'eau et épousseta son pagne. Il avait l'estomac creux.

« Je suis prêt », dit-il.

Sourérê avait caché les deux coffrets en les repoussant sous le lit avec une négligence peu caractéristique, qui révélait que son cœur était déjà ailleurs. En silence, ils franchirent la porte et sortirent dans la rue. La lune était voilée mais le firmament étincelait d'étoiles — les immortelles, qui existaient avant les dieux eux-mêmes, et qui avaient contemplé la Terre Noire avant que les hommes, les découvreurs de Dieu, eussent foulé le sol. Tel avait été l'enseignement d'Aton. De quelle étrange créature sommes-nous issus ? songeait Huy en suivant le dos maigre de Sourérê, qui, ouvrant la marche, descendait les rues vers le quai.

A part quelques hommes de faction sur les navires chargés, il n'y avait personne. Sourérê longea le front de l'eau vers le nord, jusqu'à une jetée de bois terminée par une échelle, au pied de laquelle un petit bac était amarré. Ils y embarquèrent et Sourérê largua les amarres, puis manœuvra l'esquif avec aisance à travers le courant.

Une fois sur la rive occidentale, ils s'encordèrent au flanc d'une des grandes barques d'ouvriers, qu'ils escaladèrent pour mettre pied à terre. Au-dessus d'eux, vers le sud, quelques petites lumières tremblotantes signalaient les tentes où certains des ouvriers des tombeaux passaient la nuit. Huy et Sourérê se dirigèrent directement vers l'intérieur des terres avant de tourner vers le nord. Huy avait compris où ils allaient, et n'en fut pas surpris. La chambre funéraire de Néfertiti ne se trouvait qu'à quelques centaines de pas.

« Je viens ici depuis mon retour dans la capitale du Sud, dit Sourérê. Son tombeau a été négligé. J'ai fait de mon mieux pour le débarrasser des décombres qui le recouvraient, mais la tâche est trop grande pour un seul homme.

— Quand le roi t'est-il apparu pour la première fois ?

— Ce fut au cours de ma troisième visite. Je pense qu'il venait ici depuis longtemps. Il l'aimait au-delà de toute mesure. »

Le cartouche renfermant le nom de Néfertiti avait été nettoyé soigneusement, le sable et les broussailles qui obstruaient l'entrée en partie déblayés ; mais même dans le jour finissant, Huy voyait bien la peinture altérée et ternie, il sentait l'atmosphère de tristesse et de déréliction qui y régnait. Les portes avaient été brisées, sans doute par des pilleurs de tombes, enhardis pendant la période d'anarchie qui avait régné là dans les dernières années du règne d'Akhenaton.

Quand ils ne furent plus qu'à une dizaine de pas, Sourérê indiqua un gros rocher, au bord du sentier presque effacé qui conduisait vers l'hypogée. Tout près se trouvait un tertre peu élevé, de forme à peu près ovale. C'était le genre de tombe dans lequel on aurait enseveli un chien.

« Je tenais à te le montrer », dit fièrement Sourérê.

Huy regarda la sépulture, visiblement récente.

« Dieu m'a ramené ici pour accomplir au moins une bonne action, continua tranquillement Sourérê. Il croyait être un loyal serviteur d'Aton, mais il se trompait. Il haïssait la reine. Elle n'enfantait que des filles. Il la prenait pour un monstre, envoyé par les démons pour détruire insidieusement Aton. C'était un être très fruste. Je ne sais comment j'ai pu être intime avec lui.

— Pahéri ?

— Oui. Ils n'avaient jamais réussi à mettre la main sur lui. Il était revenu ici. Mais les démons s'acharnaient contre lui. Je ne l'aurais jamais reconnu ! Je l'ai pris pour un des mendiants du port jusqu'à ce qu'il m'appelle par mon nom.

— Quoi ? Je vous croyais ennemis !

— Nous l'étions.

— Pourquoi ne t'a-t-il pas dénoncé ?

— Il était au-delà de la haine et acceptait le châtiment divin. J'avais eu tort de le redouter.

— Qu'est-ce qui l'amena ici ?

— A la mort du roi, il prit la fuite vers le désert. Il trouva refuge auprès des nomades, mais il était déjà atteint par son mal. Ils le chassèrent aussitôt qu'ils découvrirent qu'il était lépreux, et il revint ici pour mendier, à l'ombre de la maison de son père. Il attendait de moi une ultime faveur. Le mal lui avait déjà rongé les mains et le visage ; ses pieds étaient dans un tel état de pourriture qu'il pouvait à peine marcher. Il voulait que je l'envoie dans les Champs d'Éarrou. Je l'ai conduit ici et je l'ai tué. Ensuite, je l'ai enterré de sorte qu'il puisse dormir sous la protection de la reine qu'il avait tant méjugée. Je savais qu'elle lui pardonnerait. Le pardon vaut mieux qu'un riche tombeau », conclut-il.

Il se tut, tendant l'oreille, et annonça :

« Maintenant, je dois me préparer car le roi arrive. »

Le cœur battant, Huy s'accroupit près du rocher pendant que le fidèle serviteur s'approchait, solitaire, de la maison d'éternité de la souveraine qu'il avait adorée. Sourérê avait apporté une offrande de pain blanc. Il la déposa avec vénération sur une assiette en cuivre, sur la petite table de pierre devant l'entrée. Il alluma la lampe à huile placée à côté, puis s'agenouilla, la tête baissée, et attendit. Observant la scène de sa cachette, Huy sentit sa nuque se couvrir de chair de poule.

Le roi apparut. Surgissant de nulle part, il se dressa soudain devant Sourérê, à moitié caché par l'ombre du tombeau. Il était vêtu d'une longue tunique et son visage était à peine visible, mais on ne pouvait se méprendre devant ce ventre énorme, ces hanches et ces cuisses difformes. Huy, la gorge sèche, priait pour que Sourérê ne l'appelle pas afin de le présenter au spectre.

Le petit scribe ne se rappelait pas la voix du roi, ne l'ayant entendue que trois ou quatre fois. Lorsqu'il prit la parole, elle lui parut aiguë et flûtée, avec, pourtant, une sonorité familière. Sourérê, qui s'était fréquemment trouvé en présence du roi au cours de sa vie, l'acceptait pour tel sans hésiter. Huy sentit son âme se séparer de son corps et flotter au-dessus de lui. Mais une partie de son cœur restait sur la réserve et lui disait : « Si c'est le roi, il saura que tu es là, et tu n'auras aucun pouvoir sur ses actes. Si ce n'est pas le roi... »

« Sourérê ! dit Akhenaton.

— Mon Seigneur, répondit Sourérê, la tête toujours inclinée, sa propre voix réduite à un murmure.

— Je tiens un rouleau et un poignard. Sur le rouleau se trouve une confession. Tu la signeras de ton nom d'Horus, de ton nom des Deux Maîtresses, de ton nom d'Horus d'or, de ton nom des Deux Royaumes, et de ton nom de Fils de Rê. Ensuite tu prendras le poignard et t'abattras sur lui, et tu monteras dans la Barque de la Nuit pour me rejoindre dans les Champs d'Éarrou.

— Mais que dois-je confesser ? demanda Sourérê, qui releva la tête en tremblant, la peur de la mort l'emportant sur celle que lui inspirait Akhenaton. Pourquoi me faut-il faire cela ?

— Il ne t'appartient pas de contester ma parole. Ma parole est la parole de Dieu. Le rouleau parle des enfants que tu as envoyées vers moi pour que je les protège du mal, et du Mézai Merymosé, qui aurait contrecarré mes projets. »

Sourérê courba à nouveau la tête et tendit les mains pour recevoir le document et le poignard. Le roi s'avança pour les lui remettre. Alors, son visage fut exposé à la lueur des étoiles, et Huy vit qu'il était couvert d'un masque d'argile présentant une ressemblance grossière avec Akhenaton. Cette fois, son cœur ne douta plus ; néanmoins il se tint coi...

Sur la table, auprès du pain et de la lampe, le roi déposa une palette de scribe contenant des bâtons d'encre, des pinceaux et une coupelle d'eau. Comme un somnambule, Sourérê déroula le petit papyrus et y signa de son nom. Puis il éleva le poignard. Huy s'élança de sa cachette.

« As-tu décidé d'arrêter de tuer ? » demanda-t-il au roi d'une voix forte.

La tête masquée se tourna vivement vers lui. Avec un gémissement terrifié, Sourérê se réfugia dans l'obscurité, agrippant toujours le poignard.

« Sourérê ! Ce n'est pas le roi ! » lui cria Huy.

La silhouette se dégageait de sa tunique, et en même temps du rembourrage qui formait le faux estomac, les hanches et les cuisses distendues. Un long coutelas apparut dans sa main. Puis son autre main enleva le masque.

Les yeux sombres exultaient de triomphe et de méchanceté, les commissures des lèvres se tordaient vers le bas dans ce visage vieilli prématurément.

« Non, je n'arrêterai pas de tuer. Ma tâche ne prendra jamais fin. Mais chaque jour tu te rapprochais de moi. Je devais m'interrompre, me débarrasser de toi. Sourérê a fini de traire Réni et n'a plus d'utilité. Quel dommage qu'il t'ait conduit ici ! J'avais espéré un dénouement plus soigné. Pense un peu : les quatre filles, et Merymosé. L'énigme de leur mort élucidée par la confession d'un fou. Ton heure serait venue plus tard. J'avais déjà gagné ta confiance. »

Sous la froide lumière des étoiles, le sable prenait l'éclat gris nacré des perles. Huy fit passer tout le poids de son corps sur une jambe, les yeux rivés sur le couteau.

« Pensais-tu vraiment le persuader de se tuer ?

— Il me prenait pour l'ancien roi. Je l'avais suivi jusqu'ici, une fois. Mon père lui avait organisé une cachette dans notre vieille maison, en ville, et je lui avais remis un premier versement pour prix de son silence. Sourérê m'a déçu. Je le croyais sincère ; je croyais qu'il partageait mon idéal d'innocence. Mais il est corrompu, comme tous les autres. Après la mort de mes sœurs, mon pitoyable frère a commencé à flairer la piste.

— Pourquoi les as-tu tuées ?

— Pour les sauver. »

Nebamon arracha ce qui restait de son costume et se tint, nu, sur le sable, tous les muscles tendus, le couteau bien ferme dans sa main.

« J'aimais Iritnéfert mais elle ne voulait pas de moi. Je ne lui suffisais pas. Elle voulait d'autres hommes. Je n'étais pas assez bon pour elle. Je sais qu'elle préférait Ankhou, qui s'adonne à la boisson et à la chasse. Je lui ai donné rendez-vous, le lui demandant comme une dernière faveur. J'avais tout prévu. Il fallait que ce soit au bord de l'eau, pour la purification. Après, dans une étreinte, je l'ai tuée avec une sonde d'embaumeur. »

Le regard de Huy descendit du visage juvénile à la main serrée sur le coutelas, guettant l'instant propice. Dans l'obscurité montaient les sanglots de Sourérê.

« Ensuite, ma sœur Néfi. Savais-tu que mon père l'avait emmenée à la Gloire de Seth, pour Kenamoun ? Oh ! Elle avait aimé ça. Kenamoun l'avait attachée et lui avait tatoué un scorpion sur le dos. La déesse de la famille. Une idée à elle. Mon père l'avait aidé. Ensuite, elle et une autre fille — une petite garce des Deux Fleuves... Bon, tu imagines la suite. La fille a disparu, mais pas Néfi. Elle m'a tout raconté. Elle croyait que j'aimerais faire ça avec elle, moi aussi. Alors, j'ai joué le jeu. Il était trop tard pour la sauver, mais pas pour arrêter la pollution de son âme. Après, je me suis interrogé sur les femmes... Je connaissais Mertséger. C'était une amie, elle était très liée avec mes sœurs, depuis l'enfance. J'avais bien senti ses regards insistants. J'ai résolu de voir si elle était comme les autres, si elle serait prête à tomber. Elle l'était ! Mais je l'ai sauvée.

— Et ta sœur Nephtys ?

— Ne penses-tu pas que le mariage est également une profanation ? »

Huy frémit, sans voix.

« Alors Merymosé a découvert le chantage, continua Nebamon. Il a suivi Ankhou et a trouvé la maison. Moi, c'est lui que j'ai suivi. Je n'étais pas sûr de ce qu'il ferait, mais j'ai pensé qu'il se mettrait en rapport avec toi avant d'aller chez Kenamoun. Et toi, tu ne te serais pas satisfait de la culpabilité de Sourérê. Je savais que sous peu tu trouverais d'autres fils conducteurs.

— Ainsi, c'est pour me surveiller que tu as feint de vouloir m'aider ?

— Bien sûr. Je ne suis pas stupide.

— Et Merymosé ?

— Rien de plus facile. Je l'ai enfermé dans le

compartiment du grenier et je l'ai enseveli sous le grain. Je n'aurais pu employer d'autre moyen : il était trop fort pour moi, et je ne pouvais tabler entièrement sur l'effet de surprise.

— Et moi ?

— Tu es un scribe ! dit Nebamon en éclatant de rire. Merymosé était un soldat. Mon frère m'a appris à manier un couteau. Je doute que tu puisses m'égaler. Surtout avec un bras en écharpe.

— Qu'as-tu fait à la fille des Deux Fleuves ?

— Rien. Elle a disparu. Peut-être que Kenamoun s'est montré trop dur envers elle et qu'elle s'est enfuie.

— Et ton père ? demanda Huy, tâchant de ne pas laisser percer son dégoût.

— Il se contentait de regarder, répondit Nebamon avec mépris. Il aimait regarder. Il fréquentait constamment les bordels. Surtout ceux où son argent lui permettait de satisfaire ses moindres caprices. Mais il est puni, à présent. »

Comme Huy l'avait deviné, ce discours ne visait qu'à endormir sa vigilance. Sans crier gare, Nebamon se fendit en avant. Huy recula, mais pas assez vite pour éviter la lame, qui déchira son écharpe et traça un sillon sanglant sur son avant-bras cassé.

Il sortit sa dague et frappa en un mouvement incontrôlé et stupide, qui aurait dû manquer sa cible mais trancha la partie supérieure du cou et y ouvrit le grand réservoir vital. Le sang jaillit, pourtant Nebamon poursuivit encore son attaque sur dix pas. Seulement alors il tituba, tomba en avant puis resta immobile, le sang gargouillant dans sa gorge tandis qu'il s'éteignait.

A l'aide de ses dents et de sa main valide, Huy parvint à rattacher son écharpe. Sa tête bourdonnait de douleur. Il s'approcha en trébuchant de la table d'offrande où la lampe brûlait encore, à côté du pain, et s'assit tout au bout, les bras sur les genoux.

De l'autre côté de la Vallée brillaient les lumières aux tentes des ouvriers. Le sang de Nebamon était noir sur le sable gris. Au-dessus d'eux scintillaient les étoiles, divinités lointaines qui mesuraient le changement en éternités.

Huy écouta le silence, et eut conscience qu'il ne se refermait pas seulement sur la mort de Nebamon. Il voulut appeler Sourérê, mais sa voix refusait d'émettre autre chose qu'un murmure, aussi se dirigea-t-il dans la direction d'où il avait entendu les sanglots.

Il était là, blotti sous le cartouche de Néfertiti, les genoux remontés jusqu'au front, prêt à retourner vers Geb comme un fils de la terre retourne vers son père, dans la position de l'enfant à naître. Le poignard de bronze gisait à côté de lui, la garde et la lame noires de sang. Tout près, Huy aperçut une douzaine de petits rouleaux de papyrus. L'un était la confession, qu'il brûla à la flamme de la lampe. Les autres étaient les originaux des comptes de Réni, preuves de ses malversations.

Sourérê n'était pas encore mort. Huy s'approcha de lui et l'installa aussi confortablement qu'il le put, le soutenant par les épaules de son bras valide. L'agonisant releva la tête, les yeux écarquillés tels ceux d'un petit enfant.

« Il n'y a pas de réponse, n'est-ce pas ? demanda-t-il. Ceci est le seul terme à notre désarroi. »

Il nicha à nouveau sa tête contre ses genoux, et expira sans bruit.

Huy reprit le chemin du Fleuve. Las, il défit les

amarres du bac et rama pour regagner la jetée de la rive orientale. L'aube approchait, mais il avait encore le Fleuve pour lui tout seul. Il se souvint que c'était un jour de fête. En ce jour, le nouveau roi Toutankhamon serait officiellement dépouillé de la Boucle de l'Enfance. Bientôt, le pouvoir reposerait entre ses seules mains et la difficile régence d'Ay et de Horemheb s'achèverait. Il attacha le bateau et retourna chez lui. Plus tard, il irait rendre son ultime rapport à Ipouky. Celui-ci en ferait ce qu'il souhaiterait. Que la mort d'Isis fût restée mystérieuse le tracassait, mais les dieux n'accordent pas toujours de clairs dénouements. Il pensa au corps rongé par la chaux, dans la fosse commune réservée aux défunts que nul n'avait réclamés, et prononça une prière pour son pauvre *ka* insulté.

Les preuves ne suffiraient jamais pour faire tomber Kenamoun, son meurtrier le plus probable ; mais peut-être Ipouky disposerait-il d'informations suffisantes pour obtenir la fermeture de la Gloire de Seth. Réni, il le savait, serait brisé par ces derniers rebondissements. C'est à Ipouky qu'il incomberait de décider ce qu'il faudrait faire des comptes. Comment prendrait-il la nouvelle de la mort toute récente de son propre fils ?

Pour sa part, si le Contrôleur des Mines d'Argent tenait parole, il posséderait la demeure où il habitait. Un élément de sécurité reviendrait dans sa vie. Mais Huy n'osait espérer que le jeune pharaon lui pardonnerait. Du reste, en tant qu'ancien fonctionnaire du Grand Criminel, mieux valait pour lui ne pas acquérir une trop grande renommée.

Il procéda à ses ablutions, remarquant pour la première fois qu'il était éclaboussé par le sang de Nebamon, et alla s'allonger sur son lit ; mais il ne put trouver le repos. Par la fenêtre, il regarda le ciel pâlir pour se fondre enfin dans le bleu dur et immuable de la fin du printemps. Il écouta le joyeux remue-ménage, différent de celui qui régnait d'habitude, de la cité s'éveillant en ce jour de liesse. Il pensa à Taheb, à ce qu'ils se diraient lorsqu'elle reviendrait. Il pensa à Nebamon, réfugié dans la folie pour oublier ses désillusions, à Sourérê et ses idéaux sans espoir, et à la misérable incertitude de la vie.

Enfin, bercé par le premier morceau de musique qui s'élevait de la rue, il s'endormit.

Si vous désirez être régulièrement tenu au courant de nos publications, remplissez cette page et renvoyez-la à :

Editions 10/18
12, avenue d'Italie
75627 Paris Cedex 13

NOM : _

PRENOM : _

ADRESSE : _

_ _

CODE POSTAL : _ _ _ _ _ _ _ _ _ _

VILLE : _

PAYS : _

AGE : _ _ _ _ _ _ _ _

PROFESSION : _ _ _ _ _ _ _ _ _ _ _ _ _ _ _ _ _

TITRE de l'ouvrage dans lequel est insérée cette page :

_ _

Achevé d'imprimer en Europe (Allemagne)
par Elsnerdruck à Berlin

N° d'édition : 2574
Dépôt légal : octobre 1995
Nouveau tirage : mai 1997
Imprimé en Allemagne